娘子套路多 1

風文創 1198

遲裘 著

目錄

序文 005
第一章 009
第二章 019
第三章 029
第四章 045
第五章 059
第六章 071
第七章 081
第八章 091
第九章 103
第十章 111
第十一章 129
第十二章 137
第十三章 149
第十四章 165
第十五章 173
第十六章 181
第十七章 191
第十八章 199
第十九章 207
第二十章 217
第二十一章 233
第二十二章 241
第二十三章 247
第二十四章 255
第二十五章 269
第二十六章 277
第二十七章 295
第二十八章 313

序文

遲裘

某天我作了一個夢，夢見大雪壓竹林，遠山被雪霧籠罩，遠遠能聽見迴盪不絕的鐘聲。

在夢裡，我看到文弱秀美的女郎倚窗而眠，硯間的墨水凝成冰塊，書卷從膝間滑落下去。許久許久，沒有人來為她拾起，也沒有人為她披衣。

她後來怎麼樣了？

夢境零散飛轉，在漫長無意識的黑暗中，我彷彿又探身進入另一重夢境，夢裡依舊飛白如絮，卻不是鵝毛雪，而是梨花雨。

一個年輕俊逸的郎君俯在一座簡陋的木墓碑前，默默落淚。

看不清逝者的年歲身分，但無來由地明白，那是他久尋不得的愛人。也無來由地確信，此處深埋的，就是冬夜倚窗而眠的女郎。

都說夢境是最寂靜，也是最喧囂的。它能冷不防挖出你心裡深埋卻刻骨的情感，能勾設一方情景，讓你深深與夢中的故事共情。

此刻談起是平靜的，然而那個清晨，我卻是含著淚水醒來，望著絲絲縷縷透過窗簾的陽光，久久怔忪，不能回神。

我迫不及待想要將這個故事記錄下來，生怕自己慢一會兒，那種悲愴寂寥的感覺就會從我心中淡化；這兩個人，這對女郎與郎君就會消失不見。

於是我一邊吃早飯一邊打開電腦，沒有大綱，沒有任何的構思，對著一頁空白的檔案，靈感如驟臨的海潮兜頭撲來，乃至於敲下第一行字時，我的手指在微微顫抖。

她叫孟如韞，他叫陸明時。

他們有著怎樣的一生，經歷了何種快樂，何種遺憾？

創作這個故事時，春事闌珊，繁花落盡後滿樹新綠。完成這個故事時，秋高氣爽，天氣轉涼。我坐在窗邊書桌前送別這個故事裡的幾位朋友，法國梧桐的葉子簌簌飄落，墜地有聲，待我停筆時已在街上鋪下厚厚一層。我向下看著，感覺每片葉子都像我曾寫下的一句話。

它們已完全成熟，要將這個故事帶給更多人，我心中為此興奮，也為此忐忑。興奮是每個作者在獻上自己文字時的天然情感，但我也忐忑於自己筆力之有限，怕不能呈現它們一、二分之美好。

這個故事，是造夢，也是圓夢。

我深深愛著筆下的每一個角色，即使因為情節需要不得不驅使某些人去做壞事。我尤愛那個在我夢裡出現的清麗女郎，想要探知她的哀愁與歡欣，想給她完整的、精彩的一生。

這是完全始於靈感的一本作品，但源自腎上腺素的激情很難支撐我完成四十萬字的長篇。最初的幾章將夢裡情境描述完後，我才真正靜下心來，慢慢構思每一個人物，慢慢了解他們的性格，知曉他們的生平故事。當我完成這本作品，寫下「全書完」這三個字，彷彿也同時伴隨他們走完了一生。

這種感覺很好，希望這個故事的閱讀者也能獲得同樣的感覺。

願你邂逅更多故事裡的摯友。

第一章

孟如韞病死在臨京最冷的冬夜裡。

大雪下了一整天，幾乎將這座冷清的偏院埋沒。院子裡的青竹被厚雪壓折了腰，枯死的竹枝耷在窗前，將窗推開了一條小縫。

寒冷的夜風從窗縫灌進去，吹過孟如韞慘白的病容，將她倒扣在膝蓋上的書卷呼啦啦翻亂。空白的書冊從她膝蓋上滑落，跌在地上，露出她用最後的氣力寫的封題。

大周通紀，卷十二。

多麼可惜啊……孟如韞臨死之前昏昏沈沈地想，只差這最後一卷了。

若是能再多活兩個月，她就能完成這本凝聚了爹娘心願的十二卷《大周通紀》。父親為了寫成這本書，在各地漂泊了大半輩子，遍訪名山大川、人情世故，有時候深入險境，只是為了搜集一點珍貴的史料。可惜，她爹搜羅了大半輩子資料，尚未來得及整理成冊就枉死獄中。娘帶她避入道觀，白天替人漿洗討生活，晚上教她讀書識字，四十歲那年積鬱成疾，撒手人寰。

這世間只剩下了她一人，拖著沈痾病體，數年辛勞，零零落落地寫完了前十一卷。只差最後一卷，也是最重要的一卷。

若是上天垂憐，能再借她兩個月陽壽就好了……她不貪生，只要再多活兩個月，就能滿足她在世間所有未盡的遺憾。

說不定還能等到程鶴年調任回臨京。他答應過，今春三月會上門提親。她雖已打消了嫁給他的心思，卻還想再見他一面。

還有園中她親手栽下的紅梅，屆時也該盛開了。

許是孟如韞對自己的死太過不甘心，掙扎著不肯沈沈歸去，她感到一陣冷風拂過臉頰，聽見不知何處傳來清亮悠長的鐘聲，自己沈重僵硬的身體倏然變輕，彷彿被鐘聲震盪掉所有世間的浮塵，又一陣風吹進來，竟飄飄然將她捲出了屋子。

孟如韞一抬頭，望見天上雪已停，烏雲撥開，露出冷冽的白月。

柔和的夜風吹拂著，孟如韞愣怔了許久。*我這到底是死了沒？*

小院的門被推開，她看見侍女青鴿端著個火盆鬼鬼祟祟地邁進來，仔細探看身後無人跟隨後，小心翼翼地閂了門，端著火盆朝她走來。

「這麼冷的天，姑娘肯定凍得睡不著，唉……有偷金的、有偷銀的，沒想到還有偷火盆的。可千萬別給家主抓到，不然一定會發賣了我……」

孟如韞聽見青鴿自言自語的碎碎唸，開口喊了她一聲，可青鴿卻對她視而不見、聽而不聞，目不斜視地從她身邊走了過去，小心翼翼地推開房間的門。

推門……等等，門是關著的，那她剛剛是怎麼從屋子裡出來的？

後。

孟如韞心頭驟然一跳，伸手去攔青鴿，青鴿卻毫無阻滯地穿過了她的身體，繞進了屏風後。

「怎麼還開著窗啊，姑娘……」

孟如韞愣愣地盯著自己的雙手，心裡浮現出一個荒謬的猜測。

「姑娘？姑娘？快醒醒，不能在這裡睡！」

一陣沈寂後，孟如韞聽見哐噹一聲，應是火盆砸在了地上，緊接著傳來青鴿撕心裂肺的哭嚎。

看來，她果真是死了啊。孟如韞心想。

她生不得好生，死也不得好死，魂魄無所歸依，渾渾噩噩地在天地間飄遊。她觸碰不到任何人，也摸不到任何東西。她想給哭暈過去的青鴿披一件衣服，想撿起摔落在塵土裡的《大周通紀》十二卷，可手伸出去，最終又空蕩蕩地縮回來。

太常寺主簿江守誠是她舅舅，孟如韞自道觀歸來臨京後一直客居江家。江家雖沒薄待她一口飯，卻也沒厚待到哪裡去，尤其是程鶴年上門求娶她之後，恨不能將自己親生女兒嫁入程家高門的舅母更加不喜歡她。

所以連她的葬禮也辦得冷清，讓棺材鋪送來一口棗木薄棺，墊了她生前的被褥，沒有盛妝入殮、報喪哭喪，只允青鴿匆匆燒了捆紙錢，就讓腳夫抬出了院子，隨手埋在城外鹿山山腳下。

一抔新土上，連塊石碑也沒有。

後來，還是青鴿用賣身為妾的錢為她置辦了一方石碑，求人刻了孟如韞的名字，豎在她墳前，又為她燒了許多紙錢和錫紙元寶。這幾日青鴿四處奔勞，又心有憂思，哭得雙眼腫脹，清減得幾乎要撐不起身上的冬衣。

青鴿跪在孟如韞墓碑前，鄭重地磕了三個響頭，哽咽道：「姑娘，長眠此地，委屈妳了。我也沒多大本事，能為妳做的只有這麼多……妳若在天有靈，不要生我的氣，生氣傷身。我知妳和夫人困窘到吃不上飯，也不忍心把我賣掉為妾受人搓磨，可我這條命本就是夫人救的，當年夫人為我葬父母，又收容我免於飢餓流離，青鴿當以生死為報。」

她倒了兩杯酒，是孟如韞生前最喜歡的桃花酒。可惜她體弱多病，活了十九年未曾暢快痛飲過一次。青鴿將桃花酒傾灑在她碑前，緩緩道：「下月十六就是程公子任滿回京的日子，他那麼厚待妳，可惜……我把妳生前的東西都帶出了江家，等他回來會找機會送到他府上，斯人已逝，也算聊表慰藉。」

青鴿一直在此處待到傍晚才離開。日薄西山時分又起風雪，孟如韞靜靜跟在她身後，送她下山，見她進了一家商戶的後宅門。黑漆漆的宅門在她面前關上，像一口棺材似的，將青鴿關在了裡面。

孟如韞緩緩捂住胸口。原來做了鬼也要嘗難受的滋味。

如今的孟如韞，真的是孤零零一人，天地間沒有容身之處。白日的陽光灼得她生疼，夜晚的冷寂又令她不安，她無食無眠，無人可見，日夜在臨京城內徘徊遊蕩。

她也曾想離開這處傷心地，躲進深山老林裡，或者去看看生前沒來得及走遍的大好河山，卻發現自己根本無法離開臨京太遠。這個繁華熱鬧的國都困住了她，此時孟如韞才恍然明白，自己大概是成了隻地縛鬼。

她曾在一本沒有出處的破舊古籍裡讀過關於地縛鬼的傳說。傳說人死後應當身滅，靈魂前往黃泉往生，可若執念太深、怨念太重，又偶得機緣，靈魂就不會離散，而是會變成地縛鬼，被困在自己執念所在的地方，日復一日地遊蕩，受日光灼燒之苦，孤身流離之痛，永不得往生輪迴。

孟如韞望著天上清冷的月亮，心想，自己這是造了多大的孽啊？

變成地縛鬼後，得以解脫的唯一辦法就是破執念、消怨恚。那她的執念是什麼呢？

幼時，她也是家庭和樂美滿。她爹孟午位居國子監祭酒，兼任文淵閣修撰，是朝望清貴的文官；娘雖是商戶之女，但夫妻恩愛，意趣相投。孟如韞隱約記得自己還曾有個哥哥，可是後來，她爹因編修本朝國史時不肯曲意媚上，捲進了一樁案子裡，被打成了叛賊同黨。一夜之間，孟家敗落，爹被下獄後不久就死在獄中，娘帶著她和哥哥外逃時又與哥哥走散，此後世事寥落，最終落到了這步田地。

她爹生前一直以修史為志，想盡一生之力，走遍大周山川，遍訪民情，寫一本巨著，匯天下正論與雜學，能記廟堂士族，也能記鄉野村夫。爹死後，她娘承繼此志，時常在道觀裡抄書到深夜。再後來，這件事又落到了孟如韞身上。

孟如韞幼年坎坷，深知在皇權面前，她不過是被滄海捲起沈沒的一粒米粟。她記得母親臨終前的叮囑，要安身惜命，不做以卵擊石之事，不要為了當年舊案對抗朝廷，此生唯一志向當秉承父業，修成《大周通紀》。若能發揚天下最好，若不能，也希望它能一現後世，以告父母在天之靈。

所以孟如韞未破的執念，不過一卷未完成的國史而已。

這事說難也難，說不難也不難。

孟如韞想起了程鶴年。她自認與程鶴年情意相投，程家是書香世家，程鶴年的父親是文淵閣學士，曾數次在東暖閣為皇帝和太子講經筵。程鶴年少年得志，考中進士，又出任欽州通判三年，如今磨勘期滿即將調任回京。依程父的意思，會到吏部通融關係，將程鶴年調進文淵閣，父子同閣，成全程家「一門雙士」的美名。

程鶴年若是入閣，八成會領翰林編修一職，負責當朝國史的編修工作。孟如韞在給程鶴年的信中提過《大周通紀》一事，他對此很感興趣，洋洋灑灑寫了數頁回信，說若能修此大成之史，當為不世之功；他很願意與孟如韞共同完成這部通史，並能以翰林編修之便利賦予它官修的出身，令之發揚天下。

若是程鶴年願意遵守承諾，代她完成《大周通紀》最後一卷，她大概就可以破執消怨，無憾而去了。

二月十六，臨京紅梅盛開，程鶴年任滿回京。意氣風發的少年郎打馬穿過長街，惹得滿京小娘子紛紛翹首。程鶴年風塵僕僕地趕到江家，得到的卻是孟如韞已經病逝的噩耗。

孟如韞第一次見他那麼傷心的模樣，眼淚浸濕她墳前的土，她彷彿能隔著棺槨嘗到那苦澀的味道。她知道自己無法觸碰眼前人，還是忍不住冒著陽光灼燒的疼痛走到他身邊，虛虛環住他。

此生得遇程鶴年，就不算上天薄待。

青鴿聽聞了程鶴年回京的消息，輾轉將孟如韞生前遺物交付予他——十二卷《大周通紀》被她仔細收在一方黑木箱裡。夜深人靜時，程鶴年點燈披衣翻閱這些未完成的書稿，本只是想睹物思人，憑弔故人，結果漸漸被書稿的內容所吸引，直到燈燭燃盡，東方破曉，才恍然回過神來。

今日休沐，程鶴年匆匆洗漱更衣，帶著十二卷書稿去找父親程知鳴。程知鳴很看重這個有出息的兒子，很少拒絕他的請求，可他翻完前兩卷《大周通紀》後卻輕輕搖了搖頭，道：「子逸，你還是太年輕了。這部書稿絕不能出世，更不能以官修國史之名示之天下人。」

程鶴年疑惑。「為什麼？這部書稿的文筆和內容都非凡作，我讀翰林院集眾人之識所作國史，不能及此一二。」

程知鳴道：「你如何想並不重要，重要的是陛下怎麼想。單憑這部書稿中敢記載當年的呼邪山之戰，還妄言此戰之敗『非將無一戰之力，帥有貳主之意，實天命所限』。我且問你，朝堂之上，誰敢稱天命？」

「自是陛下。」

「呼邪山戰敗分明是因為主將通敵，書稿中卻將罪責推給陛下，若是被陛下知曉你我為此等大逆不道之輩所作野史揚名，你說程家有多少腦袋夠砍的！」程知鳴頗有些恨鐵不成鋼地拍了拍桌上的鎮紙。

程鶴年頓了頓，還是不願就此放棄。他答應過孟如韞要幫她完成這本國史，他不想食言。

程鶴年道：「許是作者無心之過，但瑕不掩瑜，將此不當之言刪去即可。」

「無心之過？瑕不掩瑜？」程知鳴冷笑著翻開第六卷的目錄給程鶴年看。「把叛賊陸諫列入〈武官傳〉之首，為其立傳，作何解釋？遲令書為當朝首輔，當屬百官之首，〈名士傳〉中卻不見其名，意欲何為？還有第七卷……第七卷名為〈內史傳〉，暗諷宦官為亂，你以為司禮監秉筆太監是好招惹的嗎？」

程知鳴越翻越生氣，一揚手將十二卷書稿推到地上，冷聲呵斥程鶴年。「我不過隨手一翻，但見此書荒唐至此，何況此書賊筆力深厚，字裡行間不知埋了多少春秋筆法。子逸……

此賊分明是要陷我程家於不義！」

程鶴年彎腰將散落的書稿一本本撿起來，裝回黑木箱中，低聲道：「我明白父親的意思了。」

「回去記得將這些書稿焚毀，萬不可落入他人之手，聽懂了嗎？」

程鶴年魂不守舍地應了一聲。

「子逸啊，你是程家小輩中的棟梁之才，當以家族為重，莫學清流的作派，以忤逆上意為榮，拚身家性命搏耿介之名。」程知鳴語重心長地說道。

程鶴年抱著箱子，失魂落魄地回到自己院子裡。天氣尚冷，他屋裡還置著火盆，侍女剛添過新炭，燃得正旺，悠悠散著暖意。

他從箱中取出一冊《大周通紀》的書稿，心不在焉地翻了翻，然後握著書的手懸在火盆上方。

孟如韞旁觀著這一切，那顆已不再跳動的心此刻彷彿懸到了嗓子眼。

不要，程鶴年……不要鬆手。

一顆火星從炭盆中迸出，落在程鶴年青筋凸起的手臂上，他倏然一驚，縮回了手，將書稿扔回了箱子裡。

孟如韞微微鬆了口氣。

「阿韞，是我對妳不住，答應妳的事，怕是要再等幾年了。」程鶴年疲憊地靠在軟椅上望空喃喃。

孟如韞綳緊了脊梁。有一瞬間，竟懷疑程鶴年看見她了。

「妳說得對，朝堂污濁，君昏臣亂，是盛世轉衰之象。枉我自詡少年得志，身為言官史吏，除歌功頌德外竟不敢發一言。」程鶴年自嘲地笑了笑，轉而幽幽嘆氣道：「不過妳放心，十年也好，二十年也罷，我程鶴年必會在朝中大有作為，屆時我一定會完成妳的心願。」

孟如韞看著他睡去，夢中也是緊蹙著眉心，似乎並不安穩。火盆燃燒著，她望向窗外，發現天色忽暗，竟又下起雪來。

她忽然有些拿不準將這件事託付給程鶴年究竟是對是錯。

她知子逸善治學，卓識高遠，才通古今，文章詩作都頗有令名，所以將《大周通紀》最後一卷託付給他，並無狗尾續貂之憂。

可若是入朝為官，周旋利害，又是另一套為人處事之道了。

第二章

魂魄不會衰老，時光飛逝，除了無休無止的寂寞，沒有別的病痛折磨。孟如韞晝夜在程鶴年府中徘徊，眼見著他起高樓，眼見著他宴賓客。

皇后無嗣，太子生母嫻貴妃是程鶴年的表姑，他輕而易舉地搭上了太子這條船，又交通內閣，上下打點，在朝中平步青雲。不過五、六年的時間，就官居四品，成為朝堂上舉足輕重的人物。

此間，他又娶了當朝首輔遲令書家么女為妻。遲令書位居吏部尚書兼任內閣首輔近二十載，座下門生遍布朝堂，有他老人家做岳家，程鶴年的仕途更加暢通無阻。與他作對的人被貶的貶、遣的遣，到他三十歲那年，就連司禮監秉筆大太監都要給他幾分臉面。

他家庭美滿，夫妻和睦，仕途暢達，活得可謂是志得意滿，一派風光。

孟如韞悄無聲息地伴了他數年，說心裡不難受是假的。

程鶴年大婚那夜，她無處可去，只好跑到自己埋骨的山坡上，坐在自己墳前，吹著風，望了一整夜的月亮，此後整整一個月不敢踏進臨京。她心裡清楚，自己與程鶴年私定終生，尚未告知父母，更沒過六禮，作不得數。何況自己已身死數載，他待自己再情深意重，也沒有為一個死人孤獨一生的道理。

可是如今程鶴年成親了，那座程府，她就不能再去。縱使無人可見她，她也覺得自己多餘。

他來祭拜自己的次數也越來越少，孟如韞也能理解。畢竟他官務繁忙，家中又有妻妾在側，兒女繞膝，一座孤零零的野墳有什麼好看的。

她對程鶴年的期許，不過是他曾應過自己的那句，會讓《大周通紀》發揚於世。哪怕求不來官修資格，哪怕只能以「野史」之名流傳於草莽之中，孟如韞也認了。

可是，裝著書稿的黑木箱被擱置在他書房最隱蔽的角落裡，久被塵埃，再未被他念及一次。

後來，程鶴年官居戶部左侍郎，賜桐華街五進的大宅院。他夫人待他極好，親自帶人幫他收拾書房，瞧見了那個斑駁古舊的黑木箱，好奇地問程鶴年裡面裝了什麼。

程鶴年漫不經心地掃了一眼，說道：「沒什麼，一位故友的書稿。」

程夫人道：「既是故友，想必極珍貴。這黑木箱子材質低劣，不防潮也不防蠹，我去換個好一點的箱子來吧。」

「不必，不是什麼重要東西。」程鶴年擺擺手，竟如玩笑似的說道：「說起來，裡面的東西還頗有幾分大逆不道，不能給別人看見。搬到新宅子後，妳幫我找個地方好好存放著，等我哪天有空，把它們都燒了，免留後患。」

程鶴年說這話時，孟如韞就站在書架旁瞧著他。她虛虛撫著落滿灰塵的黑木箱，心裡深深嘆了口氣。

這些年來，程鶴年再未打開過這個黑箱子，她心裡早有猜測，可未親耳聽到程鶴年這番話前，總還抱有幾分天真的期許。

她撐著破敗的軀體寫成的書稿，青鴿拚著喪命的風險才送到程鶴年手中。她們主僕二人把所有希望都寄託在程鶴年身上，只因他曾向自己許諾過，山崩地陷，不負所托。

可惜歲月不堪數，故人不知處，最是人間留不住。

程鶴年舉家搬去了新宅子。這次，孟如韞沒跟過去。她在臨京徹底沒了牽掛，也沒了希冀，整日在自己的碑前徘徊，偶爾會去看一看青鴿，也不敢常去，不忍見她整日受人搓磨，而自己又無可奈何。

又過了三年，清明時候，青鴿來祭拜她，說程鶴年被人抄家了。

「京城裡變了天，聽說太子被人殺了，長公主要登基。程公子被奸人抓進了牢裡，我來的時候，看見好多官兵往程府去了，這會兒估計是要抄家……唉，這世道，誰都活得不容易。」青鴿長長嘆了口氣，將點燃的黃紙放在孟如韞碑前。

孟如韞驚訝地瞪大了眼睛，回過神來，頂著刺骨如刃的太陽往臨京城內跑。她一口氣跑了半個多時辰，過了外城橋，又進了內城門，穿過熙熙攘攘的民居坊與熱鬧喧囂的商市街，遠遠望見許多人圍在程府門前看熱鬧，被黑甲森嚴的持刀禁軍擋在外面。

沒人看得見她，孟如韞暢通無阻地進了程府，轉過影壁，穿過長長的垂花廊。程府的奴僕都被看管在院子裡，跪在太陽底下小聲啜泣。再往裡，進了主院，這裡頭暫關押的是程鶴年的妻妾和子女。程夫人面色蒼白地坐在主位，緊緊摟著一雙兒女默默流淚，幾個妾室站在兩側，無頭蒼蠅般惶恐地痛哭出聲。

院子裡傳來一陣喧譁，孟如韞抬頭，看見一個身姿頎長的男人走進來。他抬腳邁進門檻，停在屏風外，隔著屏風揚聲問道：「程夫人，想起玉璽在哪裡了嗎？」

程夫人擦了擦眼淚。「我一個婦道人家，怎麼會知道這些。陸大人秉公辦案，何須與我為難？」

那男人長了副好相貌，身著雲紋黑袍，披著銀白軟甲，看著像軍中裝扮，言行舉止間卻是世家公子的從容氣度。他隔著屏風笑了笑，眼睛微微半垂，眉眼纖長明朗，彷彿映得滿屏風牡丹都濃豔起來。

聲音也不疾不徐，只是說出的話卻不怎麼客氣。「程侍郎犯的是誅九族的大罪，令郎與令嬡也難逃罪責，唯有夫人交出玉璽，尚有保全一雙兒女的餘地。」

程夫人不說話了，將一雙兒女摟得更緊，陸大人就站在屏風外等她應聲。此時，一個身穿鎧甲的禁軍首領抱著一個黑木箱子匆匆走來，望著他懷裡那陳舊的黑木箱，孟如韞的心猛的提了起來。

「大人，在程鶴年的書房裡發現了這個。」

「什麼東西？」陸大人掀開木箱，看見裡面靜靜躺著的書稿，幾不可見地皺了皺眉。

「屬下看不懂，又怕是什麼機密文件，拿來給您過目一下。」

陸大人拾起一卷書稿，用袖子拂掉書封上的塵土，露出了「大周通紀」四個字。他翻開裡面的內容，看了一頁又一頁，似乎對此極感興趣，略略翻完一卷後，又拿起了另一卷。

孟如韞緊張得彷彿能感受到後背的冷汗。她看那位不像善茬的陸大人翻到了〈武官傳〉，手指一頓，停在記載陸諫呼邪山之戰的那一頁，竟久久不動了。

呼邪山位於臨京北面一千七百里，是大周抵擋北戎羌的邊界屏障。二十多年前的呼邪山之戰十分慘烈，扭轉了大周傾軋北戎羌數十年的戰勢。當時，孟如韞剛滿五歲，與其母親留在臨京城裡，而孟午作為隨軍史官一同前往呼邪山，親身經歷了那一仗，死裡逃生回到了臨京。

孟如韞只知她爹是因此案而被牽連入獄，再多的細節和緣由，她娘不肯說，也不准她問。而這篇記載呼邪山之戰的傳記，是她爹國子監祭酒孟午在牢獄中以囚衣為紙、以鮮血為墨，咬破手指，一字一句寫下來後，交給了孟如韞的母親。

後來她爹在天牢自盡，娘帶著她逃往道觀，教她背的第一篇文章就是〈呼邪山戰記〉。她娘說：「矜矜，這裡面每個字，至死都不能忘。若有朝一日能示之天下，足以慰妳爹在天之靈。」

可她到死也沒能做成這件事，眼見著還要因此給程鶴年雪上加霜，添個私著逆史的大不敬之罪名。

「大人，這些書果然有問題？」下屬見他久久不語，眉心緊鎖，也下意識提起了精神。

陸大人緩緩將書卷合上，攥在掌心裡，手腕幾不可見地微微發顫。他壓低了聲音，對下屬道：「去查查這些書稿的來歷，這不是程鶴年的手筆。」

後來，孟如韞才知道，來程府抄家的陸大人叫陸明時，因擁立長公主即位，有從龍之功，年紀輕輕就位居五軍都督之首，如今總攬臨京城內十萬禁軍，手持長公主殿下親賜的尚方寶劍，每天忙著帶人四處抄家下獄。

因此陸明時想查什麼東西，很快就能查個水落石出。他親自審問了程鶴年，又親臨太常寺主簿江守誠——也就是孟如韞舅舅的府上。江守誠提心吊膽地將這位殺神迎進門，還以為自己闖下了什麼滅門的大禍，誰知陸明時喝了一盞茶後，突然提起一些陳年舊事。

「我記得江主簿不是進士出身，是因為令妹嫁給了前國子監祭酒孟午，才有了捐官入仕的資格。」

江守誠忙道是。「小官不才，捐官入仕雖為進士翰林所鄙，但也是先帝親自開設的恩科，不知小人哪裡做得不妥？」

「江主簿稍安，我今日不是來尋你錯處的。」陸明時垂眼摩挲著手裡的玲瓏茶盞。「我聽說前國子監祭酒孟家敗落後，孟夫人與孟家的一對兒女就不知所蹤了。我還聽說，江大人府上曾寄居過一名姓孟的外甥女，可是前國子監祭酒孟午之女？」

江守誠瞬間變了臉色。

孟如韞寄居在江家時，整日悶在院子裡，不與外人來往，知道她存在的人並不多。江守誠的夫人胡氏曾想過為她尋門親事，對外只聲稱她是娘家的遠房親戚，家裡遭了災才來投奔，從未對任何人提起過她是罪臣孟午的女兒。這位陸大人……是如何得知此事的？

細究起來，收留罪臣之後是犯了包庇罪的，輕則官運到頭，重則有殺身之禍。江守誠後背冒出了一層冷汗，頗有些後悔自己當年的心軟之舉，事到如今，只好「撲通」一聲跪在陸明時腳邊，痛哭流涕道：「陸大人，我是一時糊塗啊！我不忍心看她一個女娃在外流落，我錯了！我該死！可我真的沒有跟朝廷作對的意思啊……而且人已經病逝了，求您高抬貴手，放過江家吧！」

孟如韞也不明白這位陸都督為何要對她一個已死之人刨根問底，心中頗為忐忑，江家對她畢竟有些許容留之恩，她不願舅舅家中受牽連。

「我說了，今天不是來翻舊帳的。」陸明時不動聲色地挪開腳。「這麼說，曾寄居在你府上的孟氏女，真是孟午的女兒？」

江守誠像霜打的茄子，蔫蔫地點點頭。

「她葬在何處？」

孟如韞的事一直都是夫人在操持，江守誠只記得他夫人說不讓孟如韞進江家墳塋，這麼多年過去了，他哪記得那便宜外甥女埋在哪兒？

見他支吾半天答不上來，陸明時的臉色越來越難看，手心裡的青瓷茶盞捏出了一道裂痕。陸明時漫不經心地擦了擦手心的茶湯，譏諷道：「江主簿，真是慈舅如父啊。」

後來還是江守誠情急之中把青鴿找來，才在鹿山腳下尋到了孟如韞的墳塋。青鴿在主家被正房夫人為難，說她出門偷漢子，她在主家的日子不好過，出門也越來越難，如今孟如韞墳前的野草，茂密得幾乎將石碑埋沒。

陸明時屏退了眾人，只有青鴿不放心他，遠遠警惕地往這邊望，卻見那位風姿卓然的貴人撩袍屈膝，蹲跪在孟如韞墳前，親自將她墳前的野草一根一根拔乾淨。

青鴿驚訝地瞪大了眼睛，孟如韞同樣驚詫不已。

「矜矜，多年不見了。」

陸明時聲音很輕，孟如韞卻更加迷茫。他們何時見過？他如何知曉自己的閨名？

陸明時頗有自知之明。「想必妳也不記得我了，那時妳才剛學會走路，孟伯父說要把妳許給我。妳給了我一塊栗子糕，為此，我還與令兄打了一架。」

孟如韞真不記得了。

「妳的字有伯父的風骨，起初我只覺得親切，看到呼邪山那篇時，才敢相信孟家還有人活著……可惜我來得太遲了，矜矜，妳一個女孩子，孤苦伶仃這麼多年，究竟是怎麼熬過來的……」

這不是沒熬過來嗎？孟如韞無語。

陸明時絮絮叨叨說了半天的閒話，直到把她墳前的草拔乾淨，用手掌一寸一寸地抹平了士，這才緩緩起身。

「我知妳所求。妳放心，只要我活著，就不會再讓妳墳塋冷清。」

孟如韞望著他離開的背影，心中暗忖，這位陸大人，究竟是她的哪位……青梅竹馬呢？

第三章

她原本以為陸明時只是隨口一說，未料他竟如此認真，真要將她引以為憾的身後事安排妥貼。

陸明時將青鴿從那家商戶裡贖了出來。說是贖，他手下那群渾身帶煞的武卒往人家院子裡一杵，險些把主家娘子嚇暈過去，恭恭敬敬奉上青鴿的賣身契，哪裡還敢要什麼金銀。

青鴿不打算再嫁，在城裡支了個鋪子釀酒。她的手藝很好，不過一年半載，桃花酒的美名就傳出了巷子。有了自由身，青鴿來看孟如韞的次數越來越頻繁，每回都給她帶最好的一罈桃花酒，悠悠傾灑在她墳前細土上，彷彿能讓她隔著棺材板聞個味解解饞也是好的。

僅此一件事，孟如韞對陸明時已是感激不盡，何況陸明時還在她墳前栽滿了四季花。

準確地講，是陸明時將她墳塋所在的十里鹿山圈了下來。大概是從青鴿處聽來她喜歡花，就在四處種滿了花，春有桃李，夏有芙蓉，秋有桂菊，冬有紅梅。一季比一季熱鬧，花開的時候，枝頭烏泱泱地壓下來，幾乎要將她的墓碑淹在裡面。

她的石碑也是陸明時重立的，用的是海南運來的青玉石，據說冬暖夏涼，不為風雨所鏽蝕。墓碑上的字是陸明時親筆所題。見了那字，孟如韞頓覺十分親切，竟與她幼時所練的父親字帖有幾分相似。只是父親的字筆鋒溫潤，如春風化雨，而陸明時的字承其形，轉折處卻有藏不住的鋒利。

他常來看她，孟如韞卻越來越想不明白。倘若是因為舊交的那點情誼，能把青鴿贖出已足夠情深意重。幼時的模樣記憶作不得數，她與陸明時算得上素不相識，他為何要為一個死人費這麼多心思？又是栽花又是種樹的，逢年過節還來給她續香火、燒紙錢，生怕她黃泉寂寞，就好像他們曾情深意重，她是他忘不掉的心上人似的。

孟如韞坐在自己的青玉石碑上蕩著腿，想到此，竟情不自禁地笑出聲來。倘若是真的，那這樣的好郎君，怎麼沒讓她活著的時候撞上？

有人記掛著，時常來陪她說說話，孟如韞覺得這鬼日子也好過了許多。於是她整日懶洋洋地窩在樹蔭裡賞花，看夠了就去臨京城裡轉轉，看小商小販吵架，看禁宮的侍衛無頭蒼蠅似的抓一隻野貓。她也曾偷偷跟在陸明時身後混進府中，本以為陸都督權傾朝野，府上必然熱鬧氣派，進了門卻覺得十分驚訝。除了巡邏的護衛和零星路過的小廝外，這座被傳得腥風血雨的陸府，裡頭竟十分空曠冷清。

聽說他父母雙亡，家族傾覆，無妻妾兒女，孑然一身，是個很適合造反的亡命之徒。可是新皇——也就是曾經的長公主殿下很信任他，託之以國政大權，陸明時常常忙到深夜才從內閣出來，轔轔的馬車駛進這空蕩蕩的府邸，淒冷得像鬧鬼似的。

孟如韞唉聲嘆氣地想，這破地方，大概連鬼都不想來鬧。

陸明時回到府中，簡單吃了點東西，沐浴更衣後，竟又在書房點起燈。孟如韞以為他還有政事沒處理完，卻見他取出一方金檀木的箱子，裡面裝著《大周通紀》的手稿，底下還仔仔細細鋪了軟錦和防蟲蠹的乾藥草。

他取出第四卷，翻到未讀完的地方繼續看。蓮花形制的燈燭臺在桌上投下暗影，花瓣舒展開的細影正落在陸明時眼尾，他以手撐額，看得那麼專注，瑩瑩燭火在他眼裡跳躍，彷彿能從中看到書稿裡每個字的痕跡。

他看她的書稿做什麼呢？孟如韞疑惑地想，這裡面除了大逆不道，還能有什麼值得他細究的呢？

陸明時從六月初看到七月底，白天政務繁忙，深夜挑燈靜讀，有時太疲憊，竟在書房伏案而眠，直至破曉。也經常從夢裡驚悸而醒，面色蒼白，雙眼赤紅，那一瞬間，眼神裡流露出蒼冷幽昧的恨意，讓孟如韞後脊一涼。

她一直跟隨在陸明時身邊觀察他，琢磨他，想弄清楚他與自己的淵源。可時日一久，又覺得他可憐，無親無故，世人對他或恨或敬，都遠遠退避三舍；他錦袍烏履，走的卻是條寂寞冷清的路。

也難怪他對著一座孤墳那麼上心，大概這世間與他有淵源的人或物實在太少了。

後來，陸明時去拜會已經退隱道觀的韓士杞老先生。韓老先生如今已是耄耋之年，年輕時也曾文冠四方，才壓群雄，是周仁帝朝的股肱之臣。仁帝薨後，韓老先生也致仕退隱，專心在道觀裡讀書講學。孟如韞記得母親曾提過他，說父親年輕時曾聽韓老先生講書，有幸得其指點文章，才得以高中三甲，躋身翰林。

孟如韞倒是不知道，原來陸明時也是韓士杞的弟子。

韓老先生一副不是很想看見他的表情，說陸明時「文治武功皆可信手，卻偏偏棄正途而鑽營詭道」，還說自己早已答應周仁帝，四海已平，良弓須藏，自己只會治學教書，絕不會再出山為官。

「我來此，非求老師入朝為官，」陸明時恭敬地朝他一拜。「是為求學。」

「求學？」

「是。學生為官十幾載，疏於治學，心性日漸鄙薄，恐貽笑世人，故欲重讀經義，洗手作文。」

陸明時態度謙卑誠懇，韓士杞卻不吃這套，冷笑道：「子夙，你我師生二十數載，你心誠不誠，我還是能看出來的。你跟我說實話，我尚可考慮考慮，你若再虛與委蛇，不如就此下山去。」

說完轉身就要走，陸明時慌忙拜道：「老師且慢！」

韓士杞腳步一頓，聽見陸明時沈聲道：「我有一故交，私修國史，未竟而逝，我想替她寫完續作。」

「你說，你要修史？」韓士杞驚訝地挑了挑眉，似是聽到了什麼了不得的事。

後來，孟如韞是從韓老先生恨鐵不成鋼的絮叨中猜出了前因後果。

陸明時幼年即拜入韓士杞門下，跟他在道觀裡求學。韓士杞弟子眾多，但他十分偏愛聰慧知禮的陸明時，說他是天生相才。按照韓士杞給他規劃的路子，陸明時應該潛心修學，以他的才能，必能考上三甲，然後入翰林院做編修。翰林院是朝廷文官重臣的培養地，自大周開國以來，歷代館閣重臣、天子心腹都是翰林院出身，其中尤以翰林院編修為最。

韓士杞想讓陸明時走正途，磨資歷，德化春風，匡道濟世。可陸明時不願等二、三十歲把書讀爛了再十拿九穩地去考個三甲，於是十五歲就過了鄉試，十七歲時瞞著韓士杞去臨京考會試。到底年少輕狂，將將位列二甲第十九名。

韓士杞想著，罷了罷了，那就去翰林院做個庶吉士，然後外派幾年，回到朝廷同樣大有可為。可陸明時卻又背著他自請做了北郡巡檢，要到北方十四郡去厲兵秣馬。

大周重文輕武，有頭有臉的文人寧可袖手候官補，等待別的官位有空缺，也不願意出任武職。陸明時倒好，不僅上趕著撿破爛，還跑到鳥不拉屎的北郡去了，險些給韓士杞氣出個好歹來。

可韓士杞畢竟疼他，後來也想開了。文治武功，只要能造福朝廷，都是正途。可還沒等他這口氣喘勻，幾年後，京中又傳來消息，說陸明時擅兵自專，與長公主殿下聯手逼宮，氣死了行將就木的宣成帝，軟禁了太子。陸明時在外以三十萬北郡悍兵圍困臨京，在內控制了十萬禁軍，親自帶著兵浩浩蕩蕩、挨家挨戶地敲各大臣家的門，直到他們感激涕零，「願奉天恩，迎長公主殿下登基」。

韓士杞沒想到自己養了這麼多年竟養出個朝廷禍害，險些氣得當場收拾包袱去臨京抽他一頓。還沒等他安排好去臨京的事宜，陸明時竟然孤身跑回來了。

陸明時挨了正在氣頭上的韓士杞一頓家法。天降大雨，沾了雨水的藤條一下接一下抽在他脊背上，韓士杞在簷下垂手看著，執行家法的師兄不敢當著他老人家面徇私，每一下都打在了實處，又怕把這聖眷正深、權傾天下的陸都督打出個好歹來，只盼著陸明時能自己服軟認個錯。可陸明時偏偏是個自認沒錯的倔脾氣，硬生生挨下了這二十藤鞭，然後狼狽地背著滿身青紫的傷痕，在韓士杞面前緩緩跪下，行拜師入門的叩拜大禮。

「學生有惑，請老師指教！」他的聲音穿透雨簾，清泠昂揚，像斬雨成花的劍，像擊碎雨滴的珠，清晰地落進每個人心裡。

韓士杞撐著油紙傘走到他面前，緩緩嘆了一口氣，半晌說道：「你起來吧，去沐浴更衣，然後去講學堂找我。」

「老師肯教我了？」

「人有過，不絕其道。你雖有諸多錯處，修史卻是讀書人的正道，你有從正道之意，我不能拒你。」

陸明時在道觀中小住了近半年，中間回臨京兩次處理政務，又連夜趕回道觀。他竟真的洗淨鉛華，換下錦衣，重新做回了問道求學的謙遜士子，白天聽韓老先生講經講史，夜裡點燈沈思，一邊抄錄《大周通紀》前十一卷，一邊嘗試續寫最後一卷。

最後一卷，國策論。

孟如韞很貪心，她知道自己年紀輕，見識淺薄，所以不敢輕易動筆，寄居江家時，一直在整理其父孟午生前搜集的資料。直到她的病越來越嚴重，大夫說她難享長壽時，她才倉促動筆，卻又什麼都不肯捨棄。

按照父親孟午生前的規劃，將《大周通紀》分為十二卷，前八卷為人作傳，王侯將相、山野村夫、老少婦孺，凡有所成，皆值得一傳。後四卷為事作記，上自國策戰事，下至農商，凡對國運有所影響，也都要記錄在冊。這十二卷沒有貴賤之別，都是孟午深思熟慮後確定，歷盡艱辛才搜集了汗牛充棟般的資料。這每一卷也都是孟如韞割捨不下的心病。獨獨最後一卷，國策論，她遲遲不敢動筆，捧卷深思了兩個月，至死也未敢說自己胸有成竹。

史家作國史，如畫家作畫，必要先知其骨相，才能寫其皮相，熟知七分，未見得能刻寫三分。可孟如韞在道觀中長大，十六歲下山後住在江家後院，從未入過朝堂，對國策實在談不上了解，可若是陸明時來寫這最後一卷……

孟如韞想不到比他更合適的人了，論及對朝堂國策的熟悉程度，恐怕連自詡才高的程鶴年也要自愧弗如。

陸明時梳理了大周建朝三百年來的種種國策，從內朝與外朝的官制調整、科舉取士的策試方向，到土地賦稅的增減變動、兵員徭役的改革流動，這對他一個內朝官而言，要比孟如韞輕鬆得多。況且仁帝時期的很多國策都是出自韓士杞之手，陸明時請他指導自己的詞句文風之餘，也常得他一、二句醍醐灌頂的點撥。

「老師深明遠慮，可惜退隱太早，否則您為大周鋪墊的基業，或可撐持數百年。」陸明時一邊提筆作記，一邊感慨道。

「你懂什麼？過滿則缺，人世之事，沒有你想的那麼所以然。」韓士杞悠然自得地啜著苦茶，話音一轉。「倒是你，子夙啊，身居廟堂之高，當憂其民，你莫要失其本心。」

陸明時恭聲道：「學生謹記。」

長公主登基後，改國號為淳安。這一年朝堂人事動盪，民間農商諸事卻以休養生息、減輕賦稅為國策。第二年，國政稍安，陸明時也得了些許空閒來續寫和修改《大周通紀》。

淳安三年上元節，《大周通紀》終於完成。陸明時在扉頁寫下了前國子監祭酒孟午與其女孟如韞的名字，又另抄了一份，修書一封，讓親信送到內閣裡去。

親信抱著箱子頗有些猶豫。「可是內閣那位霍大人素來與您不和，他能同意讓《大周通紀》以官修之身出世嗎？」

「霍弋雖為人陰險，專擅弄權，於文藝方面卻頗有見地，希望他能看在此作可冠諸國史的分上，能暫擱與我的私怨，不以人害物。」陸明時站在窗前說道：「若此路不通，我只能再去求老師幫忙，可我實不願……罷了，你先去吧。」

剩下的話他沒說完，但孟如韞明白他的意思。

除翰林院史官所作或得翰林院追認之外的史書都是私史，私史地位極低，朝風嚴格時，私修國史甚至是犯法的。若《大周通紀》不能以官修之身面世，只能以私史小規模地流入民間，作一閒書娛物，不可進學府，也不可為朝官所傳讀，更遑論傳頌當代，流芳後世。

若《大周通紀》難得官修之身，請韓士杞老先生上京陳情，為之作保或可救之。可韓士杞老先生已經九十歲了，陸明時實不願勞他奔波，又於他晚年壞了淡泊無爭的名聲。

其實能親見《大周通紀》完稿，孟如韞已經覺得人生無憾了，至於官修與否的身外之名，她已然不再貪求。可惜她無法把這些話告訴陸明時，只能與他一起等內閣的消息。

正月十八，書稿送去內閣的第三天，霍弋竟親自來了陸府。他腿腳不便，是被護衛從轎子裡連著輪椅一起搬下來的。

沒想到堂堂次輔竟這麼年輕，看著年紀與陸明時差不多，長得如此清俊。孟如韞胡思亂想道，怪不得她總聽人議論說霍弋是憑藉得長公主的歡心上位的。

「我可以答應陸都督所求，賦予此書官修之名，還可以在國子監與翰林院裡舉辦評議雅集，為此書揚名。」霍弋說道。

陸明時倒是沒想到他會這麼痛快，微微揚眉問道：「那我何以饋霍大人？」

霍弋理了理狐裘領，目光幽深地望著陸明時道：「條件只有一個，我要見此書的作者。」

陸明時道：「前國子監祭酒孟午早在二十多年前就自盡於獄中。」

「我說的是另一個，孟午之女，孟如韞。」

陸明時沈默了一瞬。「她也於十年前過世了。」

霍弋久久不言，倏然，猛烈地咳嗽起來，門外的護衛聞聲而進，忙掏出一個小瓷瓶，倒出兩粒藥丸塞進霍弋嘴裡。

「水！」

陸明時朝家僕使了個眼色，家僕這才忙將茶水端上來。護衛瞪了陸明時一眼，陸明時不懼不怒，只悠然自得地坐在一旁看熱鬧。

「大人不可動氣，若傷了身子，陛下難免擔憂。」護衛勸道。

「出去。」霍弋頗有些不耐煩地冷聲道。

房間裡只剩下陸明時與霍弋。吃了藥後，霍弋臉色漸漸好轉，他對陸明時說道：「那就帶我去看看她的埋骨之地。」

「霍大人此請，咱們陛下可知？」陸明時審視著他。「霍大人與孟家姑娘是何關係？」

霍弋很不喜歡別人拿他和蕭漪瀾的關係作文章，不客氣地回敬道：「那陸大人與孟家姑娘又是何關係，憑甚資格替她續寫，為之求名？」

霍弋似乎也成功踩到了陸明時的痛腳。陸明時決定不與他爭這口無謂的氣。「罷了，帶你去看看也無妨。只是陛下那邊，還請霍大人解釋清楚，莫要生出些不必要的誤會，擾故人死後不得清淨。」

這回，霍弋沒理會陸明時暗戳戳的敲打和警告，不鹹不淡地應了一聲。「我知道。」

淳安三年，清明節。

細雨如酥，在鹿山腳下織出茫茫一片青煙。山上道觀傳來悠長的鐘聲，九九八十一下，遙祭亡魂，在山麓間久久迴盪。

今日，孟如韞的墳前格外熱鬧。青鴿來得最早，依舊帶了上好的桃花酒。她走後不久，霍弋也來過，因為腿腳不便，此處又是陸明時私產，所以他自上次來過之後，今日清明，是第二次露面。可霍弋這人奇怪得很，誠心誠意祭拜她，卻只長久地望著她的墓碑，一句話也不曾說，彷彿怕死人洩密似的，所以孟如韞也未猜出自己與他到底有什麼淵源。

或許霍大人只是單純惜才？孟如韞坐在桃花盛放的樹杈子上，悠哉悠哉蕩著腿往下望。

霍弋帶來的貢品可真豐盛啊，全是宮廷大師的手藝，什麼金絲盤糕、桂花糕、如意餅、龍鬚酥……全是孟如韞愛吃的。可惜她吃不著，只能眼睜睜看著它們變壞。

霍弋靜靜地待了近一個時辰後就下山去了。將近午時，陸明時才趕過來。他走得匆忙，被桃花枝勾亂了髮冠，一縷髮絲悠悠蕩蕩自耳邊垂下，鑽進了衣領裡。

他今日穿了一身遠山青的直裰，領口滾白，襯得氣色很好。山雨如霧，濡濕了衣襟與眉眼，像是來踏青的世家公子。

孟如韞手癢，想折花枝扔他。

陸明時懷裡抱了個箱子，打開，裡面是經內閣勘正後付梓刊印的《大周通紀》十三卷。

有霍弋坐鎮，國史院不敢大改，只是走個過場，重要的是書封上有了官印，便可自由地在士大夫間傳讀。

「二月中旬國史院落官印，我催著司禮監和國子監選紙排版，昨夜通宵印出了最早的一批，一共十套，分送陛下與內閣諸臣，給老師送去一套，又留出兩套來分予妳我。」陸明時燃起火信子，以給亡者燒紙錢的方式點燃了《大周通紀》，放置在孟如韞墳前的銅盆裡。

火焰倏然捲起書頁，橙紅色的焰火竟在濕潤的雨氣中燒得十分旺盛。焚落的書頁如墨色的蝴蝶，繞著青玉石碑上孟如韞的名字，翩翩起落，火光閃爍，一時纏綿不絕。

「我自考中進士後戎馬數載，於經義文章方面沒什麼長進，雖經老師指點，續寫時也常感自己筆力之淺弱。此書示世後，必會有才學之士指出後兩卷有不如前文之感……」陸明時自嘲地笑了笑。「可我為妳續作之事不方便被別人知道。一來，妳一閨閣女子，我不能污了妳的名聲。二來，我在士林中也頗有罵名，總不好給妳抹黑，所以這狗尾續貂的惡名，只能委屈妳擔待受著了。」

孟如韞從樹上跳下來，靜靜站在他身後，聽得心裡怪難受的，彷彿有溫熱的東西在身體裡流動，灼燙得她心裡一片苦澀。

陸明時的聲音低了下去，恍若化作綿綿雨絲。「完成這件事，我與這世間、與過往，再無一絲一毫的牽連，唯有大周的擔子壓在我身上……矜矜，妳生前無依無靠，是不是也活得很寂寞？」

他大概是太累，竟將額頭靠在她的碑上睡著了。季春的雨不大，卻仍是帶著寒氣，拂落在他臉上，凝成白霧如霜，洗得他長睫如羽，薄唇含朱。飄落的桃花也簌簌往他身上落，很快為他披上一層緋色的薄衫。他睡得那麼安靜，彷彿再也不會醒來似的，要與此處清淨的花林融為一體。

縱然明白自己無法觸碰，孟如韞仍情不自禁地走上前，扯著自己入棺時穿在身上的素色長裙寬袖，想為他遮一遮這冷雨。

午時三刻，山上道觀再次撞鐘，鐘聲清越，裊裊傳到這邊來。

陸明時倏然睜眼，先是愣怔，繼而警惕。

「妳是何人？」

孟如韞猛的回頭，沒看見有人，又猛的把頭轉回來，感到自己心跳得劇烈。

「你是問……我嗎？」她顫顫巍巍地指著自己。

「這裡還有別人嗎？」陸明時皺眉。

孟如韞渾身顫抖，一個她妄想了十年的念頭死灰復燃。她的聲音幾乎帶了哭腔。「你真的能看見我？你真的能……」

「我又沒瞎。」陸明時心裡忽然浮現出一個很離譜的猜測。「妳是——」

方圓十里早已被他買下圈成私產，派了家僕守門巡邏，即使是霍弋，也要得他允許才能進來，萬不可能憑空冒出一個陌生女郎。

那女郎忽然撲落在他身上，拽著他的袖子渾身發抖。「我是孟如韞，我是矜矜啊！」

矜矜。陸明時驀然睜大雙眼，目不轉睛地盯著她。

她的眉眼，與陸明時記憶中的孟夫人有幾分相似……矜矜，真的是矜矜。

他下意識抓緊她，卻忽然驚覺她輕盈得不正常，落進他懷裡時，輕飄飄的，像沾雨而落的一團柳絮。

「陸明時，謝謝你……謝謝你救我出執念。」孟如韞感覺自己在慢慢消散，變得輕盈、虛弱。她緊緊抓著陸明時的手，飛快地想要在千言萬語中理一個頭緒出來，望著他又驚又喜的神情，心裡卻越理越亂。

來不及了，不可貪戀。

「我將無憾而去，這大好河山與人間熱鬧，陸明時，求你替我多看一眼，多體會一些……」一陣風吹來，孟如韞覺得自己正從他懷裡彌散，聲音也變得孱弱。她用盡所有的力氣朝他喊道：「你要興高采烈活一輩子，每年清明來說給我聽！」

陸明時眼睜睜看著她在自己眼前消失，頭頂的桃花樹倏然搖落一地花瓣，飄在他掌心，恍若她剛剛衣角的餘韻。

「我知道了。」陸明時眼眶通紅地望著自己的掌心，許久長嘆了一聲。「我知道了，矜矜。」

那日下山時，屬下見陸明時神思不定，斟酌著問他怎麼了。

「沒什麼……只是在山上時，作了一個夢。」陸明時回頭望了一眼，臉上竟然似有笑意。

屬下見他似乎心情不錯，舊事重提道：「您那封辭官的摺子……」

「往宮裡送了嗎？」

「還沒。」

陸明時嗯了一聲，半晌突然道：「別送了，燒了吧。」

屬下一愣，喜笑顏開地應下。「好的！馬上去燒！」

第四章

孟如韞死後在世間蹉跎了十年，終於等到破除執念，清淨歸去。她感到自己的靈魂變得越來越輕，意識也越來越模糊，正從這世間乾乾淨淨地離開。

忽然一陣猛烈的顛簸，她感覺到身體重重一墜，像撞在什麼東西上，意識也變得逐漸清晰起來。

又一陣顛簸後，孟如韞睜開了眼。

入眼是棗木黃的車廂壁，她正蜷臥在一駕逼仄的馬車裡。馬車在崎嶇的山路上駛得飛快，顛得車廂裡的雜物四處亂滾，剛剛她正是撞在了放書的木箱子上疼醒過來的。

車廂外傳來青鴿清亮的罵聲。「你個破爛小道士到底會不會馭車啊！我家姑娘可還病著呢，你這麼顛，誰受得了啊！」

答話的是個十二、三歲的半大孩子。「妳又要天黑前進京城，又要走得舒坦，有本事加錢去請我師父啊！或者妳妳這麼有力氣，先行去前面把路鏟平不就行嘍！」

「嘿你個——」

「青鴿……」

車廂裡探出一隻細白的手臂，挑開了簾子。孟如韞雙眼通紅地望著正橫眉怒目吵架的青鴿，顫抖的聲音裡滿是不可置信。

「哎呀，姑娘妳醒了！這才剛睡著，肯定是顛醒的。」青鴿忙鑽進車廂裡，車廂很窄，她大半個身子剛縮進來，突然被孟如韞一把抱住。

孟如韞緊緊抱著她，渾身顫抖，過了一會兒，眼淚大顆大顆地砸在青鴿手背上。

青鴿嚇懵了。「怎麼了，姑娘？是不是哪裡不舒服？怎麼哭了？」

駁車的小道童聽見了車裡的動靜，下意識地放緩了車速。

孟如韞不說話，只是抱著青鴿一個勁兒地落淚，許久才鬆開她，接過她遞來的帕子擦了擦眼睛。

「到底怎麼了？怎麼哭得如此傷心，可是身體難受？」青鴿焦急地問。

孟如韞輕輕搖了搖頭，聲音沙啞。「沒事，就是剛剛作了個夢，嚇著了。」

「什麼夢能嚇成這樣？」

孟如韞扯了扯嘴角。「說出來怕嚇著妳，不說了。」

她挑開車側的車簾往外看。她們剛從山路上下來，駛上了一條開闊平坦的道路。孟如韞認得這條路，是從鹿山上鹿雲觀到京城的必經之路。路邊開著一叢叢淡紫色的小野花，散如繁星，此花名紫牽，花期在春季。

一些久遠到模糊的記憶漸漸甦醒，孟如韞把頭探出車廂，遠遠望了一眼身後隱入雲霄的鹿雲觀。

十六歲那年，她在道觀中為母親守靈滿三年，收拾行李去臨京投靠舅父。彼時正是三月中旬，紫牽花開了一路。如她所料不錯，她應該是因為某種尚不清楚的機緣，重新回到了年少時期，回到了自道觀離開後趕往臨京的路上。

孟如韞望著變幻無窮的流雲，心中感慨萬千。

她正出神，忽覺胸口一陣悶窒，捂著嘴咳了兩聲。久違的胸悶感又回來了。

鹿雲觀的冬天很冷，山風又乾又烈，母親卻要常常冒著山雪去湖邊替人濯洗衣物。母親不讓她出門，可她偏要偷偷跟著，一趟兩趟跑下來，小小的孟如韞就覺得胸悶氣短，肺裡疼得厲害。觀裡懂點醫術的女道士來看過一眼，說是自幼身體裡帶著病根，又寒氣入肺，以後要仔細保養，否則難享長壽。

可她與母親尚難溫飽，哪有辦法讓她矜貴著養病。

本該煙消雲散的陳年舊事又在腦海中變得鮮活，算起來，也不過才隔了七、八年。

「咱們還有多久到京城？」孟如韞問。

青鴿抬高聲調朝外吆喝。「小道士，你聾啦？」

半大的小道士狠狠一甩馬鞭，氣哼哼道：「說了申時末，申時末！再催明天也到不了！」

青鴿氣得在他身後拿拳頭比劃。孟如韞笑了笑，把頭靠在車壁上休息了一會兒，對青鴿說道：「等進了臨京城，咱們不急著去江家，先找間客棧住下。」

「好，」青鴿應下。「姑娘有事要辦？」

孟如韞點點頭。「我這身病養起來費錢，咱們與舅舅家十幾年沒來往，他與舅母未必願意花錢給我治病。我想先在外面攢點錢再去投奔江家。」

上一輩子，孟如韞沒想這麼多，從道觀出來後就直奔江家。舅母不喜她頻頻出門，怕別人誤認她為江家表姊，壞了她表姊嫻靜的名聲，所以孟如韞至死都被圈在高門冷院裡過著清貧的生活，哪裡有閒錢養病。

聽見孟如韞終於肯對自己的身體上心，青鴿十分欣慰，贊同道：「好，那咱先在外面住著。春闈放榜結果已出，也不知他考上了沒有，明天讓小道士去程府給程公子送信！」

馭車的小道士又狠狠一甩鞭子，抗議道：「又使喚我！一共給二十文錢，連棺材本都要摳回去，誰家小娘子像妳們這樣！」

聽青鴿提起程鶴年，孟如韞垂下眼。「我回臨京的事，先別告訴程鶴年。」

區區進士，程鶴年自然是能考上的。她記得上一輩子程鶴年考中了二甲第七名，在臨京出了不小的風頭。

「啊，不告訴？」青鴿恍然大悟。「我知道了，肯定是想好好準備一下，給他個驚喜，對不對？」

孟如韞沒說是，也沒說不是，默不作聲地笑了笑。

「這主意不錯，姑娘花容月貌，好好打扮打扮，然後突然出現在他面前，準能把程公子嚇一跳。他一看，哎呀我的小道姑竟然這麼好看！肯定恨不得馬上把妳娶回家嬌養著，夏天給妳置冰盆冬天給妳置火盆，保准連一絲絲的柳絮都飄不到面前！」青鴿說著說著，自己先憧憬起來。「說不定到時候，我也能沾姑娘的光，指揮一院子的丫鬟！」

孟如韞也情不自禁跟著她笑。「程鶴年有那麼好嗎？」

「我看程公子待姑娘不錯。」

「可是程家世代書香門第，家教極嚴，他的婚事自己作不了主。程大學士不見得願意讓自己的嫡子娶個破落戶回家，何況我這一身病，娶回去也怪晦氣的。」孟如韞不緊不慢地說道。

「啊？」青鴿垮下了臉，嘆了口氣道：「姑娘妳這麼好，倒也不是非他不嫁。只是京城這麼大，咱們兩個啥也不懂的弱女子，到哪裡能賺錢餬口啊？」

孟如韞笑吟吟道：「誰說我什麼也不懂？」

馬車駛入了京城，一條筆直的大道自城門向北延伸，道路兩旁種滿了環抱粗的梧桐，傍晚的風一起，葉響如萬軍譁然，蓋過了底下川流不息的行人與車馬聲。

剛入城時，路邊多是車馬行和腳夫們愛去的茶酒鋪子，再往城內行兩、三里，客棧和酒樓就多了起來，還有很多穿街走巷的挑夫，挑著手絹帕子等小玩意兒到處吆喝。也有支鋪子賣各種糕點蜜餞的，包子鋪的蒸籠一開，水白的煙霧差點把青鴿給香暈過去。

街上人來人往，步行的牽馬的人流如織。小道童怕驚了馬，不敢往人更多的地方去，孟如韞和青鴿就在客棧巷子處下車。孟如韞買了幾個包子，塞給小道童兩個讓他回去路上吃，又多給了他十文錢。「天黑山路難行，要小心，莫貪玩，別讓你師父擔心。」

「哎呀，知道了。」小道童歡喜地接過賞錢，駕車往出城的方向去了。

孟如韞和青鴿挑了家清淨的客棧落腳。她沐浴後換了身衣服，見青鴿正扒在窗口往外看，唏噓道：「我長這麼大第一次來臨京，好熱鬧啊，燈火通明的，這得浪費多少錢啊？」

孟如韞解釋道：「臨京夜不閉市，有兩條街道晝夜通明，一條是同樂街，另一條是晉雲街。前者是臨京最熱鬧的商事街，夜裡有弦歌聲樂，歌舞昇平，取『與民同樂』之意，後者是達官貴人們住的永安坊到皇宮的必經之路，仁帝在位時，宵衣旰食，常夜間召大臣入宮問政，久而久之，這條街上的燈籠就徹夜長明。晉雲，取『青雲晉升』之意。」

她給自己倒了杯茶，披著濕漉漉的頭髮走到窗邊，深深吸了口氣。上一世，她死後被困在京城內十年，對這座城裡的一磚一瓦早已熟稔於心，可重新以肉體凡胎踏入這座京城，呼吸著這裡的空氣，聆聽著窗外的喧嚷時，又是另一種感覺。

「哇……姑娘懂得好多啊！」青鴿一轉頭，看見孟如韞紅了眼眶，驚道：「怎麼了、怎麼了？怎麼又哭了？」

「沒什麼，有些想娘親了。」孟如韞微微嘆息道：「這些都是母親告訴我的。」

她自記事起就在道觀中長大，但母親常與她說起臨京的熱鬧和繁華，哪家茶樓的茶點好吃，哪家酒樓的歌舞熱鬧，她都記得很清楚。母親臨死前的那年臘月，還以不能回臨京為憾，孟如韞用那些幫觀裡道士們抄書的錢，託人買了母親常提及的糕點回來，她看見母親的眼淚滴在油紙包上，瑩瑩閃著光。

臨京這個國都，承載了母親前半生的安逸錦繡和短暫的後半生的哀思。

除了母親之外，晉雲街也讓孟如韞想起了陸明時。

仁帝之後，晉雲街雖仍徹夜長明，尋常卻再無皇帝夜召、臣子夤入的雅事了。直到上一世長公主登基後，令陸明時掌天下兵馬與臨京十萬禁軍，外防戎狄內鎮諸臣，並允他在宮中縱馬，入宮無須通稟。

自那以後，晉雲街的長燈就是為陸明時而亮。他隔三差五就要夜馳宮城，黑袍銀甲，袖口常常沾血帶霜。遠至塞北的軍情，近在京城的暗湧，沒日沒夜地熬著他的心血，而他在此重壓之下，還要擠出時間和心力替她續寫《大周通紀》。

孟如韞靠在窗前，聽著遠處街市裡傳來朦朧的吆喝聲，深深嘆了一口氣。

第二天，孟如韞起得很早，青鴿剛要出門去買些早飯，卻見孟如韞穿了身男人的寬袖棉直裰，戴著巾帽從房間裡走出來。她接過早飯，對她說道：「妳也去換身衣服，咱們出門轉轉。」

她們上街的時候，許多茶樓酒肆還沒開張，花樓的姑娘們懶洋洋地倚在欄杆上打哈欠，露完臉後就轉身回去補覺了。此時街上賣早茶的居多，也有挑著擔子賣新鮮果蔬的，晃晃悠悠從她們面前穿過。

孟如韞是有目的地走，青鴿卻是不挑剔地逛，見了什麼新奇什麼，連關在籠子裡的小雞仔都想逗上一逗。

她們穿過同樂街，拐進了浥塵坊。孟如韞說這裡西臨國子監，東臨官邸如雲的永安坊，所以多茶樓酒肆和舞館樂閣，是文人雅士雲集交遊的地方。

「咱們來這兒做什麼，喝茶？聽曲？」青鴿望著鱗次櫛比的樓臺高亭，看著那一塊塊閃閃發光的牌匾，怯怯地嚥了口唾沫。「這兒……很貴吧？」

孟如韞隨身帶了把扇子，裝模作樣地一甩。「貴就對了，咱們是來賺錢的。」

「賺錢……」青鴿臉色一變。「等等，姑娘，使不得啊！要是被夫人知道妳來這種地方……」

孟如韞抬手在她腦袋上敲了一下。「想岔了，妳還是閉嘴吧。」

她一撩袍襬，走進一家名叫寶津樓的酒樓。

酒樓剛剛開門，時候尚早，店裡還沒有客人，只有幾個動作麻利的小廝在擦拭桌椅。右手邊的檀木珠簾後有一年輕女子正在撥算盤，看見孟如韞後放下手裡的活計，提裙嫋嫋地走了過來，上下打量她幾眼，笑問：「客官為何而來？」

「怎不問我要酒還是要茶？」孟如韞問。

紫裙女子一笑。「都不像。」

她打量孟如韞的時候，孟如韞也在觀察她。雖然年紀裝扮都變了，但孟如韞還是認了出來。上一世她經常替長公主去陸府傳密旨，是長公主身邊的親隨，好像是叫紫蘇來著。這家「寶津樓」背後的東家是長公主，也是孟如韞在陸明時身邊時偶然知道的。今日登門一看，果然與尋常酒樓不同。

酒樓門口豎著布告牌，因為剛開門，所以兩、三個小廝正合力往外搬。那牌上用小楷寫著：對弈、投壺、籌算、詞賦，勝一者入大堂，勝二者得雅間，勝三者為之歌舞，全勝者酒千杯、茶萬盞、歌舞不絕，分文不取。

緊接著又搬出一塊落地木布告牌，上曰：一擲千金者請。

所以想進這寶津樓，要麼有才華，要麼有錢。這位紫蘇姑娘坐鎮堂中，想必牌子上這四藝，就是要與她決勝負了。

紫蘇見孟如韞盯著門口的牌子，微微一笑道：「客官可要一試？」

「好啊，」孟如韞把摺扇一合。「那就試詞賦吧。」

剩下三樣她也會玩，且都玩得不錯，可她今日不是來出風頭的。風頭出太過，難免要讓人懷疑她的居心。

紫蘇引她繞去左手邊的溪山圖屏風後。這間半敞的雅間裡陳設四張小几，分別擺著棋盤、箭壺、算盤和筆墨紙硯。孟如韞在最後一張小几前坐定，抬手取了墨來研。

「不知這詞賦是什麼比法？」孟如韞問。

紫蘇從博古架上取出一本詞作集。「你我各說一數字，取中數為頁數，本書中對應那一頁所載詞作為詞牌與主題之限定，如此，可算公平？」

孟如韞點點頭。「自然公平。」

選定的詞牌為〈踏莎行〉，主題是春雨，限定在一炷香內。香燃得很快，孟如韞卻不慌不忙地研墨，看得青鴿都替她著急。半炷香後，她終於蘸墨落筆，腕動筆游，字跡流暢，最後一截香灰落下時，孟如韞最後一筆剛剛收完。

紫蘇將寫的詞作與孟如韞互換。她先是略略一掃，頗有些詫異地望了孟如韞一眼，繼而又逐字逐句細品，最後一句竟情不自禁誦讀出聲。「天蠶食桑，不織閒愁，織就萬家辛苦。」

紫蘇放下詩作，朝孟如韞微微一屈膝。「姑娘胸懷寬廣，是我唐突了。」

見她早就看穿了自己的裝扮，孟如韞也起身還了個女兒禮，這才道明來意。「聽說寶津樓歌舞為臨京一絕，不知缺不缺填詞先生？小女子冒昧前來自薦。」

「姑娘想賣詞賺錢？」紫蘇有些驚訝地挑了挑眉。

臨京城裡有幾家有模有樣的酒樓，自家蓄著的歌舞伶人比教坊司還技藝高超，引得文人雅士爭相追捧。士大夫們在此宴飲作詞，經酒樓中樂師演奏後流傳市井，是件十分風雅的軼事。

然此機緣並不常有，朝中清流一派愛重名譽，尋常不流連市井，宴飲遊樂多在自家府邸；世家紈袴又多草包，只會附庸風雅，填出的詞簡直能酸倒牙。寶津樓雖養著幾位久試不第的舉子做填詞先生，卻也都是些泛泛之輩。

這位自稱「青衿」的姑娘，年紀雖輕，詞作卻頗有疏朗縱橫之意氣，沈潛端凝之筆力。紫蘇思索一番，決定作主應下她。「不知姑娘報價多少？」

「管吃管住，短詞一兩銀子，長詞二兩銀子。」孟如韞道。

倒也值這個價錢。紫蘇點頭應下，喊來一個身著青色短褙的中年婦人。「七姑，帶她們到後面迎風院，找個南向的房間安置一下。」

孟如韞和青鴿跟著七姑去後院看房間去了，紫蘇將孟如韞留下的詞作對摺收好，轉身回右側雅間將昨晚的帳算完。將近中午的時候，底下人悄悄通報說霍公子來了，紫蘇忙擱下手裡的活兒去二樓。

霍弋腿腳不便，不常來寶津樓，但每次過來，底下的人都如臨大敵。帳房忙活好幾天才釐清的帳本，他只略略翻幾眼就能尋出錯處，還有寶津樓裡費盡心思收集到的朝堂消息，也常常難入他那雙火眼金睛。「別學朝中那幫聞風而奏的飯桶，既然是聽說，為什麼不查清楚再來匯報？」

想起霍弋的冷漠斥責，紫蘇有些緊張，站在門口深呼吸了一口氣，才輕輕叩門，得允後推門而入。

霍弋正在聽樓內的暗線匯報消息，一邊聽一邊翻帳本。待暗線匯報完離開後，才看向紫蘇道：「再過幾個月，殿下就要回京了，長公主府勞妳提前安排好。太子那邊妳別管了，我另外派人盯著。」

「是。」

霍弋很快翻完了帳本，沒挑出什麼錯來，紫蘇暗暗鬆了口氣。誰知他又道：「寶津樓近兩個月收入很可觀，看來都是一擲千金而來，竟沒有人能在四藝上勝妳一籌嗎？」

寶津樓四藝，指的就是門外布告牌上寫的對弈、投壺、籌算、詞賦。每一項都能反映出人的不同特質，如擅長對弈的人往往精於謀略，擅長投壺的人騎射也不會差，能籌會算的是聰明人，工於詞賦的是科舉進士的潛力股。

寶津樓以四藝為入門票引，不僅是為了譁眾取寵，也是為了發現和招攬有才能的人為長公主效力。這是霍弋當年開設寶津樓的初衷。

紫蘇覷著他的臉色，試探著問道：「會不會是咱們的標準太高了，要不我以後放放水？」

霍弋道：「求才取士，寧缺毋濫。若是連妳也比不過，對殿下也沒什麼用處。」

紫蘇心裡暗道：我好歹也是跟在殿下身邊長大的，什麼叫「連我也比不過」？

「不過今天早晨倒是來了一位工於詞作的小娘子，自稱青衿。」紫蘇將孟如韞的事告訴霍弋，拿出她作的〈踏莎行〉給霍弋看，霍弋看完後挑了挑眉，似是有些驚訝。

「如此才華，可惜是名女子，否則他日科舉，能高中三甲也未可知。」霍弋道。

紫蘇說道：「我也是這麼想的，所以便作主將她留下了。明日派人探探她的底細，別是太子安排進來的人。」

霍弋「嗯」了一聲，將那張詞作還給了紫蘇。「妳作主便是。」

第五章

孟如韞與青鴿暫且在寶津樓安頓下來。紫蘇給她安排了一處不錯的房間，和樓裡彈箜篌的姑娘共用一個院子。那姑娘叫趙寶兒，原是揚州人，家裡遭了災，就到臨京來學手藝，是寶津樓裡的老人。

趙寶兒很喜歡孟如韞填的詞，每次譜了新曲子，第一個邀她去品評。知道孟如韞身體不好後，趙寶兒經常買些珍貴的藥材送她，還把自己的小廚房借給青鴿熬藥。

孟如韞感激她，於是一有時間就給趙寶兒填新詞。她的詞賦風格多變，可婉約清麗，唱林梢新月，也可氣脈浩然，詠大漠長煙，貴在收放自如，遣詞酌句，讓人耳目一新。短短半月，寶津樓就有好幾首詞曲在坊間傳開，不僅其他酒樓爭相模仿，許多風雅士人醉後也擊鼓而歌，風靡一時。

這天，趙寶兒又請孟如韞去聽她新譜的塞上曲。時下流行清麗柔婉的花間詞、婉約曲，趙寶兒卻難得作了一曲豪邁英武的快曲，箜篌弦在她指下噌噌作響，驟如萬馬奔騰，又倏然高起，鏗鏘回轉，似長箭破開城門，繼而一往無前地傾洩而下。

「好！」孟如韞聽得心中酣暢，十分驚奇地撫摸著趙寶兒的箜篌。「我還是第一次知道，原來箜篌能彈出如此英氣豪邁的曲子。」

趙寶兒笑了笑，摘了戴在手指頭上的指套。「我見過一個吹嗩吶的師傅，能把〈蝶戀花〉吹得柔腸百結。可見樂器為人心發聲，本無柔婉與英武的差別。」

「這倒是。」孟如韞若有所思。「可妳怎麼突然譜了首塞上曲？是靈感偶得，還是為哪位將軍而作？」

趙寶兒突然紅了臉，拉著孟如韞的手，神神秘秘地小聲說道：「聽說陸巡檢在北郡打了勝仗，這兩天就要回京受封賞了！」

「陸……巡檢？」

「哎呀，就是陸明時。妳沒聽說過嗎？就是那個十七歲中榜，以進士出身請轉武職的那位！」

趙寶兒眼睛亮亮地給孟如韞講陸明時的故事，說他三年前考中進士，當今天子見他年輕，長得丰神俊朗，有意拔擢他入館閣，留在身邊栽培。還有流言說天子想招他為駙馬，但是陸明時當場拒絕了。

宮裡的話幾經周折傳出來，傳得有些離譜，說當時陸明時脊梁筆挺地跪在丹墀下，高聲陳請入北郡兵馬司，其言詞懇切，令在場士大夫汗顏。

當今天子被當場駁了面子，心裡十分不痛快，讓陸明時回去候補待缺。說是候補等有官缺再給他安排職位，實際上就是晾著他。後來還是修平公主向天子求情，才給他安排了一個北郡巡檢的職位，讓他滾去北郡赴任。

大周北郡巡檢為從八品，何況既是武官又是外官，這對二甲進士出身的士人而言實在是有些寒磣。但陸明時瀟瀟灑灑地走馬赴任北郡，短短三年時間，竟以從八品的身分幹了件震動臨京的大事——

他活捉了戎羌忠義王世子，還端了他們在北郡發展了十幾年的一個探子窩。

「咱們大周就怵跟戎羌人打仗，這些年贏少輸多，吃了太多虧。戎羌蠻子一肚子壞水，還想讓咱們把嫡公主嫁過去，聽說聖上可生氣了……」趙寶兒昂首挺胸，與有榮焉道：「這回陸巡檢狠狠打了戎羌的臉，把忠義王世子像小雞仔一樣拎到了臨京來，看他們還囂張不囂張！」

孟如韞聽得入神，好奇道：「妳怎麼知道得這麼清楚？」

「如此壯舉，早在京城傳開了，來寶津樓聽曲喝酒的客官們天天聊陸巡檢，聽說聖上還要越級提拔他做六品北郡守備呢！」趙寶兒抱著箜篌，悠悠長長嘆了口氣。「當年陸巡檢離京赴北郡上任時，我曾遠遠見過他一面，那可真是……妳知什麼叫『晚風吹畫角，春色耀飛旌，寧知班定遠，猶是一書生』？」

看趙寶兒這模樣是十分崇拜陸明時的，她還說若非自己身分卑微，簡直作夢都想嫁陸明時這樣意氣風發的少將軍，搶破頭也要與臨京的貴女們一爭高下。

「不過他連修平公主都看不上，眼光肯定高得很。唉，我等俗女，怕是只有空相思的分兒了。」

孟如韞聽得心裡連連稱奇，忍不住撈著趙寶兒一直打聽。

上一世，她認識陸明時的時候，他已是而立之年，是位高權重、喜怒不顯人前的陸都督。那時，他的生活全是處理政務，唯餘夜深一點閒暇替她續寫《大周通紀》。她悄悄跟在陸明時身邊許多年，連個知冷知熱的女眷都沒見過，偌大的陸府空曠得像座荒山野寺，他端坐寺中，修得像個無情無欲、走火入魔的高僧。

卻不知他年輕時也曾熱血耿介，橫刀立馬，縱橫北郡。如此新鮮的陸明時，是孟如韞上輩子未曾窺見一點端倪的。

誰知她問得多了，反倒惹得趙寶兒好奇。

「青衿，之前從未見妳對這些事感興趣，今天怎麼還追著問起來了？」

孟如韞臉一紅，更叫人起疑心。「妳講的比說書的還精彩，我這不是……給妳捧個場。」

「真的？」趙寶兒斜眼瞧著她，紅唇一揚。「莫不是被我給說得動心了？」

「我連陸巡檢長什麼模樣都沒見過，瞎說什麼呢！」孟如韞心虛地瞪了她一眼。「再說我不打聽明白了，怎麼給妳填詞，難道妳今天是請我來白聽曲的啊？」

當然是請她來填詞，不僅要填，還要填得獨一無二、字字珠璣。只因趙寶兒得了消息，說菩玉樓的姜九娘也打算在陸巡檢歸京那天登城樓獻樂，還邀了教坊司的歌伎一起，打算搶她的風頭。

「那姓姜的小賤人平時抄咱們寶津樓的曲子也就罷了，紫蘇娘子說和氣生財，我便不跟她計較。可陸巡檢仙人之姿，貴耳玉體，豈能被她的破爛曲子玷污？」趙寶兒十分不忿地說道。

「行行行，就依妳所言。」

孟如韞依了趙寶兒的請求，為她的〈塞上曲〉填詞。第二天一早就將作好的詞拿給趙寶兒過目。趙寶兒向來信賴孟如韞的才華，凡經她填過詞的曲子，莫不為客人所讚。

可這次畢竟是彈給陸明時聽，趙寶兒讀過一遍後，頗有些忐忑地請教孟如韞道：「我看這詞作通篇寫的是北郡風物，怎麼無一句誇讚陸大人功績和英姿？要不要再改改，改成『林暗草驚風，將軍夜引弓。平明尋白羽，沒在石稜中』這種風格的？」

「改倒是能改，只效果未必如妳所願。」孟如韞接過趙寶兒泡的金銀花茶，喝了一口潤潤嗓子。

「怎麼說？」

「為人作曲，如替人裁衣，是否合適，是否滿意，要聽聽本人的意思。據妳所知，這位陸巡檢可是喜歡聽人誇耀，矜才伐功之人？」

「自然不是。」

「那妳便是把他誇得天上有地上無，也不過是唱個熱鬧。」孟如韞說道：「陸巡檢能放著大好前途不要，在北郡吃三年的冷土黃沙，想必心裡對北郡的風物是有感情的。妳唱得好，他必能注意到妳，聞曲如臨景，觸景而生情。一首曲子，若能撥人心弦，難道不是其高明之處嗎？」

趙寶兒若有所悟，聽得連連點頭，再重讀孟如韞帶來的詞作，心裡又有了新的理解。

孟如韞問她。「妳可知此詞中的『刃山拒北漠，熔金入烏城』說的是何處？」

趙寶兒眨眨眼。「啊？北邊那些郡城不都長一個樣子嗎？又窮又荒。」

孟如韞笑了笑，望著杯盞中淡金色的金銀花，想起了一些往事。

「說的是樂央郡，又叫拒馬關。仁帝年間，有一位將軍曾奉命駐守此地，他帶領麾下十萬將士開墾山石，築起十里城牆，又在城外挖溝渠，種下數百頃胡楊林，隔開了樂央郡與北邊的呼邪河大草原，使得北戎羌的鐵騎再也無法南下縱橫，入樂央郡燒殺搶掠，當地百姓都自稱樂央郡為拒馬關。」

趙寶兒驚訝道：「我還以為將軍只管打仗，原來竟要做這麼多事。」

孟如韞點點頭。「雖然近些年樂央郡軍備鬆弛，可依然是兵家必爭之地，陸巡檢駐守北郡，肯定在樂央郡花了不少心血。」

「我明白了！」趙寶兒高興地拉起孟如韞的手，眼睛亮晶晶的。「這叫投其所好！」

孟如韞也跟著笑了。

對於這首詞，她也藏了許多私心。上輩子陸明時對她有代筆續作的大恩，孟如韞一直以無以相報為憾。她不想唐突驚擾陸明時，能親手為他填一首詞，在他馭馬入京時傳唱進他的耳朵裡，她已經覺得很好了。

五月十七，北郡巡檢陸明時押送忠義王世子入京。

宣成帝大悅，特賜陸明時車馬扈從自玄武正門而入。這扇只為王侯將相而設的高拱紅門隆隆打開，一隊銀甲騎兵縱馬而入，進入城門後，須由疾馳改為緩步，只見為首的將領一勒轡繩，紅馬高高揚起前蹄，打了個響亮的響鼻。

銀甲如鱗，在夏季的暖煦陽光裡，彷彿還散著北郡凜冽的寒氣。為首將領摘下頭上戴的銀兜鍪，隨手拋給身後的副官，露出一張年輕俊美的臉。

只見他眉若遠山之逸，眉峰又有刀削之凌厲，一雙鳳眼微合，眼尾上揚，鼻梁高挺，薄唇含珠。他五官生得好顏色，偏掛了一副冷淡疏離的神情，令人望之生畏，一徑淺笑時，又露出幾分縱馬入高門的少年意氣。

正是陸明時。

他掃了一眼長街後便垂下眼，騎在馬上晃晃悠悠往前走，彷彿因長途跋涉而疲憊。

長街兩旁圍滿了前來看熱鬧的百姓，兩側樓閣裡也擠滿了慕名而來的妙齡女郎，隨著陸明時穿行，紛紛拋下各色絲絹帕子，像一場五彩繽紛的花雨。

陸明時身後的副官沈元思馭馬上前，感慨道：「在北郡吃了幾年沙子，我都快忘了臨京姑娘們長什麼模樣了。子夙，你豔福不淺啊！」

陸明時眼皮也不抬。「幹好你的正事，別走神。」

沈元思轉頭掃了一眼關押忠義王世子囚車的方向，回過頭來對陸明時說道：「放心吧，都在咱們的掌控中呢，出不了岔子。」

自玄武門入穿過正街，北行五里後過了覓水橋就是內城門。內城裡住的多是達官顯貴，城內酒肆商鋪林立。

內城城牆本作城防之用，大周承平日久，臨京三百年沒有戰亂，內城門的城防也逐漸鬆弛。如今城門常開，基本不作城防之用，反而還在城牆上起高閣，供人登臨，俯視覓水，宴遊玩樂。

趙寶兒與菩玉樓的姜九娘正是在此處靜候陸明時，一個攬著箜篌，一個抱著琵琶，在內城門城牆上一左一右的登高亭裡旗鼓相當地對望。因為趙寶兒的邀請，孟如韞也來湊這份熱鬧。她站在趙寶兒身後，遠遠就望見一隊銀甲自南城門的方向游弋而來。

「他們到了！」有人喊了一句，姜九娘懷裡的琵琶弦鏗然一聲響，迫不及待地奏起曲子。趙寶兒也不甘人後，指尖一挑，箜篌樂曲高亢嘹亮。兩曲相競，互攀互抬，自城牆高亭裡傾洩而下，引得圍觀眾人拍手叫好。

孟如韞悄悄踮起腳往下看，一眼就看到了陸明時。

他馭馬在前，身後是兩個副官，再往後是兩排全甲騎兵，騎兵後的囚車被黑布蓋著，又用鐵鎖鏈纏了許多層，裡面關押的是忠義王世子。跟在囚車後面戴著鐐銬灰頭土臉的是與忠義王世子一同被抓的小嘍囉，小嘍囉後面又是精銳騎兵壓陣。

圍觀百姓在高亢嘹亮的樂曲中歡呼雀躍，姜九娘那邊的歌伎開喉亮嗓，極盡溢美之詞。陸明時還沒什麼反應，左副官沈元思先陶醉了，聽出一臉沒骨頭的酥樣，對陸明時道：「聽聽，聽聽，子夙兄，美人一句勝千言哪！」

「你要是喜歡聽這些，交了差以後可以去尋她。」陸明時臉上沒什麼表情。

沈元思道：「那多不好，人家中意的是你。」

「沒關係，你雖差點意思，東宮也不會嫌棄。」陸明時輕嗤。

「東宮？」沈元思一愣。「你說這是太子殿下安排的？那另外一個呢？」他用下巴指了指趙寶兒的方向。

姜九娘那邊歌音一落，趙寶兒隨即開口唱了起來。相較於姜九娘毫不遮掩的唱頌誇耀，趙寶兒的曲詞顯得十分含蓄，好像只是隨口唱了一篇北郡詞作。沈元思覺得有些無聊，一轉頭卻見陸明時正若有所思地望向趙寶兒的方向。

「看來作詞之人對北郡頗為熟悉。」陸明時點評。

沈元思問：「子夙兄喜歡這樣的？」

陸明時不鹹不淡地瞥了他一眼。「我是在想作詞的人。」

孟如韞正聚精會神地往下看。陸明時他們越走越近，很快被城垛遮住了視線，她要跑到另一邊才能看到。結果她一轉身，不小心跟人迎面撞在了一起。

那是個穿著灰褐色短打的精瘦男人，戴著草帽，眼睛細長，鼻如鷹勾。

他撞了孟如韞後也不扶人，也不道歉，爬起來低著頭轉身就走。孟如韞揉著自己被撞疼的鼻子，疑惑地望著他的背影，忽然瞪大了眼睛。

適才被她一撞，戴草帽的男人袖子裡露出半截細長的木頭，像某種武器的手柄。

孟如韞認得這種武器，也認得柄上那個猙獰的狼頭。這是戎羌軍中流行的一柄袖中箭，上面刻畫的草原黑狼，是戎羌貴人的象徵。這是前世跟在陸明時身邊時知道的，有一回陸明時被人暗算受傷，對方用的就是戎羌袖中箭。

她慌忙從地上爬起來，擠開人群跟上那個灰衣男人。眼見著他擠到了牆垛子邊，在看熱鬧的人群遮掩下，悄悄抽出了袖中箭，以小臂遮掩，狀若無意地搭在牆垛子的矮口上。

「讓一下！讓一下！」

孟如韞拚命往前擠，情急之中抄起小亭子裡喝茶的茶壺，狠狠往灰衣男人身上砸去。

灰衣男人被茶壺當頭砸了一下，又被潑了一身茶水，回頭陰森森地瞪了孟如韞一眼。眼見著自己計劃敗露，手裡急切地給袖中箭上弦蓄力，瞄準了正緩緩路過城下的騎隊。

孟如韞忙將手裡的茶盞朝城牆底下的陸明時砸去，看似疲憊怠惰的陸明時竟然接住了她丟下去的茶盞，朝這邊看過來。她拚盡了力氣衝他喊道：「有箭！小心！有刺客！」

她的喊聲在周遭喧囂的人群裡炸開，慌亂起來。正此時，灰衣男人袖裡的箭射出，嗖的一聲朝陸明時飛去。孟如韞的心猛的提起，忽又聽見「噹啷」一聲，那箭竟在空中被攔腰折斷！

斷成兩截的袖中箭掉在地上，陸明時回馬望向城垛，慢慢解開纏在手腕上的暗扣，朝灰衣男人高聲道：「恭候多時了，呼延。」

被稱作呼延的灰衣男人這才發現周邊人群已被疏散，他被十幾個便衣精衛團團圍住。

孟如韞見狀忙轉身就跑。呼延的動作卻更快，一把攥住了她的後頸，把她拖到城牆邊上，從腰間掏出一柄匕首抵在她頸間。

「都別過來！退後！」

呼延自知已無生路，握著匕首的手微微發顫。孟如韞快被他勒斷氣了，眼見著刀尖刺破了自己的皮膚，她一邊努力喘氣一邊強迫自己冷靜下來。餘光瞥見陸明時悄悄馭馬走到城牆下，似心有靈犀一般，她乘機抱住牆垛，用盡力氣向外一滾，呼延一時不察，被連帶著摔下城牆去。

陸明時踩在馬上一借力，又往城牆上一蹬，伸手接住了落下來的孟如韞，抱著她在半空中滾了兩圈。兩人一齊落在梧桐樹頂，呼啦啦劈開茂密的樹冠掉下來，又在樹底草地上滾了數尺遠。

雖然孟如韞的頭被陸明時護在懷裡，可從這麼高的城牆上摔下來，她整個人都被摔懵了。沈元思急匆匆跑過來，把陸明時從地上扶起。「子夙、子夙！你沒事吧？」

陸明時擺擺手，咳嗽了兩聲，鬆開孟如韞從地上站起來。「人還活著嗎？」

沈元思搖搖頭。「摔在鐵槍上，穿爛了肚子，只剩一口氣了。」

「罷了，本來捉活口的希望也不大，給他個痛快吧。」陸明時揉了揉痠痛的肩膀，瞥了正坐在地上發愣的孟如韞一眼，對沈元思道：「這姑娘奇怪得很，帶回去問問。」

第六章

陸明時將忠義王世子等俘虜押送到兵部交差。因為孟如韞身分不明，又是個姑娘，不方便帶到別處詢問，於是沈元思將她暫時安置在兵部的空閒值房裡，美其名曰讓她好好休息，實則派人將她看管了起來。

兵部左侍郎劉濯核對過俘虜名單後，客客氣氣地將陸明時送出值房。

劉濯的頂頭上司兵部尚書錢兆松是韓士杞的親傳弟子，雖未與陸明時同時拜讀於韓老先生門下，也稱得上是陸明時的師兄。此師兄不顯山不露水，三年前陸明時前往北郡時，他未曾發過一言，得知陸明時在北郡生擒了忠義王世子後，他便在朝中認回了陸明時這位師弟，與人宴飲提起時必自稱同師門。

頂頭上司如此看重陸明時，劉濯自然不會慢待，一路將陸明時送出院門，陸明時與他周旋了許久才讓他止步。

沈元思遠遠瞧見了這一幕，拿摺扇擋著臉笑得一臉熱鬧。趁陸明時去兵部交接的工夫，他回家換了身衣服，卸了甲，渾身都懶洋洋的，與陸明時走在一塊兒，越發顯得散漫跳脫。

「劉濯的二閨女上個月剛入東宮封了良娣，他眼下是太子跟前的紅人，能對你一個區區八品外官這麼客氣，真是禮賢下士啊！」沈元思幽幽感慨道。

陸明時輕輕嗤了一聲。「太子可真是來者不拒。這劉濯窩囊得很，交接幾個俘虜都忙出一腦門汗，我還當兵部人都死絕了。」

「你說這次陛下會不會讓你留任兵部，不回北郡了？要是這樣，太子殿下恐怕會對你更熱情，你可有妹妹送進東宮做良娣？」

陸明時瞪了沈元思一眼。「你胡言亂語些什麼？」

「這可是大好的青雲路啊陸大人，陛下的幾個皇子死的死廢的廢，只剩一個六皇子，生母又出身不好。太子殿下在朝中沒有對手，但凡有點門路的，都想在太子面前露個臉。偏你沒這個心思，枉費太子對你的賞識啊！」沈元思搖著摺扇望天長嘆。

「從慎，你同我說實話，」陸明時一把摘走了沈元思手裡的扇子，壓低了聲音。「你真覺得太子殿下賢明，可堪大統嗎？」

沈元思皮笑肉不笑道：「我覺得有用嗎？我就是個仰仗家族才能在朝中立足的廢物。而你呢，是個無根無親的寒門小官，事關國本的大事輪不著咱們覺得，能明哲保身，少做違心事就不錯了。」

陸明時覷了他一眼。「你是不敢回答我的問題嗎？」

沈元思笑著嘆了口氣，一把摟住陸明時的肩膀。「不說這些了。走，寶津樓吃酒去！」

陸明時比他略高一些，身上還穿著輕甲，所以他摟起來十分吃力，幾乎半邊身子都掛在陸明時身上。陸明時覺得他煩人得很，伸手把他推開了。

他們正說著話，有隨侍的銀甲兵找了過來，說今日在內城牆上彈箜篌的趙寶兒求見陸巡檢。

「嘶，竟敢追到兵部來？」沈元思又開始不正經。

陸明時不理他。若非正經事，銀甲兵不會讓人擾到他跟前來。

「趙姑娘說知道今日呼延刺殺一事的內情。」銀甲兵道。

陸明時道：「那就出去見見吧。」

趙寶兒是來為孟如韞求情的。從陸明時讓銀甲兵把孟如韞一起帶走的時候，趙寶兒就一直跟在他們身後，眼見著他們進了兵部，這都大半天了，也沒見孟如韞出來，她只好硬著頭皮去求銀甲兵讓她見陸巡檢一面。

「青衿絕不是戎羌的細作，她只是寶津樓的一位填詞先生。她身體孱弱，患有咳喘之症，能活著已經不容易，根本沒有心力去做壞事，還望陸大人明察！」趙寶兒跪在陸明時面前行了個大禮，一臉焦急地看著他。

陸明時問道：「既身體孱弱，不在家裡好好養病，今日怎麼跑到內城牆上去了，還與戎羌刺客糾纏在一起？」

趙寶兒道：「那是……那是因為她心悅大人，想瞻仰大人的風姿！」

沈元思沒忍住笑，噗哧一聲，心道能把陸子夙噎住，這寶津樓的當家樂手可真是個妙人。

趙寶兒怕他不相信，又補充道：「民女說的都是真的。今日民女所奏〈塞上曲〉，就是青衿填的詞，她知陸大人心懷北郡，所以特為大人而作。青衿真的只是仰慕大人，絕無行刺之意！」

陸明時頗有些驚訝。「妳說〈塞上曲〉的詞是她所作？」

「民女不敢欺騙大人！」趙寶兒再三保證。

陸明時想了想。「妳且回去，我有事要問她，問完自會放了她。若她真的清白，今晚之前就能平安歸家。」

趙寶兒高興地給陸明時磕了個頭。「謝謝大人！」

「起來吧，區區陸某，當不得此大禮。」陸明時道。

趙寶兒離開後，沈元思神神秘秘地問陸明時。「你可知這寶津樓是什麼來頭？」

一個酒樓還有來頭？陸明時一頓。「不會又是東宮……」

沈元思頗有些得意地搖搖頭。「這回還真與太子無關。我也是機緣巧合才發現的，這寶津樓啊，跟大興隆寺那位有點關係。」

「你是說長公主？」陸明時瞇了瞇眼。「可有實證？」

沈元思道：「這種事情我哪敢有實證，我還不想被滅口。我也只是猜測。」

陸明時了解沈元思，這人雖愛插科打諢，說出口的話卻是慎之又慎。沒有把握的事情，他是不會在自己面前混說的。

沈元思說道：「我只是提醒你，別太為難寶津樓，否則你不是太子的人，也變成太子的人了。」

陸明時垂下眼，看不清眼底的神色。

他沈默了半晌，說道：「先去見見那位姑娘吧。」

被軟禁在兵部值房的這幾個時辰內，孟如韞十分懊悔。

看見呼延將袖中箭對準陸明時的那一刻，孟如韞心裡唯一的念頭就是陸明時的安危。她不願眼睜睜看著陸明時出事，所以下意識拿茶壺砸向呼延，想要簡單粗暴地破壞他的刺殺計劃。

這一切發生的時間很短，她來不及思慮周全，直到陸明時用綁在手腕上的暗器砍斷了呼延的袖中箭時，孟如韞才意識到，他似乎對此早有準備。

摔下去之後的她又想明白了一件事，既然上輩子陸明時活得好好的，說明今日呼延的刺殺根本就不會成功。而且如果沒有她插手的話，陸明時或許還能活捉呼延。

孟如韞望著值房外的天，捂著臉長長嘆了一口氣。她這是辦了件什麼蠢事！若這件事只是讓自己平白多了幾分嫌疑倒還好，怕只怕自己的多此一舉會攪亂很多本應發生或本不應發生的事，那罪過可就大了。

正思索間，孟如韞聽見有人推門而入，正是陸明時和沈元思。

沈元思穿著一身月白直裰，笑咪咪的，手裡搖著一把摺扇，像個風流倜儻的公子哥兒。相比之下的陸明時則顯得十分冷峻，他卸了輕甲，裡面穿的是藏青色的玄紋雲袖羅衣，筆直挺拔，眉眼輪廓鋒利，通身氣度凜然，讓人想起北郡的風雪和長夜。

孟如韞飛快地瞥了他一眼後就低下頭，規規矩矩地行禮。陸明時對她還算客氣，指著下位的椅子讓她坐下說話。

「妳不必害怕，我只是了解一些今日在內城樓上的情況。」

陸明時打量著垂眼望地的孟如韞，覺得她的容貌似有幾分熟悉，又一時想不起來是與誰相似。於是問道：「姑娘可曾去過北郡？」

孟如韞搖搖頭。「不曾。」

「可今日聽聞〈塞上曲〉，陸某覺得，非親歷北郡之人，寫不出如此貼合北郡風物的詞作。」陸明時慢條斯理道：「刃山拒北漠，熔金入烏城……沒想到一個小小的拒馬關，也能入姑娘的眼。」

孟如韞一噎。

她的確從未去過北郡，上輩子沒有，這輩子更沒有。她對北郡的所有了解都來自父親生前的書稿，以及陸明時書房裡堆滿了三個檀木書架的書籍和輿圖。

上輩子，長公主登基後，陸明時雖沒有回到北郡，但始終重視北郡的治理。孟如韞悄悄跟在他身邊的那幾年，親眼見他重振北郡邊防軍，休整樂央郡，並在此地重現拒馬關的輝煌戰績，猜測此地對陸明時而言意義非凡，因此她為〈塞上曲〉作詞的時候討了個巧，特地提起拒馬關。

沒想到眼下又把自己栽進去了。真是蠢到家了！孟如韞心裡暗暗罵了自己一句。

見她沈默，陸明時很有耐心地追問了一句。「對此，姑娘作何解釋？」

孟如韞抿了抿嘴唇，謹慎地解釋道：「民女的確從未去過北郡。陸大人不信，可以派人去查。至於所作詩詞，不過是我此前讀過一本北郡遊記，有心投其所好罷了。」

「投其所好，」陸明時似頗有興趣地重複了一遍。「投誰所好？所好為何物？」

「大人！」孟如韞提高了聲音，雙頰微紅，黑白分明的桃花眼欲言又止地看著陸明時。「民女尚未出閣，您給民女……留些體面吧。」

這話說得曖昧，就差當面說出「我心悅君」四個字了。

沈元思在一旁捂著嘴嘿嘿直笑。陸明時瞪了他一眼，頗有些頭疼地按了按腦袋。

他在北郡鐵腕三年，審過狡詐的戎羌細作，也審過嘴硬的武官，論起訊問的手段，軟的硬的他都有幾把刷子。可面對這樣一個嬌柔美麗的少女，陸明時覺得有些拿捏不準分寸。

想起剛剛趙寶兒跪在他面前信誓旦旦地說此女只是仰慕他，一時間，陸明時心裡有些動搖。難道她真的只是……

孟如韞暗暗覷著陸明時逐漸柔和的神色，猜他心裡也沒有十足把握覺得自己是個戎羌細作，於是打鐵趁熱，將她今日如何發現呼延的袖中箭，又如何阻止他行刺的過程一一道來。

她垂著眼，目光卻無閃爍躲避之狀，言詞也禁得起推敲，沒有自相矛盾之處。陸明時聽完，心裡的一點懷疑也漸漸打消。

「既然如此，姑娘可以回——」

陸明時話音未落，一抬眼見兵部左侍郎劉濯甩著袖子風風火火走進來，不動聲色地皺了皺眉頭。

他俘虜名冊抄錄完了嗎？跑這兒來做什麼？

沈元思先起身，拱了拱手，問道：「劉大人可是來找子夙的？」

劉濯擺了擺手，看了眼孟如韞，對陸明時道：「想必陸巡檢與孟姑娘有些誤會，這孟姑娘絕不可能是呼延的同夥。」

「孟姑娘？」陸明時看向孟如韞的眼神微微一涼，又轉而望向劉濯。「陸某好奇，誰能勞駕劉大人親自來撈人？」

「什麼撈不撈的，只是有些誤會，本官特來澄清罷了。這京中關係錯綜複雜，陸老弟剛回來，可別稀裡糊塗得罪人。」劉濯滑溜溜地說道。

陸明時似笑非笑。「那我也要先知道得罪的是誰。」

劉濯走近他，低聲與他說了幾句話。

孟如韞在堂下垂著眼，心裡飛快地轉著。

她在京城認識的人不多，知道她姓孟，又手眼通天到能進兵部撈她的人，大概只有程鶴年。

許是青鴿擔心她，萬般無奈之下求到了程鶴年面前。

劉濯的品階比陸明時高太多，此處又是兵部值房，他親自來撈人，陸明時沒有壓著不放的道理。他聽完劉濯的私語，輕輕瞥過孟如韞。

「既如此，孟姑娘可自行離去。」陸明時說道。

孟如韞向堂上三人行禮致謝後就轉身往外走，侍衛在前面帶路，一直將她帶出了午門。

午門不遠處有座牌坊，孟如韞看見青鴿正焦急地原地打轉，身旁站著一個身形頎長的年輕男子，正是許久不見的程鶴年。

第七章

看見孟如韞，程鶴年迎上來，神色頗有些焦急。「阿韞，沒事吧？陸明時有沒有為難妳？妳何時來的臨京，怎麼還捲進戎羌人的案子裡去了？」

向來溫潤自持的程鶴年難得有如此急切失態的時候，孟如韞望著他比上輩子娶妻生子幾載後年少清朗的眉眼，一時心中五味雜陳。

算起來，他們已經許多年未見了，孟如韞看著他，覺得眼前的人縹緲又陌生。

「怎麼不說話，是不是身體不舒服？」程鶴年又問。

孟如韞搖了搖頭。「我沒事，程公子，你別急。」

許是見她並無大礙，許是被她一句「程公子」冷卻了熱情，程鶴年意識到自己的失態，以手抵唇咳了兩聲，聲量也降了下來。「沒關係，妳慢慢說，這到底是怎麼回事。」

孟如韞便將今日發生的事情告訴了程鶴年，隱去了自己為陸明時作詞的部分，只說因緣際會之下結識了趙寶兒，她見自己初來臨京孤苦無依，便邀請她到寶津樓小住。

程鶴年皺眉，有些不贊同她的做法。「妳來臨京，怎麼也不知會我一聲，有什麼難處我可以替妳安排。」

孟如韞道：「我又不是你的外室，伸手問你要錢，於禮不合。不過今日還是謝謝你來為我解圍，想必也費了你不少人情吧？」

「這是什麼話，即便是義氣相交的朋友，我也會傾力相幫，何況妳我不只於此。」

孟如韞笑了笑，沒接這個話。她本想著回到臨京後，對程鶴年能避則避，如今看來是避不了了，只是此時身心俱疲，有些事，三言兩語也說不清楚。

見她不應聲，程鶴年又說道：「就算妳不想麻煩我，也不該住到寶津樓去。裡頭養的都是伶人，住久了對妳名聲不好。我記得妳跟我說過，妳是太常寺主簿江守誠的遠房表親，為何不到江家落腳？」

孟如韞不敢說是因為缺錢，怕程鶴年反手就給她塞銀子，只說是貪慕臨京的熱鬧，怕進了江家後再難有出門的自由，想在外面玩夠了再到江家去。

這番孩子氣的說詞聽上去很合理，程鶴年有些無奈。「阿韞，妳身體不好，還是要多靜養。街上又擠又亂，萬一衝撞了妳怎麼辦？我還是希望妳早日回江家去，妳我的事也好早日提上議程。」

「我累了，」孟如韞皺眉扶額，一副不太舒服的樣子。「今天不想聽這些。」

程鶴年嘆氣道：「好好好，我先送妳回去。」

於是三人坐上程鶴年的馬車，離了午門，往寶津樓的方向駛去。

馬車離開後不久，剛剛他們站著說話的牌坊後緩步繞出來兩個人，正是陸明時和沈元思。

陸明時的臉色三分冷三分譏，漫不經心地說道：「剛才劉濯同我說，來要人的是程知鳴家的公子，我便覺得這件事有些意思。宮裡的嫻貴妃是程家表親，按理說，程鶴年應該是太子的人。」

「是又如何？」沈元思問。

「而這位孟姑娘出身寶津樓，你跟我說，寶津樓背後是長公主。」

「你是說……美人計？」沈元思一拍扇子。

陸明時輕輕搖頭。「也不能斷然這麼說。幾年前我曾見過長公主一面，感覺殿下不是會使此種不入流手段的人。」

沈元思道：「長公主不會，不代表她身邊的幕僚不會。」

「你又知道什麼了？」陸明時挑眉看了沈元思一眼。「你好歹也跟著我在北郡待了兩年，怎麼臨京的事知道得這麼清楚？」

「這叫秀才不出門，便知天下事。誰叫我有個跟誰都吃得開的好弟弟呢？」

沈元思一臉得意相，又說道：「長公主身邊有位姓霍的幕僚，府中人都稱其為少君。這位霍少君腿腳不太好，聽說是因為得罪了太子府詹事王翠白，被活剜了膝蓋。」

陸明時聞言皺了皺眉。

「聽說此人極善鑽營人心，走投無路後拜在長公主門下，暗地裡幫長公主辦了不少事情，很得長公主器重。」

「你的意思是，寶津樓背後拿主意的人是這位姓霍的幕僚？」陸明時問。

沈元思點點頭。「十有八九。」

「那這位孟姑娘……」

「美人餌罷了。」

陸明時輕輕搖頭。「方才他們之間的對話你也聽到了，程鶴年態度熱絡，可孟青衿十分冷淡。她若真是別有用心，難道不應該千恩萬謝，溫存小意？」

「子夙兄，你還是不懂女人呀！」沈元思十分騷包地搖著扇子。「這叫欲擒故縱。程鶴年是什麼人，這京城裡對他殷勤的女人少嗎？沒聽說過他為了誰動真格的，可這位孟姑娘態度若即若離，他竟然為了撈她，搬出程大學士的名頭來，分明是已經上鉤了。」

「程知鳴不會同意這門親事的，」陸明時道：「程鶴年也未必會那麼蠢。」

「蠢嗎？」沈元思撓頭。「能得孟姑娘佳人一顧，難道不是一樁風流韻事嗎？」

陸明時冷冷哼了一聲，似是嫌棄沈元思聒噪，快走幾步將他甩在身後。

沈元思還兀自揣測著孟如韞與程鶴年的關係，忽然眼睛一亮，小跑追上陸明時，一把摟住了他。「子夙兄，你跟我說實話，你是不是看上她了？」

「看上誰？」陸明時一愣，旋即反應過來，一把推開沈元思。「你胡說什麼！」

沈元思「嘖」了一聲，開始一邊打量陸明時，一邊陰惻惻地笑。

陸明時被他笑得渾身發毛，正想著要不要回頭給他一拳，沈元思又湊上來，壓低聲音問他。「陸大人還沒有過女人吧？」

陸明時忍無可忍，回身踹了他一腳。沈元思「噭」的一聲，抱著膝蓋原地跳了幾圈。陸明時冷笑道：「你要是想聊女人，等回了北郡，我就把你丟進武卒營裡，讓薛嗅他們跟你好好聊。」

「不敢了不敢了，我就開個玩笑，怎還急眼了。」沈元思一瘸一拐地跟上來，咳了咳，正聲道：「不過我說真的，今日這孟姑娘明顯是衝著你來的，又為你作詞，又捨身為你攔刺客，手段高明得很。她若真是長公主的人，又跟程鶴年糾纏不清，你要小心些，別中了人家的套，惹得一身騷。」

「嗯。」陸明時陰著臉答應了一聲。

「怎麼，不高興了？」

陸明時道：「我只是覺得，她在城牆上以命攔呼延的時候，不似作假。她若真只是奉命而為，為了博幾分好感而已，至於這麼拚命嗎？」

想起今日在內城牆上驚險的一幕，沈元思也陷入了沈思，過了一會兒說道：「可她若非有命令在身，無緣無故的，為何會攪和進這麼危險的事中？莫非你們倆還有什麼不為人知的淵源？」

「沒有，別瞎說。」陸明時瞪了他一眼，又道：「罷了，這件事到此為止。你我兩個大男人，在背後嚼一個姑娘的舌根，成何體統。」

沈元思心道，不是你一開始非要聽人家牆根不可的嗎？

孟如韞回到寶津樓後就病了。

她身子本來就弱，今日在內城牆上又吹了風，受了驚嚇，回到寶津樓後便覺得頭疼胸悶，潦草地喝了碗白米粥後就躺下休息，渾渾噩噩地睡著，又昏昏沈沈地醒來。頭頂藕粉色的帳子在眼前不停地打轉，孟如韞開始發燒，在被子裡悶出了一身汗。神思恍惚的時候，她甚至分不清自己身在何處，是活著還是死了。

她在半夢半醒間看見了臨京的凜冬，望見了江家靜知院裡死氣沈沈的景象。徹夜的大雪壓斷了枯竹，濕冷的寒氣從窗縫裡滲進去，青鴿在侍弄一盆燃不起來的木炭，而她身上披著被子，把硯臺抱在懷裡，一邊等著它融開，一邊在心裡構思《大周通紀》的行文。

她的筆落在紙上，忽然捂著胸口猛烈地咳起來，慘白的面容因為窒息而變得紅潤。她胸口疼得厲害，冷風灌進去，像一柄利刃沿著喉嚨割開了她的身體。

她好疼啊，好疼啊……

隱約有一雙手落在她額頭，她聽見了青鴿的嘆氣聲。

「昨晚就開始發燒，眼下更糊塗了，再這樣燒下去，人都要傻了。」

「喝過藥了嗎？」是趙寶兒的聲音。

「喝了兩次，睡前一次，子時一次，都沒什麼效果。我還是去請個大夫來看看吧。」

趙寶兒沈吟了一會兒，對青鴿道：「我認識一個大夫，妳跟我走一趟。」

她們走了出去，房間裡又沒了聲音。孟如韞強撐著睜開眼，透過床帳，隱約望見窗外陽光燦爛，聽見鳥聲婉轉啼鳴。她微微翻了個身，又閉上眼睛，睡了過去。

不知睡了多久，冰涼的感覺落在胸口。孟如韞的意識中生出一絲清明，像一線細細的清流，緩緩淌過她乾涸的胸腔與喉嚨。

孟如韞睜開了眼，看見一柄三寸長的銀針正沒入自己身體。

「別動。」

床前坐著一個年輕的男子，用紅綢蒙著眼，正持針在火上炙烤。他的手骨節分明，落在孟如韞鎖骨下方，熟練地摸到了穴位，輕輕按了按。

「疼嗎？」

孟如韞聲音嘶啞。「不疼。」

年輕男子點了點頭。「瘀血阻滯，非藥物可通。」

站在一旁的青鴿焦急地問道：「那怎麼辦啊？真的什麼藥都不行嗎？貴一點也沒關係。」

男子沒回答，專心致志地施針。他在孟如韞身上扎了四十九針，把她扎成了個刺蝟，然後開了張藥方子給青鴿，讓她去準備藥浴，每七天一次。

「莧草、茯苓、乾雪蓮……」青鴿倒吸了一口冷氣。「這麼多拿來泡澡，還要每七天一次？」

莧草價比黃金，乾雪蓮更是金貴之物，成斤成斤地拿來泡藥浴，洗一次藥浴要近百兩白銀。

蒙著眼的男子說道：「藥浴只是輔治。姑娘寒氣入骨，非兩三日之症，關鍵還要靠針灸，春夏每個月，秋冬每半月一次。」

孟如韞動了動眼皮，低聲問道：「我這病能治好嗎？」

「健若常人是不太可能了，即使治好了，秋冬也會比別人更怕冷。天寒易咳，暑熱易喘，都是經年累月的病根，悉心養著，也不過是享常人壽數。」

「常人壽數……」孟如韞笑了笑。「未免奢望過多。」

「姑娘別灰心啊！不就是藥浴嗎？不就是針灸嗎？錢財乃身外之物，總會有辦法的，只要妳把病養好，剩下的都好說。」

趙寶兒端了一盆乾淨的熱水過來，放在大夫旁邊，應和道：「青鴿說得在理，妳別想太多，安心養病。」

孟如韞問給她扎針的男子。「若是不扎針不藥浴呢，我這病能挺多久？」

「短則一、兩年，有藥物吊著，或可四、五年。」

孟如韞沈默了。

這位大夫估計的壽數很準，上輩子的她就是在三年後的冬天病逝的。重來一世後，她的病情沒有任何好轉，她本想多賺些錢調理身體，可百兩一次的藥浴，難以估價的針灸，於她而言，未免太奢侈了些。

重生一世，在馬車中醒來的那一刻，孟如韞幾乎喜極而泣。她覺得老天給了自己重來的機會，讓她可以彌補遺憾，重新再活一次。

可是她險些忘了，重來就是重來，那些無力改變的困境並不會因此消失，譬如她的病情和窮困。而意圖改變的事也不過是自己的一廂情願，譬如呼延的刺殺。

被銀針扎成刺蝟的孟如韞望著床頂發呆。難道重生一世，她只能走上輩子的老路嗎？那上天賜她此番機緣的意義又是什麼呢？

「姑娘尚在病重，不宜多思，半個時辰後再喝一劑藥，這幾天好好休息吧！」大夫將銀針一根根取出，清洗過後收進針袋中，微微側過臉對趙寶兒道：「趙姑娘，煩勞送我出去吧。」

趙寶兒送他離開孟如韞的房間，男子取下蒙眼的紅綢，露出一張清秀俊逸的面龐。趙寶兒微微俯身向他行了個禮，柔聲道：「今日多謝許大人了，小妹病重，我實在是走投無路，只能勞您來一趟。」

「無妨，我今日休沐。」他擺了擺手。「只是妳這妹子病得不輕，非我故意為難，若無千金之財，稀草奇藥，恐怕難以根治。」

「我明白了。」趙寶兒點點頭。

趙寶兒送走了許大夫，又折回去看孟如韞。她已經睡著了，臉色比剛回來時好看了許多。青鴣蹲在院子裡熬藥，見她回來，憂心忡忡地問道：「大夫可說什麼了？」

趙寶兒笑了笑。「沒事，青衿妹妹的症狀並不驚險，只是沈痾日久，治起來比較費時間罷了。」

「費時間倒不怕，只要能治好，怎樣都行。」青鴣手持小扇，輕輕搧著爐底的火，轉頭對趙寶兒道：「這位大夫看著大有來頭，寶兒姊姊，他家醫館開在何處呀？妳告訴我，以後我可以帶我家姑娘去找他。」

「什麼醫館，人家是禮部下屬太醫院的太醫，姓許，專給貴人看病的。」趙寶兒笑道。

「啊？太醫？那……」青鴣再無知也明白太醫不是一般人請得動的，頓時有些垂頭喪氣。「怪不得他醫術那麼好，蒙著眼睛都會扎針。」

趙寶兒道：「那當然，給王公貴族家的女眷看病，最忌諱衝撞貴人。別看許太醫年紀不大，這閉眼號脈針灸的本事，可是一等一的，妳讓他睜著眼，他反而無所適從了。若非我與他有些私交，今日又恰逢他休沐，還真請不來他。青衿啊，也算是個有福之人。」

第八章

第一回針灸藥浴過後，孟如韞一口氣在床上躺了三天，才從渾渾噩噩的病症裡清醒過來。她讓青鴿打來熱水洗了個澡，又喝了碗瘦肉粥，吃了兩個包子，這才覺得渾身有了力氣，被仲夏的風一吹，舒服極了。

程鶴年來找她時，孟如韞正在院子裡曬書。她穿了一件天青色的曲裾，寬袖用絲帶扎起，袖口的蘭花隨著她翻動的手腕若隱若現。她長髮披在肩上，只用一條綠絲帶鬆鬆束著，低頭翻書的時候，髮帶被風吹到臉上，如桃李花枝中探出一抹葉綠。

只這麼遠遠看著，程鶴年便已覺心中怦然一動。

他早知孟如韞生得美，是滌盡弱水、如芙蓉出的美，好顏色無須任何胭脂螺黛的映襯，越是天然越是出塵。

程鶴年生於臨京長於臨京，程家世代書香，門第顯赫，家中的粗使丫鬟也有幾分顏色。可他在美人堆裡混跡了二十幾年，環肥燕瘦也都看膩了，沒想到初見孟如韞時，便驚豔得險些失態。

他們初見是在鹿雲觀裡。

去年臘月，程鶴年與幾個友人上山求籤。他不信鬼神，但畢竟來年要考會試，總想圖個吉利。鹿雲觀裡的景色不錯，他們求到了上籤後，也起了遊玩的興致，便一路沿著小徑到了道觀深處，誤入一處梅林。

鹿雲觀裡梅花開得極美，無人修剪，野態橫生，恣意冶豔。程鶴年一行人隨手折了幾枝，轉身就被一姑娘攔下。

當時孟如韞看上去十分生氣，披著厚厚的襖子，一手攥著鐵鍬，質問他們為何要偷折梅花。她的穿著打扮像個剛下地歸來的農婦，可容貌氣質卻讓人眼前一亮，在這闃靜無人的道觀深處，彷彿是一株紅梅化了人形，明麗出塵。

程鶴年忙向她道歉，說不知梅花有主，是無心之過。同行友人賀照之見色起意，讀書人又含蓄內斂，不好意思明說，只溫文爾雅地賠禮，說願作詩相贈，以換梅花。

賀照之的詩頗有令名，以詩換花，傳出去也是雅事一件。孟如韞聽說他們是來年應試的舉子，還會作詩，頗有興趣，邀他們到寒廬小坐，取來筆墨紙硯，又支起爐子給他們燒苦丁茶喝。

不過半盞茶的工夫，賀照之便作成了一首五言絕句，表面言梅花，暗中喻美人。孟如韞讀完後只一笑，觀摩片刻，提筆對賀照之的詩作修改，每句僅改了一個字，便使得整首詩氣質大變，由濃豔精巧變為渾然天成之妙。

「公子的詩可言牡丹芍藥之盛，不可言野山清梅之姿。不如攜作下山換牡丹，莫來糟蹋我這不值錢的野梅了。」

孟如韞言笑晏晏，說出的話卻極不客氣。賀照之將她改動後的詩作讀了兩遍後，自覺先前用詞輕浮，在風韻上落了下乘，羞得面紅耳赤，匆匆作揖賠禮，退到寒廬院門邊，不好意思再說話了。

程鶴年也隨手寫了一首，見賀照之被奚落，攥著詞作的手竟然有幾分緊張，彷彿一時回到了在學堂挨夫子教訓的時候。可她一個小姑娘，又不會抽戒尺出來打手心，頂多諷刺幾句，有何可怕的呢？程鶴年心裡笑自己拘謹，將詩作遞給孟如韞評鑑。

孟如韞讀了一遍後，又讀了一遍，放下詩作，呵了呵快要凍僵的手，笑著說道：「公子宜蘭，不宜梅。」

程鶴年覺得有趣，問她。「同是四君子，蘭者如何？梅者如何？」

孟如韞想了想，說道：「蘭花貴，梅花韌。蘭花適宜嬌養，要好水好土，四季恆溫，才能養得好看。梅花則不然，長在山野，雖可生於庭院，可是欹之、疏之、曲之，以病梅、瘦梅為風尚，反倒會失了梅之風韻。我說公子宜蘭不宜梅，非意在譏諷，而是公子清貴無雙，當配名品，山中野梅實不相襯。」

她這番話說得漂亮，可程鶴年聽在心裡並不怎麼舒坦，把玩著手裡適才折下的梅枝。「所以姑娘也不願以梅相贈了？」

孟如韞輕輕搖了搖頭，忽然又想起什麼，轉身往小茅屋裡去，程鶴年只覺一陣幽冷的薄香撫過面龐，愣怔了一瞬，抬頭見她抱著一個小花盆走出來，盆裡蔫蔫栽著一株蘭草。

「此蘭是觀中道姑姊姊所贈，我不擅養蘭，寒舍簡陋，只會委屈了它，倒不如贈予公子帶下山去。」孟如韞莞爾一笑。「蘭草無名，還望公子不嫌棄。」

程鶴年接過陶瓷小盆，小心翼翼地將蘭草護進懷中。孟如韞送他們下山，她站在鹿雲觀的古松下，整個人都被籠在寬大笨拙的厚襖裡，只露出了一張素淨明麗的臉，青絲微微揚起。程鶴年回身望了一眼，忽覺懷裡蘭草顫顫，撓在他心上。

自那以後，他常獨自到鹿雲觀中，有時見不著孟如韞，他就在鹿雲觀北邊那排低矮的落漆石牆上寫半首詩，下次再來看時，後半首詩已經被續上。

程鶴年詩風寬容，而孟如韞風格多變，或清麗動人，或詼諧辛辣，有時看似隨意，細品又處處機巧。她相酬和的每一首詩，程鶴年都謄抄下來，閒暇時反覆品讀。讀一遍喜歡，讀兩遍難免心生羡妒，讀第三遍的時候，心裡便只剩下了悵惘。

他喜歡上了這樣一個明麗出塵、才華橫溢的女孩子，若她生在臨京高門，必然早有才名冠絕京城了。

如今她真的到了臨京，即使身在酒肆，也能有詞曲流傳甚廣，就連以詩書傳家、規矩森嚴的程家也能聞其佳作。幾天前母親過壽，宴席上特地點了一曲〈柳別春〉，詞高曲妙，連他父親程大學士都忍不住誇了幾句，還以此教誡兒孫子弟，說茶樓酒肆尚有妙詞，士大夫之家不可自滿，要他們勤奮讀書。

而今程鶴年才知曉，原來〈柳別春〉是出自孟如韞之手。

他知她有這般本事，若她為男兒，必能少年登科，入職館閣，名滿天下；若她為高門女，也能有才名流傳，贏得滿京兒郎競逐求娶，為夫家增光添彩。可她偏籍籍無名，只有一個在臨京做主簿的舅舅，縱使容貌出眾，才若懷璧，也不過明珠棄路無人識，鳳落窠臼一身塵。

程鶴年喜愛她、心疼她，也曾暗自慶幸，只有自己看得見她，了解她。

可如今一切都發生了變化，孟如韞到了臨京，必有一番自己的熱鬧。他雖有功名在身，名列進士，可大周科舉有慣例，科舉及第的考生需先磨勘三年才能到內朝六部為官；這三年要麼到國子監、內閣做侍書見習，要麼到地方各州出任通判、監司等職。

前者往往更受進士們的歡迎，一是因中朝天生比外朝清貴，二是國子監和內閣中皆是權柄重臣，若是能結識一二，不愁磨勘期滿後沒有去處。但他的父親程知鳴已是內閣大學士，為了避嫌，不給那群沒事找碴的御史留把柄，父親沒讓他選留館閣，而是出任欽州通判。

昨天，吏部的任榜已經下來了，他要在月底前到達欽州赴任。昨夜程鶴年半宿未眠，心裡忽然覺得十分惆悵，不是捨不得臨京的熱鬧繁華，而是捨不得臨京的某個人。

所以，他今天起了個大早，趁寶津樓的人不注意，繞進後院來見孟如韞。

少年人的心事都寫在了臉上。程鶴年站在廊下，望著正在曬書的孟如韞出神。他就那樣靜靜地站著，直到孟如韞轉身看見他，先是驚訝，而後向他行了一個叉手禮。

「程公子這麼早過來，是有什麼急事嗎？」孟如韞朝他走過來，拍了拍手上因為搬書留下的塵土，微笑地望著他道。

程鶴年看著滿院子的書。「前幾日還病得凶險，今天又忙著曬書，看來是身體大好了。」

「謝程公子關心，已經沒什麼大礙了。」

「阿韞。」程鶴年微微皺了皺眉，目不轉睛地盯著她。

孟如韞一愣。「怎麼了？」

「為何我覺得，自妳來臨京後，與我生疏了許多。妳以前從不與我如此多禮，也從不會稱我程公子，是我哪裡做得不對，惹妳生氣了嗎？」

程鶴年的語氣很真誠。孟如韞牽強地笑了笑，下意識後退一步。

她不知該怎麼把話說開才不傷人。

在程鶴年看來，他們之間不過月餘未見，在鹿雲觀時還曾如友似侶，情意濃時甚至談及婚嫁。可在孟如韞心裡，他們之間已經相隔了完完整整的一生。

她曾親眼見他入仕途，娶賢婦納美妾，親耳聽他說自己不過「一介故人」、「大逆不道」。她對他那點年少時的心動，在漫長的時光搓磨裡，早已經消弭得一乾二淨。

可是這些事情，她不能對眼前的程鶴年提起一句。

孟如韞轉頭望向院裡，沒有看他，輕聲說道：「這裡畢竟是臨京，而你是程家的公子。」

「臨京怎麼了，程家又怎麼了？這與妳我的感情有什麼關係？」程鶴年眉頭皺得更深。他聽得出來，孟如韞是在敷衍他。

「程大人和程夫人不會高興見到你同我這種人廝混的。」

「廝混？你竟然說我們之間是廝混？」程鶴年冷聲問道：「妳是哪種人？」

「出身卑微，不懂禮教，廝混酒肆，不知廉恥。」

「是嗎？」程鶴年氣笑了。「我偏覺得妳容色氣度皆是臨京冠首，我偏偏心悅於妳。」

「程鶴年，」孟如韞喘了口氣。「你這是在逼迫我嗎？」

程鶴年道：「什麼叫我逼迫妳？『願許明月心，與君長久照』，這難道不是妳自己答應我的嗎？」

孟如韞沈默了一會兒。「那時我年幼無知。」

「真是好一個年幼無知！」程鶴年十分生氣，神色晦暗。「不過兩個月以前的事，阿韞，妳如今又能成熟到哪裡去？」

孟如韞微微搖頭，說道：「兩個月不短，足以讓我看清這京城是何模樣。王孫滿地，高門鱗比；門第越高，規矩越大。像我這種無依無靠的孤女，縱能得你程公子喜歡，也絕無可能入程家門做你的妻子。你父親在朝中正是好時候，你是他最得意的兒子，你的妻子必出自高門，絕不會像我這樣潦草。」

「可妳——」

「而我雖位卑人輕，」孟如韞打斷了他。「不願為妾為婢，供人輕賤。」

程鶴年道：「妳的意思是，如果不能做我的正妻，妳我之間便無話可談，是嗎？」

孟如韞看著他道：「我並非是在向你討什麼，只是勸你早日想開一些。」

「若我能許妳正妻之位，三媒六聘娶妳過門，妳願意……答應我嗎？」

「程鶴年……」

「妳願意嗎？」

孟如韞頓了頓。「程家規矩多，不適合我。」

「妳不願意。」程鶴年自嘲地笑了笑。「如果我答應妳，妳我成婚之後搬出程家，獨自開府，家中無人拘束妳，妳會答應嗎？」

孟如韞道：「父母健在，沒有獨開一府的道理，於你名聲有損。」

「那是我的事情，妳只需告訴我，妳願不願意。」

孟如韞輕輕搖頭。「你做不到。」

「妳怎知我做不到？我尚未入仕，往後的事，誰也說不準。若我做到了，妳會願意接受我嗎？」

孟如韞聲音平淡地重複道：「你做不到。」

「妳對我就如此沒有信心，沒有期待嗎?!」程鶴年有些激動地提高了聲音。「還是說妳根本就是心裡沒有我，妳說的這些，不過是令我望而卻步的託詞，即使我能做到……妳也不屑一顧？」

程鶴年的質問並沒有錯，孟如韞清楚地知道，自己對他已經沒有半分男女之間的傾慕。旁觀他妻妾美滿、樂而忘故人的那幾年並非一場轉瞬醒來的噩夢，每一天都是她曾真實經歷過的，多少深情能禁得起年復一年的消磨呢？

何況她對程鶴年，也不過是鹿雲觀中驚鴻一瞥的年少心動罷了。

望著程鶴年微紅的眼睛，被逼問得急了，孟如韞險些脫口而出地承認，告訴他自己就是變心了，就是不喜歡他了。他願罵她輕浮也好，斥她薄情也罷，她都一併承認。

可是話到嘴邊，又硬生生轉了個彎。

「程鶴年，你是高門貴子，你剛才承諾我的這些事，即使做不到，於你也沒什麼損害。可我若是相信你，就要用一輩子去賭，賭你我情意深篤後會娶我為妻，賭你能拗得過長輩孝道；若輸了，我這輩子就完了。你我賭注分量不同，你指望我如此輕率地許出一輩子嗎？」

「妳還是不信我。」程鶴年低聲道。

「我憑什麼信你？」孟如韞想起上一世，程鶴年信誓旦旦地答應自己要為自己續作《大周通紀》時的樣子，不過是在他爹那裡碰了幾個釘子，又被官場利益一權衡便拋之腦後，承諾輕輕拿起，又輕輕放下。

「輕諾必寡信，輕信必多舛。」孟如韞深深嘆了口氣，望著他，彷彿也在透過他望著上一世的程鶴年。「願你我都別再犯這種可笑的錯了。」

許是被她話語裡透露出的失望所驚詫，許是被她的冷漠傷及自尊，程鶴年沈默了許久，半晌輕輕說了一句。「我明白了。」

程鶴年望著庭院中被微風翻動的書頁，似是在調整情緒。過了一會兒，他對孟如韞說道：「我明日就要離京赴欽州，三年方歸，我走後，妳會忘了我嗎？」

孟如韞輕輕搖了搖頭。「今日如何，來日便如何。」

「那便好，那便足夠了。」程鶴年笑了笑。「等我從欽州回來，承諾妳的事，我會一一證實給妳看。」

孟如韞知道他有所誤解，她說今日如何來日便如何，意思是他們之間只會止步於今日這般淡水之交。但她只是笑了笑，沒有挑明，畢竟人世多變，說不定過幾年程鶴年自己就想開了，又說不定那時她已病逝，如今何必把話說得太絕，徒惹人傷心呢？

有些話要說開，但沒必要說得太開。

孟如韞沒有留程鶴年吃午飯，為他沏了盞茶算作餞行，站在寶津樓三樓憑欄遠眺，目送程鶴年徒步離去，消失在鬧市的車馬人流中。她心裡鬆了口氣，也無端有些傷感，又幽幽嘆了口氣。

「既是心中不捨，何故把話說絕呢？」

趙寶兒在背後突然出聲，打斷了孟如韞傷春悲秋的情緒。她理了理耳邊的鬢髮，說道：「妳都聽見了？」

「院子那麼小，大清早的，我不想聽也能聽見幾句。」趙寶兒道：「我還以為你們是郎情妾意，程公子對妳那麼好，原來只是一廂情願啊。」

孟如韞奇怪地瞧著趙寶兒。「妳哪裡看出他對我好了？」

趙寶兒道：「許太醫告訴我，程公子可是一下子幫妳付了五百兩的診金和藥錢。怎麼，他沒告訴妳嗎？是怕妳知道了會推拒吧？」

「什麼時候的事？」孟如韞聞言，微微擰眉。趙寶兒瞧著她並沒有多麼感動，多麼高興。

「妳病著的時候，程公子來看妳，細細問過了妳的病情。」趙寶兒奇怪道：「他是哪兒對不住妳了嗎？我瞧著妳真是一點都不想欠他的恩情，何至於此？」

「他沒有對不住我。」孟如韞嘆氣。「就當是我……對不住他吧。」

她和程鶴年前世無以為證的恩怨，除了結成自己心裡的疙瘩之外，沒有任何存在過的痕跡。於外人看來，只是她心冷似鐵，不可理喻。

前世被執念困為鬼的那些年，孟如韞也曾短暫地怨過程鶴年，後來也漸漸想開了。細究起來，程鶴年並沒有對不起她什麼，自古重諾難許，深情難求，他只不過是沒有達成她期許中的模樣，算不得什麼錯處。

她不該以前世的怨，尤今生的人。

「就算妳不喜歡他，倘你們之間沒有什麼深仇大恨，妳寧死不肯受他舉手之恩，也太讓人難堪了，是吧？」趙寶兒覷著她的臉色，適時在一旁勸道。

孟如韞倒也沒那麼想不開，聞言點了點頭。「我明白妳的意思，寶兒姊姊。許太醫那邊我會去的，程公子的恩，我也記下了。」

「這就對嘛。」趙寶兒拉過她的手。「莫因為男人委屈自己，這話啊，正說反說都是道理。」

第九章

北戎羌忠義王世子被大周區區一個從八品北郡巡檢擄至國都臨京，這件事讓北戎羌很丟臉，讓宣成帝龍顏大悅。

但是對陸明時的封賞，整整拖延了一個月才在早朝上討論。宣成帝要破格拔擢陸明時為北郡十四郡的安撫使，兼任北郡守備，連升四級，位居五品。就連尚陽郡主家那曾在臨京出了名的紈袴沈元思也跟著升了職，從一個因犯錯而被發配北郡充軍的喪門犬搖身變成了七品校尉。

在遍地公卿的臨京，五品安撫使與七品校尉都不是什麼大官，連早朝議事的資格都沒有。但是兩人勝在年輕，前途不可限量。大周武官又與文官不同，文官升職實行磨勘制，若無過錯，通常是四品以下三年升一階，四品以上五年升一階，即使有功，越級提拔也不可超過三階。

可武官不同，大周輕視武人，武官若無功勛便不可提拔，因此當了一輩子邊關七品校尉的武官也大有人在。但與此同時，武官若是立下功勞，有多大功便可升多大官，沒有文官不可越階太過一說。

所以，對於陸明時此次升官，朝堂上吵得厲害。

吏部尚書兼武英殿大學士遲令書認為活捉忠義王世子雖是大功，可此功勞畢竟與戰功不同，頗有投機取巧之意，若因此便連擢四級，未免封賞太過。一來容易使受賞者滋生驕縱之心，二來也會寒了邊關苦守將士們的心。若朝廷封賞只問結果不問辛苦，則人人好大喜功，誰又願意苦守邊關呢？

也有官員站出來反對遲令書，譬如兵部尚書錢兆松，本就是韓士杞的學生，自陸明時活捉了忠義王世子入京後，錢尚書在外宴飲時言及陸明時必稱同門後生，又有替太子招攬之意，覺得給陸明時多大的封賞都不為過。

據說錢兆松在朝堂上對遲令書說道：「近些年來，我朝與北戎羌勢同水火，邊關將士恨不能喝其血啖其肉。可遲閣老把持國策，只守不攻，令人心裡窩囊得很！如今有後生單刀取忠義王世子，令數萬將士心中振奮，恨不能從其麾下，直搗戎羌蠻子老窩，何來寒心一說？好大喜功，總強過一味忍讓，投機取巧，也勝過庸碌無為。遲閣老莫不是覺得，自己把持國政這麼多年都未能讓北戎羌後退一寸，如今卻讓個毛頭小子搶了功，心裡不痛快？可您是柄國大臣，若是連這點容人之量都沒有，我等屬下大臣還如何敢建功立業，迎頭直上？」

這話說得誅心，就差指著遲令書的鼻子說他把持朝政，黨同伐異了。遲令書的臉色很不好看，宣成帝不想聽他們在朝堂上拌嘴，一拍桌上的鎮山河，說道：「東攀西扯，成何體統！好了，此事朕自有決斷。」

早朝後不久，越級封賞的旨意就傳到了陸明時面前。除了品秩的躍升，宣成帝還另外下恩旨，讓此番押解忠義王世子進京的北郡將士留在臨京，過完年再回北郡赴任，好好享受一番臨京繁華安逸的生活。

朝堂上的爭論是沈元思一句一句學給陸明時聽的。他母親尚陽郡主在京中頗有人脈，弟弟沈元摯整日與各大世家公子走馬鬥雞、喝酒聽曲，紈袴程度比他當年有過之而無不及，又好打聽各處八卦。家裡有這兩個包打聽的存在，沈元思順其自然也就成了個碎嘴子。

這日，沈元思又約了陸明時到茶樓聽曲。陸明時本不想赴約，奈何封賞的旨意下來後，他在九條巷租的小院子一時也成了個熱灶頭，認識的不認識的同僚都爭相上門道賀，把巷子堵得水洩不通，他自己回家都費勁。臨京不許溜瓦而行，他還得繞兩條巷子從後牆翻進自己家裡去。

與京中官員扯皮起來沒完沒了，不似在北郡砍戎羌蠻子一刀一個那樣痛快，陸明時應付了兩天後心浮氣躁，索性把門一鎖，出來找沈元思躲清閒。

沈家有尚陽郡主當家，輪不到沈元思這個當兒子的操心，看上去比陸明時精神多了，頗有興致地對著一盞霧峰青品了又品，咂了又咂，感慨道：「臨京真是遍地黃金，隨便一間小茶館就有此等佳品。」

此話被前來送茶點的小廝聽見，那小廝年紀不大，生得眉眼機靈，接話道：「今上崇儉愛民，咱們也不能追求奢華，這好東西啊，都在茶裡了，可謂是『雲水開碧玉，回甘韻又生。堂中評書起，一盞曲折情』。」

沈元思聞言樂道：「你倒是挺會自誇。」

「這可不是小人自誇。」小廝將茶點工工整整擺在桌上，替沈元思和陸明時續上茶水，頗為驕傲地挺直了身板。「這可是兩淮轉運使徐大人在敝舍用茶時親口誇讚的，徐大人還一口氣在我家包了十幾種茶葉，說要帶回府去孝敬老夫人。」

聽到「兩淮轉運使」這幾個字，陸明時握著茶盞的手一頓，只聽他出聲問道：「這位兩淮轉運使，可是姓徐名斷字從續？」

小廝道：「正是。」

「他啊，我知道，不學無術得很，走的不是科舉的路子，是家裡花錢買官進的仕途。」陸明時將盞中茶水隨手往地上一潑，很不信服似的，笑著質疑道：「我不信以徐斷的水平能說出這樣的話。他那種人懂什麼品茶，也不過是牛嚼牡丹罷了。這幾句話肯定是與徐斷同行的客人說的，絕無可能出自徐斷之口，是你記錯了吧？」

沈元思望著陸明時潑在地上的茶水挑了挑眉，心道，到底是誰在牛嚼牡丹？

那小廝聽到有人對他家老金主的名聲置喙，自不肯讓，爭辯道：「我親耳聽見是徐大人說的！那天跟他一起喝茶的只有兵部左侍郎劉濯劉大人，他倆都是常客，我都認得，一共兩個人，不可能記錯。」

陸明時聽見劉濯的名字，笑了笑，不再與那小廝糾纏。「哦，那我真是要對徐大人刮目相看了。」

「刮目相看」四個字，聽得沈元思背後起了一層寒毛。

沈元思又點了兩盞茶，把小廝打發走，以肘撐桌微微傾身湊近陸明時，低聲問道：「你打聽徐斷和劉濯做什麼，難不成是被太子的誠心感動了，準備投拜帖？」

「你還記得，去年年中朝廷曾往北郡送過一批新的兵器嗎？」陸明時垂下眼，摩挲著茶杯上精緻的紋路。

沈元思點頭。「有印象。怎麼了？」

「去年年底，天煌郡守衛長向望雲與戎羌騎兵在呼邪山山口起了衝突，百人騎兵隊死了八十三人，重傷十一人，向望雲右臂被齊肩砍下。這事，你應該也記得吧？」

沈元思當然記得。他被發配北郡充軍，軍隊裡的老兵一向看不起這些因罪罰軍的公子哥兒，以前他們高高在上頤指氣使，如今逮著了機會，老兵們也要加倍欺壓回來。即使他們與沈元思素不相識，但在這些在北郡啃了一輩子黃土的士兵眼裡，沈元思就是欺壓他們的臨京權貴代表，所以沈元思剛到北郡的時候沒少挨欺負。

有一回，幾個喝醉酒的士兵把他綁了，要把他的臉往馬尿裡按，是守衛長向望雲給他解了圍，訓斥了醉酒鬧事的老兵；又見他會識字，能做細緻活，把他引薦到陸明時面前，給陸明時當個副官。

向望雲對沈元思有知遇之恩，所以他遭此不測之時，沈元思心裡難受極了。如今陸明時提起，他又想起向望雲渾身是血的慘狀，心裡狠狠一揪，臉上也沒了笑意。

陸明時接著說道：「向望雲與我說，他是被戎羌騎兵頭子一刀砍斷長槍，然後才被砍斷手臂的。我也曾孤身探查呼邪山口，發現咱們被砍死的兄弟，大多武器斷裂。用槍的，槍斷成兩節，用刀的，刀刃捲成兩半。事後，我悄悄去兵務司核對，發現他們拿的正是年中送來的那批兵器。」

「那批兵器有問題……」沈元思驀地站起來，一拳擂在桌面上，咬牙切齒道：「你為何不早與我說！」

陸明時抬眼。「你坐下。」

「你忽然提這件事，那批次等兵器，難道與徐斷有關聯？」

「我也只是猜測，手裡什麼證據都沒有。再說了，」陸明時一哂。「誠如你說的那樣，你是個仰仗家族的廢物，我是個無根無親的寒門，告訴你又如何？」

沈元思紅了眼睛。「這群禍國蠹蟲……這群敗類……我就算求爺爺告奶奶，告到陛下面前，也要他們付出代價！」

「求哪個爺爺告哪個奶奶？」陸明時見小廝端了新的茶上來，壓低聲音。「你冷靜些，聽我把話說完。」

小廝上了兩盞君山銀針，沈元思端起，惡狠狠灌了一口。小廝已經從上一盞茶的對話中判斷出這位才是懂茶的主家，故而笑咪咪地道：「這茶也是徐大人愛喝的。」

沈元思聞言，抬手將茶潑到了地上。

「沒事，我這位兄弟火氣大，你上壺清水給他洗洗胃吧。」陸明時毫不在意地笑了笑。

待小廝上了清水來，沈元思也冷靜了一些，嘆了口氣，道：「子夙兄，你繼續講吧。」

陸明時說：「我知道那批兵器有問題，但具體有什麼問題，我也不是內行，判斷不出來。所以留了一些殘件，這次一併帶了回來，準備找人研究研究。」

「找到了嗎？」

陸明時搖頭。「我最近被各方盯著，不敢妄自去找鍛造局的人。鍛造局又隸屬兵部，我也怕事情沒查清楚，反而走漏了風聲。你適才也聽見了，兩淮轉運使徐斷曾於此處與兵部左侍郎劉濯私下見面。一個管鐵礦進出的，一個管兵器鍛造的，他倆要是有點陰私，要造一批次品兵器出來，還不是輕而易舉？」

「你是打算拿到他倆勾結的確鑿證據後一併揭發？」

「是也不是。」陸明時慢悠悠喝了盞茶。「我原本是這麼打算的，可是回京近兩月，我直覺此事並非這麼簡單。」

「怎麼說？」

陸明時伸手蘸了沈元思杯子裡的水，在桌上寫下兩個字。

東宮。

沈元思驀然瞪大了眼睛。

陸明時將桌面上的水跡一抹。「若是這位從這以次充好的勾當中獲利，你說你要求哪位爺爺告哪位奶奶，才能給你作主？」

沈元思氣得渾身顫抖。

「所以你那天才問我……才問我……」

才問他是否覺得太子賢明，可堪大統……

「那這件事，就這麼算了嗎？」

陸明時道：「自然不會。」

「可此事若是牽扯到那位，區區北郡，怕是動不了他。」沈元思緩緩捏緊拳頭。「我真恨自己無用。」

「此事雖急不得，但也並非全無希望。」陸明時一字一句沈聲道：「巨木雖高不能一氣掀翻，但可先砍其枝葉，再斷其根系。」

話說到這裡，彼此領會了意思，便不能再往下聊了。他們又在茶樓裡坐了半盞茶的工夫，沈元思結過帳後，便與陸明時起身離開了茶樓。

第十章

茶樓外也是一片熱鬧景象，鬧到深夜的歌樓舞館此時雖掩著門扉，但許多賣吃食雜貨的鋪子早已開門，甚至還有敲鑼耍猴、持槍賣舞的雜技表演。

北郡少有這種熱鬧景象，攤子上也沒有臨京這麼多花裡胡哨的商品，最有節日氣氛的也不過是用麵捏成的各種動物、泥塑的面具和蒲草編成的籃筐等什物。

陸明時一邊走一邊看，對沈元思道：「三年前我剛中進士時，也在臨京交遊過一陣子，那時臨京雖然富貴，也不像現在這般熱鬧。」

沈元思揣著手。「都城繁華，百姓富裕，不是好事嗎？」

「百姓富裕自然是好事。」陸明時望著街道兩旁或巍峨或秀麗的茶樓酒坊，淡聲道：「可能在這寸土寸金的京城置下產業的，哪裡會是普通百姓。

「你我自北郡歸京，所經之處，常有荒村流民，他們或是因不堪重稅出逃，或是因家鄉遭難沒了生計，要南下尋活路。自臨京方圓兩百里的道路都被嚴加管控，不許流民進入，如起壩攔洪，臨京居中，獨自安詳富貴。」

「子夙兄……」

「回臨京之前，我覺得自己大有可為，近日卻常有力不從心之感。臨京……確實與北郡大不同。」陸明時道。

沈元思想要安慰他幾句，心裡憋的卻都是喪氣話，還不如不說，只得拍拍他的肩膀道：「你說的我都明白，只是好鋒易鈍，過剛易折，你有再大的抱負，也不可莽撞。」

陸明時嗯了一聲。

兩人這樣不鹹不淡地聊著，一路穿過商事街，到了舉業坊。舉業坊附近有國子監和官學府，是朝廷開辦的學堂，繞著官學府也有許多私塾，所以這片地方讀書人多，賣筆墨紙硯的鋪子也多。

他們遠遠就聽見店鋪門前的喧譁聲，走近便瞧見一錦衣華服的公子正在發脾氣，高聲嚷嚷著把一塊硯臺朝一個半大孩子砸過去。那孩子不敢吱聲，旁邊有人拉了他一把，這才將將躲過了當頭砸下來的硯臺。

沈元思瞧見那人，一甩扇子，冷笑道：「喲，這不是羅錫文那小王八羔子嗎？」

陸明時不認識什麼羅錫文，一眼看見把那孩子拉開的孟如韞。她瞧著一副弱不禁風的樣子，蹙眉把人護在身後時，竟也有幾分凜然冷傲的氣勢。

「怎麼，你與他有過節？」陸明時問。

「怎麼能說是過節呢？」沈元思一哂。「我可是把他親哥活活打死了，那得是世仇啊！」

他倆從周圍書生們三言兩語的議論中便得知了衝突的緣由。那小孩是官學府裡的學生，名陳芳跡，據說家境貧寒但是讀書刻苦，為官學府裡的夫子們喜愛，但也因此被很多紈袴子弟看不慣。

這扔硯臺砸人的羅錫文就是其中之一。他比陳芳跡大了七歲，卻被人笑話所寫文章不如陳芳跡開蒙之作。這話不知怎的傳到了羅錫文他爹耳朵裡，自他大哥被沈元思打死後，羅錫文就成了家裡的獨苗，他爹一直想讓他考取功名，聽說他讀書不用心，氣得用鞭子把他抽了一頓，還罰了他兩個月的零花錢。

羅錫文把這筆帳記在了陳芳跡頭上，派自己在學府裡的小跟班盯緊了他，聽說他今天拿著攢了好久的錢出來買硯，便帶人趕過來滋事，說他偷了自己的錢袋子。

陳芳跡年紀小，生得清秀，聞言氣得紅了眼眶，卻只會辯白自己沒有偷錢。

「你沒偷錢？你一個饅頭鹹菜都要隔頓吃的窮酸，哪來的錢買二兩銀子的硯臺？你那整天給人漿洗衣服的娘從屎裡屙的嗎？」

這話罵得難聽又下流，周圍有人竊竊笑起來，也有人皺眉，對羅錫文側目而視。

陳芳跡氣得渾身顫抖，卻不知該如何應對。忽然，一隻手輕輕拍了拍他的肩膀，只見剛才把他從砸來的硯臺底下拽走的漂亮姑娘微微往前邁了半步。她聲音不大，卻足以讓全場的人聽見。

「足下穿金戴銀，想必全家都屙銀有術。」

羅錫文瞪著她。「妳個小蕩婦再說一句？」

孟如韞沒有半分懼色，從容冷笑道：「見女便言蕩婦，出言不離屙臭，你是柳條胡同陰溝裡的蛆蟲成精了嗎？」

柳條胡同是臨京有名的皮條巷，裡面住著的都是些下等妓女孌童，一些窮酸粗人愛去那地方廝混。

羅錫文罵得多髒，孟如韞就回敬給他幾分顏色，且回得有理有節，氣度從容，和跳腳撒潑的羅錫文比起來高下立見，不少圍觀的人都為孟如韞鼓掌叫好。

孟如韞道：「你說他偷了你的錢袋子，不知足下錢袋子是何顏色材質，可曾打絡子？袋中銀錢多少，是銅錢、票子、錁子，還是碎銀？」

羅錫文只想著來出口氣，哪裡顧得上提前考慮這些？被孟如韞這一問，一句也答不上來，又不敢像剛才那樣直接罵人。這小妮子回罵起來比他還狠，若是對罵起來失了氣勢，也太丟人了。

羅錫文一肚子窩囊氣，思來想去，把心一橫，準備直接動手。反正這群廢物書生也沒人敢攔，於是嚷道：「我說偷了就是偷了，你們幾個給我上，把人捆了扔護城河裡去！還有那個小潑婦，撕爛她的嘴捆到窯子裡，我倒要看看她下邊是不是比嘴還皮實！」

羅錫文帶來的幾個魁梧家僕聞言便要動手，沈元思心頭火起，正要捋袖子上前，被陸明時一把拽住。

「首犯充軍北郡，再犯就是菜市口問斬了。」陸明時警告他道。

沈元思瞪他。「那就這麼看著……」

「她既然敢惹事，想必有後手。」陸明時望著孟如韞，不知在想什麼。「大不了，我來出面，你不要動手鬧出人命。」

只聽孟如韞高喝了一聲。「我看你們誰敢！怎麼，羅家是不想活了嗎？」

她氣勢凜然，又言及整個羅家，羅錫文歪嘴豎眉瞪她。「妳又胡咧咧什麼呢？」

「你父親羅仲遠不過區區從四品禮部儀制，兩年前因在陛下壽辰宴上未能點數對香數而被罰俸一月，責令閉門思過一旬。看來是陛下太過寬厚，羅家心中有愧，非得討個滿門抄斬才舒服啊？」

「我爹的事妳怎麼知道？」羅錫文一頓，瞇眼打量孟如韞。「妳到底是何人？」

「我是何人，你覺得呢？」孟如韞冷冷一笑。「我家長公主殿下馬上就要從大興隆寺回來了，怎麼，禮部羅儀制竟沒跟親兒子提起過？」

她說，我家長公主殿下。

羅錫文望著她，嚥了嚥唾沫，感覺後背微微出了一層冷汗。

長公主即將從西域大興隆寺回京一事並未過多宣揚，大概只有禮部籌備相關儀典的官員才知道內情。

這位長公主殿下雖常年不在京中，可她是當今聖上的同胞妹妹，太子殿下的親姑姑，手握督國掌政的大權，可謂是大周朝一等一尊貴的女人，其地位與聲望，恐怕連皇后都要遜色三分。

果然，聽見長公主即將回京的消息，周遭圍觀群眾也一片譁然。

陸明時皺眉。「她如何知曉長公主的事？」

沈元思道：「莫非她真是長公主的人？」

羅錫文心中同樣驚疑不定，再看孟如韞的長相氣質，絕非小門小戶的農商之女，又敢在街頭毫無顧忌地罵及朝中四品官員……莫非她真的是長公主身邊的女官？

孟如韞見他神色逐漸不自然，又恰到火候地補充道：「長公主殿下向來惜才愛民，在大興隆寺時就廣布佛緣，救苦救難，對咱們臨京的讀書人，只會更加厚待，必看不慣仗勢欺人的行徑。」

羅錫文慌了，但仍色厲內荏。「我何時仗勢欺人了，明明就是他偷……偷……」

「掌櫃的，這位小先生可是在你店中買了價值二兩銀子的硯臺？」孟如韞擺起架子，頭也不回地問躲在人群裡的掌櫃。

掌櫃再怕事也不敢敷衍長公主身邊的女官，忙走出來行禮作揖。「回女官大人，是的。」

「他以何錢財付帳？」

「回女官大人，其中一兩銀子是一千個舊銅板，用破麻繩穿著。還有一兩銀子是是……」

「是什麼？」孟如韞冷冷覷了他一眼。

掌櫃的硬著頭皮道：「是官學府獎掖學生發的魚形錁子。」

朝中重臣官服上佩金銀魚袋，於是官學府便打造了許多魚形錁子用作對優秀學子的獎勵。此種獎勵不易得，錁子的意義大於銀子本身的價值，學子得了後多是小心收藏，很少有人拿出來作銀子用。

憑羅錫文那滿腹草包是不可能獲得魚形錁子的，掌櫃的此話一出，便是圍觀的七歲小孩也明白，這錢是陳芳跡自己攢的，與羅錫文沒有半毛錢關係。於是大家都對著羅錫文指指點點起來，逐漸開始有人出聲罵他「無恥」、「下流」。

孟如韞垂眼冷笑。大多數人其實自始至終都知道陳芳跡沒有偷錢，只是看她這個「公主女官」給他撐腰，才站出來聲張正義。

不過即使虛偽，聲張也比不聲張好。

羅錫文被孟如韞一嚇，又被人群的氣勢一壓，一點囂張的氣焰都支稜不起來了，轉身就要跑，被孟如韞喝了一聲。「站住！」

羅錫文腳下一滑。

「道歉。」孟如韞冷聲道。

羅錫文轉頭瞪她。「看在長公主的面子上，我不與妳計較，妳也別欺人太甚。也不過一個女官罷了。」

孟如韞慢悠悠道：「羅公子大可拚著羅家全家的性命來與我計較。長公主獎掖後學，你在這兒欺民霸市——知道大不敬怎麼判嗎？若是刑部效率高，不用等秋後，羅家就有滿地新墳了。」

這話給沈元思聽得直樂，以扇掩面對陸明時道：「這小妮子不得了，滿朝文武都是她的後手，看羅錫文這屁滾尿流的樣子，我看讓他下跪都使得。」

陸明時淡聲道：「你不覺得她知道得太多了嗎？官場上的老油條都未必比她更會拈輕拿重，就算她是長公主的人，也不至於如此吧？」

「你說得對，」沈元思一合扇子。「這是個妙人啊！」

陸明時瞥了他一眼。

羅錫文思來想去，咬牙切齒地轉過身，飛快地對著孟如韞一揖。「小人不識女官大人，冒犯了，抱歉。」

「還有他。」孟如韞把陳芳跡推到面前。

羅錫文又是飛快一作揖。「誤會了，對不起。」

陳芳跡看了孟如韞一眼，見她點頭，哽著嗓子道：「嗯，我原諒你了。」

「女官還有什麼吩咐嗎？沒事的話，小人先退下了。」羅錫文乾巴巴地問。

孟如韞衝著地上的硯臺抬了抬下巴。「賠錢。」

羅錫文又忙掏出二兩銀子來，見孟如韞再無其他吩咐，轉身帶著家丁灰溜溜地跑了。

圍觀群眾大多是附近書院和官學府的窮學生，見一清麗出塵的「女官」為無辜的窮學生撐腰，十分激動，紛紛鼓掌叫好，對孟如韞鞠躬作揖，齊聲道：「長公主殿下千歲千歲千千歲，女官大人福壽安康！」

孟如韞藉著長公主的名頭是為了嚇走羅錫文，對方越惡霸，她越要撐得住場面。可眼下眾人深信不疑，對著她就是一番長拜，孟如韞心裡後知後覺，開始不自在起來。

只是吹破的牛皮也得憋著氣，不能在這兒漏了。於是孟如韞清咳了兩聲，不緊不慢地對眾人訓誡道：「君子重節，不以物移，不為勢偃。爾等讀書人，皆是清貴士子，此清，乃心明目淨之清；此貴，乃金銀不換之貴。望爾等無論貧賤富貴，或處寒廬或據廟堂，都能不失此清貴心，不妄尊威勢，不欺貧凌弱。如此，方能為民之父母，國之棟梁，不負長公主的期望，不負陛下的期望。爾等可明白？」

一番話既不倨傲又不過謙，聞者心服口服，作揖更深，齊聲道：「我等謹遵長公主殿下教導！」

孟如韞「嗯」了一聲。「行了，各自散去吧。」

等人都散得差不多了，孟如韞這才發現站在角落裡圍觀的陸明時和沈元思。和陸明時似笑非笑的目光對上，她的笑直接僵在了臉上。

陸明時怎麼會在這兒？他何時來的？莫非他全程圍觀了自己冒充女官，還不乾不淨地和羅錫文對罵？

孟如韞站在原地許久未動彈，彷彿連髮絲都是僵硬的，眼睜睜看著他倆走到面前。

「真是好一個清貴之心。孟姑娘高論，沈某受教了。」沈元思手握扇子，笑咪咪地對孟如韞作了個長揖。

「當不得沈公子這番大禮。」孟如韞飛快垂下眼，連聲音也越來越低。「狐假虎威罷了。」

她半低著頭，又變成一副嫻靜柔美的模樣，視野裡飄進一片靛青色的衣角，繡著松枝暗紋，在她眼皮子底下輕緩地飄動。

那袍角的主人出聲道：「好勢當借，如好風當乘，妳不以之欺人，何來狐假虎威一說？」

他聲線清冷，縱刻意壓著，字句中也透著沈著的力道，不似沈元思那般親切，恍若寒泉過澗，鶴起破曉，銀劍凌風，讓孟如韞想起一切清晰的、鋒利的、沈著的事物。

十幾年後的陸都督聲音反而更加溫和，總在溫聲和語間要人性命，不似年少時這般不藏鋒芒。

孟如韞聽著他的聲音有些走神。陸明時只當她是窘迫，放緩了聲音道：「只是妳今日所作所為，日後可能會引起麻煩。對羅錫文，對長公主，妳都要有所準備。」

孟如韞道：「欲解燃眉之急，我沒顧上那麼多，倒是連累了長公主的名聲。」

她可沒忘了，上輩子的陸明時是長公主的忠實擁躉和登基後的股肱之臣。如今她藉著長公主的名頭在外胡作非為，他心裡應該是不太高興吧？

思及此，她偷偷抬眼瞧他，卻正撞進他專注打量的眼神裡。

正午的陽光照過來，一雙鳳眼微瞇，纖長的睫毛半遮著琥珀色的瞳仁，可是深望進去，卻覺得幽邃不見底。

再躲，就有些刻意了。於是孟如韞靜靜地和他對望。

其實孟如韞並不怕他，十幾年後的陸明時看得久了都讓人覺得歡喜可親，何況此時不過是個略帶鋒芒的俊朗少年。

她不與他對視，是因為還做不到在陸明時面前從容撒謊。她感激他、心疼他，甚至……或許也隱隱喜歡著他，當這些情愫透過一雙故人眼望著陸明時的時候，她怕他洞若觀火，一眼識破。

只是陸明時並沒有她想像中那麼機敏。他此刻盯著孟如韞瞧，不過是被她吸引，情不自禁地想要多看兩眼罷了。

在他眼裡，孟如韞不過是一個見過兩面的人。是一個美姿首，性聰慧，又處處蹊蹺的一個女孩。

兩人的目光正無言膠著，悄然打著機鋒，此時沈元思湊上來，肩膀一撞擠開陸明時，一張笑咪咪的大臉占據了孟如韞的視線。

「孟姑娘別聽他嚇唬妳，他這人無趣得很。我見過長公主，她人很好，不會因此事怪罪妳，妳放心吧。」沈元思甩著扇子說道。

陸明時自覺平日裡很能容忍沈元思，此刻卻突然有點不想忍了。

孟如韞笑了。「真的？那借沈公子吉言了。」

沈元思嘴甜，左一個孟姑娘右一個孟姑娘，三言兩語就和孟如韞自來熟了起來，愣是沒給陸明時說話的機會。他客套了半天，委婉邀請她同遊。「我自小在臨京長大，論吃喝玩樂我可是行家，不如我們先去宜仙居吃午飯，他家的醉鵝可是臨京一絕，下午去南陽湖租個畫舫遊湖聽曲如何？」

孟如韞飛快瞥了陸明時一眼，他沒有說話。

對尚未痛快遊玩過臨京的孟如韞來說，沈元思的提議其實很有吸引力。只是她心裡覺得喜歡，也不能貿然答應，男女之防尚且不論，她不能與陸明時走得太近。

上一世，她生前與陸明時毫無交集，孟如韞擔心若是此世牽扯太過，會壞了他的運道。畢竟他可是未來的五軍都督，君之股肱，國之棟梁。

於是孟如韞輕輕搖了搖頭。「謝沈公子好意了。只是我今日只請了一個時辰假，出來買些筆墨紙硯，若是回去太晚，管事會生氣。」

「唉，可憐逍遙心，總被俗務累啊。」沈元思搖著扇子嘆了口氣。「那好吧，沈某就不叨擾姑娘了。」

沈元思與陸明時向孟如韞作別，孟如韞望著他們的背影逐漸消失在長街。

這時，一直站在旁邊沒說話的陳芳跡才輕輕拉了拉孟如韞的衣角。「女官姊姊……」

孟如韞低頭看著這個身量比自己還矮一個頭的小孩，小聲說道：「其實我不是女官。」

「妳是，」陳芳跡的聲音很堅定。「再沒有比妳更好的女官姊姊了。」

孟如韞被誇得很開心，摸了摸他的頭。「行了，快回去吧，我記得官學府外出的規矩很嚴的。」

「姊姊於我是救命之恩，我當先向姊姊拜三拜。」陳芳跡說著就要撩袍子跪下磕頭，被孟如韞一把拉住了。

「別拜，我不喜歡。」

聽說她不喜歡，陳芳跡立馬惶恐了起來。「那我該如何報答姊姊？」

孟如韞裝模作樣想了一會兒，說道：「你學問好，當好好讀書，將來考取功名，到朝廷裡做個好官，為國為民，福澤總能惠及到我。」

「就這樣？」陳芳跡看上去有些失望。

孟如韞挑眉。「怎麼，你覺得很簡單？」

陳芳跡搖了搖頭，對孟如韞作了作揖，說道：「芳跡記下了，會謹遵姊姊教導。」

「記住便好，趕緊回去吧。」

陳芳跡走了兩步忽又停下，回頭問道：「姊姊剛才說，君子重節，當不為勢偃，不妄尊威勢。可我面對羅錫文的侮辱卻不敢拚死回擊，我是不是做錯了？」

孟如韞微微嘆了口氣，道：「聽過韓信的故事嗎？」

陳芳跡一頓。「聽過。」

「韓信寧受胯下之辱而不為一時意氣殺人。我說君子不懼威勢，非認同以卵擊石，或搏無謂的意氣。而是希望你心裡永遠不贊同恃強凌弱的做法，心裡的公道永不為權勢所熄滅。」

陳芳跡聞言沈默了一會兒，又是一拜。「謝謝姊姊，芳跡明白了。」

終於把所有人都打發走，孟如韞渾身一鬆，覺得疲憊極了。她換了家遠一些的店買紙墨，又在隔壁糕點鋪子裡買了兩包青鴿喜歡的花生酥。今日青鴿沒跟過來，在寶津樓裡幫趙寶兒排曲子，肯定饞這口吃食了。

買完東西，她還繞遠路到泗水橋逛了一圈。那裡是落魄文人的聚集地，很多人會在那裡擺個小攤賣舊書，也有賣文玩字畫的，運氣好說不準能淘到值錢的寶貝。但孟如韞不是內行，不敢下手，只隨處看了番熱鬧，淘了兩本喜歡的書。同那薄臉皮的書生殺價時，那書生大概很少與姑娘家說話，紅著臉支吾半天，心裡不同意，嘴上已經應了。

孟如韞今天收穫頗豐，開開心心往回走。從此處回寶津樓要穿好幾條街，折兩、三個胡同，孟如韞走著走著便有些迷路。直到越走人越少，景致越陌生，她算是徹底繞暈了，便想著原路返回，找個人多的地方打聽一下。

不承想一轉身，看見三、四個身形高大又鬼鬼祟祟的男人，正面色不善地盯著她。

孟如韞心裡「咯噔」一聲，拔腿就跑。可她一個弱女子能跑多遠，身後那幾人如狼似虎地追了上來，眼見著就要把她按倒在地，忽然飛來一截樹枝，呼嘯著劃破空氣，狠狠釘進離孟如韞最近那人的手腕裡。

那個男人猝不及防慘叫了一聲。

接著又是不知何處飛來的石塊砸在幾人鼻梁和眼睛上。石塊不大，但是力道陰狠，打得剩下幾人頭破血流，逼仄的胡同裡慘叫連連。孟如韞驚訝過後不敢耽擱，沿著胡同一直往前跑，見岔路口就鑽，不知跑了多久，跑得她肺裡抽疼，遠遠瞧著胡同的出口就在不遠處，身後也沒有人追上來，她才漸漸停了步子，扶著牆一陣咳喘。

身後冷不防出現一隻手，把一只羊皮水袋遞到孟如韞面前。她先是一驚，待看清來人，又輕輕鬆了口氣。

「陸……陸大人……」

陸明時輕輕「嗯」了一聲。「新買的，我還沒用過。」

孟如韞接過水袋喝了一口，覺得嘴裡血腥氣上湧，不想當著陸明時的面吐出來，一咬牙，連水帶血嚥了下去。

陸明時看著她蒼白的臉色，不動聲色地皺了皺眉。

「剛才那些……」

「是羅錫文。他一開始就留了個心眼，怕妳誆他，所以派了個人跟著妳，待查證後發現妳真的不是女官，就派人來找麻煩了。」陸明時淡聲道。

「這王八羔子……」孟如韞罵了一句，又克制住了後面的話，將水袋還給陸明時，對著他屈膝福了一禮。「剛才謝謝陸大人相救。」

陸明時把玩著手裡空了一半的水袋，口沿處還有孟如韞匆忙蹭上的一抹緋色口脂，忽然笑了笑，說道：「算上這次，我似乎救了妳兩次了。」

「啊……確實如此。」孟如韞睫毛顫了顫，抬眼瞧他，斟酌著道：「救命之恩，小女子無以為報，唯有……」

「唯有什麼？」陸明時好整以暇地望著她。

「唯有……」孟如韞抿了抿嘴唇，似乎有些不好意思。「唯有大恩不言謝了。」

陸明時一哂。「孟姑娘倒是懂禮得很。」

「陸大人是朝廷命官，人中龍鳳，我身分低微，確實沒什麼可回報您的，只能將此份恩情銘記於心，回去多向菩薩念叨，為您祈福。」

「不用了，妳我這點小事，不值得驚動菩薩。」陸明時見她歇息得差不多了，臉色比適才好看了一些，說道：「我送妳回去，有話問妳，看在救命之恩的分上，不許撒謊。」

「好。」孟如韞正愁找不到回去的路。只是陸明時想問什麼呢？

「若妳撒謊，就叫菩薩罰妳一輩子沒有好姻緣，嫁個郎君頭生癩腳生瘡，如何？」

孟如韞噗哧笑出來。

「事關妳人生大事，」陸明時不知道她在笑什麼，曼聲警告她道：「孟姑娘，慎言。」

聽聞此話的第一瞬間，孟如韞想的竟然是陸明時頭生癩腳生瘡的樣子。她被自己的想法驚了一下，忽有些羞赧似的收了笑，不再看他，清了清嗓子。「陸大人問吧。」

第十一章

六月初的臨京暖風和煦，青石巷子裡開滿了淩霄花，蹭著行人的衣角輕輕搖晃。孟如韞跟在陸明時身後緩步而行，見他挺拔的身形在巷子裡穿枝拂葉，如魚龍游弋，看得久了，忽然一不小心被垂下的花枝勾住了頭髮，疼得她「哎喲」了一聲。

陸明時頓住腳步，回身瞧她，見她略有些羞惱地伸手拆著勾在頭上的花枝。那淩霄花勾在步搖的鏤空縫隙裡，十分巧妙，孟如韞拆了半天，反倒把自己頭髮拆亂了，幾縷青絲自耳邊垂下，飄飄悠悠，似月下湖底微蕩的水藻。

陸明時走到她身邊，垂眼詢問她。「我來幫妳？」

孟如韞鬆了手，把勾住的頭髮交給他。

她打扮得清麗素雅，鬆鬆綰著墮髻，髮間只有一支做工一般的琺琅瓷流蘇蝴蝶步搖做裝飾。陸明時先將花枝折斷，然後左手按著她的頭，右手將被撥歪的步搖取下，倒過來將殘餘的花枝部分取出來，又扶著她的髮髻，輕輕將步搖插回去。

「好了。」

孟如韞動了動，輕輕吁了口氣。「謝謝陸大人。」

那截折在步搖裡的殘餘花枝，陸明時沒有扔掉，藏在掌心裡輕輕摩挲。殘餘半朵的淩霄花表面絲滑柔軟，貼著掌心的皮膚，讓陸明時想起剛剛按住孟如韞頭髮時的觸感。

柔軟而溫暖。

陸明時忽然轉身看向她的髮間。

剛經歷過被勾住頭髮的窘迫，此時孟如韞正聚精會神地走路，見他望著她，問道：「怎麼了呀？」

陸明時將雙手背到身後，對孟如韞道：「妳走到我身邊來吧，免得再被勾住頭髮。」

孟如韞一噎，想反駁說不會，卻見他眼裡笑盈盈，鬼使神差地將話嚥了回去，快步走到陸明時身側。

若是一前一後地走，兩相無言也就罷了，可現在兩人離得這麼近，路窄的地方衣角相觸，呼吸幾分輕幾分重都能被對方聽清楚，這般沈默著反倒顯出幾分不自然來。

孟如韞正想著要不要隨意說些什麼，忽聽陸明時問道：「妳今日為何要冒這麼大的險救那個孩子，只是看不慣羅錫文恃強凌弱嗎？」

孟如韞「嗯」了一聲。「那不然呢？」

「羅錫文的父親雖然只是個清水衙門的閒官，可羅錫文與京中許多紈袴有酒肉交情，近日又攀附上東宮，以後他若想為難妳，可太容易了。」陸明時說道：「為逞一時意氣，惹上性命之禍，合適嗎？」

孟如韞嘆了口氣，道：「算我倒楣，沒想到他這麼快就識破了我的身分。」

「妳就沒想過，萬一羅錫文一開始就不吃這套，把妳和那小子一起綁了怎麼辦？」

孟如韞搖頭。「沒想過。我只見不慣他如此霸道橫行，欺負一個手無縛雞之力的無辜孩子。」

「手無縛雞之力？無辜？」陸明時上下打量了她一眼。「孟姑娘，當時在場那麼多人，妳才是該被護著的那個，當好自為之才是，何必螳臂當車，去出這個風頭。」

「只因我瞧著柔弱可欺，便不能為他人出頭嗎？」孟如韞有些不服氣。

陸明時理所當然地點頭。「沒錯。」

「可……」

「我知孟姑娘想說什麼，無非是君子公道那一套。我敬佩姑娘的勇氣和聰慧，只是，」陸明時頓了頓，緩聲說道：「姑娘為一個素不相識的陌生人冒這麼大風險，若是出了事，妳的家人朋友怎麼辦。世間之大，不公之多，若樁樁件件都不顧自身處境去拚命聲討，妳有幾條命，能夠妳撞破燈盞、撲滅燭火？」

他說這話時，目光又落在孟如韞髮間的蝴蝶步搖上。靛青色的步搖隨著她的步子輕輕搖晃，彷彿真有一隻美麗又薄弱的飛蛾，在她髮間撲稜著，拚命撞著燈盞。

聽完他一番話，孟如韞沈默了一會兒。

陸明時說的道理她明白，只是她與陳芳跡算不上「素不相識」。

上一世，她死後遊蕩臨京的那些年，某次曾在茶樓裡聽說書人講了個故事，說古有一神童，家貧，三歲可誦，五歲可吟，七歲能寫詩作文，十二歲過鄉試，十四歲過會試，殿試時卻因額頭上有道長疤而被判為「貌寢」，怕衝撞貴人，所以黜選了。

後來，這神童便悄無聲息地消失了。過了幾年，京中忽然出了一件大事，有位公子在青樓狎妓時被人灌了啞藥，整張臉皮被人活生生扒了下來。那富家公子疼得精神失常，陛下聽聞天子腳下出了如此慘無人道之事，十分震怒，命大理寺徹查。後來在太醫院太醫的輪番診治下，那富家公子恢復了一絲神智，顫顫巍巍地寫下了神童的名字。

原來那神童年幼時因為才學過於突出，為官學府眾學生所暗嫉，富家公子去欺凌他，把硯臺砸在神童腦袋上，給他砸破了相。神童因此落榜，又見富家公子買官入朝，春風得意，一時懷恨在心，便精心學習喬裝之術，潛入青樓，假意與富家公子歡好，尋了個良機，將他整張臉皮扒了下來。

富家公子此生已毀，只留一口氣苟延殘喘，終日不敢出屋見人。神童因謀殺朝廷命官，手段慘烈，被判秋後問斬。

說書人話音落，茶樓中頓起唏嘘之聲，許多人紅了眼眶，議論起來，孟如韞這才知道原來這是本朝的一個案子。那神童姓陳名芳跡，曾因寫得一手好賦而在臨京小有名氣，那富家公子姓羅，是禮部儀制羅大人家的兒子。

所以今日在文房店鋪前面碰見這樁孽業緣起，孟如韞下意識拉了陳芳跡一把。她有惜才之心，不願見陳芳跡被欺凌後再走上輩子的老路，又自恃對羅錫文欺軟怕硬的性格有幾分了解，便壯著膽子充了回排面。

見孟如韞沈默不語，陸明時以為她心中厭煩說教，便道：「我不是苛責妳的意思，只是我有一朋友，曾因替人出頭打死了人，被流放北郡充軍。他母親為此日日以淚洗面，大病一場，如今雖已痊癒，卻也大不如前了。我那朋友曾經在醉後痛哭悔過，悔不該逞一時意氣。」

孟如韞點點頭，問道：「陸大人說的朋友，是沈公子吧？」

「很好猜的。」她見他無語，微微一笑。「沈公子一看就是任俠豪爽之人。」

陸明時嘆氣。「若是被他知道我在妳面前揭他的短，肯定又要跟我鬧。他這人，最不喜歡在姑娘面前失了面子。」

聽陸明時的語氣，他與沈元思的關係應該是很不錯的，可是上輩子孟如韞悄悄跟隨在陸明時身邊的那幾年，並未見過此人，也不知是何緣故。

「陸大人關愛朋友的心情，我能理解。」孟如韞覷著他，忽然問道：「所以陸大人與我說這麼多，是在關心我嗎？」

「關心」這個詞，可遠可近，可坦蕩可隱密，曖昧得很。

陸明時心裡微微一癢，正色道：「我只是救人救到底罷了。妳往後惜命些，免得我白救了妳兩回。」

說到這個，孟如韞心頭一動，問道：「羅錫文的人出手時，陸大人為何恰巧也在？難道是您根本就沒走遠，知道羅錫文不會善罷甘休，所以一直遠遠跟著我？」

陸明時的腳步微微一頓，而後說道：「我是覺得妳可疑。」

「我可疑？」

找到了這個理由，陸明時便從容了起來，問孟如韞。「之前呼延刺殺一案，我就覺得奇怪，妳一個世居臨京的女孩子，為何會對北戎羌的圖騰和武器了解那麼多？今日這事更加奇怪，妳無官無職，卻知羅儀制曾因辦事不力受罰，知道長公主不日將回京，還懂得如何拿捏分寸，借長公主的勢為自己解圍，敲打眾人。孟姑娘，妳知道的是不是有點太多了？」

這事還真不好解釋，孟如韞支吾了半天，只好胡謅道：「我……博聞強識，心思敏銳而已。」

反正陸明時就算把天查個底掉也查不出什麼。

「孟姑娘，」陸明時一哂。「看來孟姑娘是真想嫁個頭生癩腳生瘡的郎君啊。」

孟如韞不動聲色掃了他一眼。「陸大人什麼意思，我可沒撒謊，不信你去查。」

「當我很閒嗎？」

「大人若是公務纏身，好奇一市井草民做什麼？天底下奇人多了去，哪能人人都讓陸大人看透呢？」孟如韞道。

她說自己博聞強記和說自己市井草民時一樣閒庭信步，從容淡定，在陸明時看來都是油鹽不進的模樣。

於是他也懶得再問。反正她再蹊蹺也與自己無關。

出了曲曲折折的巷子，穿過兩條大街後，終於走到了寶津樓附近。兜了這大半天圈子，此時已近薄暮，街上許多小販都在收攤，行人歸去匆匆，街道兩旁的酒樓歌肆次第亮起燈火，隱隱有調試樂器曲調的聲音從高處樓閣傳來。

回到了熟悉的地方，孟如韞十分開心，誠心誠意地對著陸明時行了個屈膝禮。「多謝陸大人相助，今天我太累了，改日請陸大人吃飯喝茶。」

見她一副歸心似箭的樣子，剛剛問話吃了癟的陸明時故意不識趣地問道：「好啊，哪天？」

孟如韞啞口。

「莫非是隨口一說？也罷，區區救命之恩，不足——」

「後天吧，南陽湖租條小船設宴答謝，如何？」

陸明時頗為滿意地「嗯」了一聲。

孟如韞轉身要走，又回頭補充道：「煩勞陸大人給沈公子也帶個口信吧，今日拂了他的面子，我心裡過意不去。」

因為好奇為何前世在陸明時身邊沒見過沈元思，孟如韞想多了解他一些。可陸明時聽了這話沒有很高興，幾不可見地皺了皺眉，最後還是點頭答應了下來。「好。」

第十二章

到了約好那天，陸明時帶著沈元思，孟如韞帶著青鴿和趙寶兒，五人在南陽湖邊上租了條中等大小的畫舫，請了船家來幫忙划船。

孟如韞從寶津樓拎了兩個食盒的點心和冷菜。因為是答謝宴，所以定的是比較貴的那種，足足花了她三十兩銀子，心疼得她拎食盒的手都打顫。

沈元思拎了兩罈好酒，趙寶兒抱著一把琵琶，只有陸明時兩手空空，瀟瀟灑灑地往畫舫裡一坐，伸手給自己添茶倒水。

「瞧咱們這位爺，主賓地位就是不一樣。」沈元思也盤腿坐下，懶散地往舫壁上一歪。「我說子夙兄，你也太不地道了，英雄救美這等好事竟然把我支走，搞得我現在只能沾你的光來。」

「知道是沾我的光，就挑點我愛聽的說。」陸明時從他懷裡把酒罈搶走。「否則你等會兒就自己游回去。」

此處又不是北郡軍營，沈元思才不怕他，聞言揚眉著道：「你敢扔我，我就告訴孟姑娘——啊疼疼疼——」

孟如韞在舫外清洗酒杯，一掀珠簾走進來就看見沈元思抱胸哀號，關心道：「沈公子怎麼了？」

陸明時淡聲道：「舉止無狀，撞桌角上了。」

「沈公子小心些，船家說他這船是好木，結實著呢。」孟如韞同情道。

沈元思咬牙切齒。「什麼好木，我看是榆木！」

陸明時全當沒聽見，從孟如韞懷裡接過杯盞，用乾淨的帕子逐一擦拭，擺在小桌上，又逐一斟滿。

輪到孟如韞面前的杯子時，陸明時一停，問道：「我記得妳身體不好，能喝酒嗎？」

按醫囑是不太能喝，但孟如韞兩輩子都好酒，又很識貨，一眼就瞧出了那是裝杜康酒的罈子。

大周文人，素來以「散盡千金買杜康」為風流雅興，尤以清明前後入窖的杜康為最。陸明時手裡的酒罈子上刻有「杜康酒坊」的官印，封口又纏著金線，可見是杜康酒中的佳品。以醫囑為由拒杜康酒，簡直是對杜康酒的侮辱。於是孟如韞面不改色道：「無妨，大夫說偶爾飲酒，有助氣血通暢。」

於是陸明時傾下酒罈，剛倒了半杯，就聽挑簾而入的青鴿高喝一聲。「許大夫說妳不能喝酒！」

陸明時挑眉看向孟如韞。孟如韞捂住了臉，耳朵微微泛紅。

只聽陸明時的聲音裡帶了笑意。「還是個小姑娘，貪嘴也可以理解，不必不好意思。」

捂著臉的孟如韞心道：我兩輩子加起來比你多活了二十多年，做你長輩也是夠資格的。

陸明時笑完後，伸手把孟如韞杯子裡的酒潑到了湖裡，然後續上一杯涼茶。

孟如韞驚呼了一聲，彷彿他潑掉的是整整一杯金子。

「只是撒謊畢竟不對，斷沒有因之有所漁獲的道理，對不對？」陸明時氣定神閒道。

他還教訓她！他竟然還教訓她！她還沒說他焚琴煮鶴吞茶嚼花暴殄天物呢！

孟如韞氣得不想與他說話，端起涼茶一飲而盡，陸明時見狀，又行雲流水地為她續上一杯。

六月初的南陽湖荷花初綻，娉婷婀娜，望過去亭亭一片，舟船畫舫遊歷其間，遠望只見荷葉陷下又挺起，蔥蘢間傳來遊人的歡聲笑語。

青鴿忙著剝蓮子，酒宴行半，趙寶兒起了興致，坐到船頭抱起了琵琶。她本是琵琶箜篌雙修，因為有許多人說她的箜篌當數臨京第一，琵琶卻沒有姜九娘彈得好，她一賭氣，就不在公開場合彈琵琶了。今日私下宴遊，箜篌太沈，聽說有她崇拜的陸巡檢，趙寶兒便歡歡喜喜地抱了琵琶來。

她先彈〈永遇樂〉，又彈〈將軍令〉，大都是孟如韞為她填的詞。曲高詞妙，在湖面上傳開，引得別處遊人紛紛顧盼。沈元思不時鼓掌叫好，陸明時望著湖面，似也聽得十分認真。

只有孟如韞的注意力在桌子上。

趙寶兒的酒杯就在離她不到一臂的距離，為了保證最佳狀態演奏，她一口杜康酒都沒喝，酒盞還是滿的，隨著畫舫行進微微搖晃。

孟如韞飛快瞥了一眼各有所忙的眾人，不敢低頭看桌子，手臂一探，撈起趙寶兒的酒杯，迅速抿了一大口。

酒香在唇齒間蕩開，先清後醇，滾過喉嚨又氤氳回甘，帶著絲絲醉人的溫甜。

孟如韞起了貪心，又抿了一口，還沒嚥下喉嚨，卻見陸明時正似笑非笑地看著她。

看著她，然後屈指輕輕叩了叩自己面前的桌子。

他與趙寶兒是犄角而坐，孟如韞坐在他對面，趙寶兒的左手轉角，所以孟如韞與他和趙寶兒的距離都很近。

只見陸明時桌前空空蕩蕩，酒杯已經不翼而飛，趙寶兒的酒杯還穩在原處。孟如韞一愣，忽然覺得嘴裡的酒有點辣。

她好像錯把陸明時的酒杯給順過來了！

這口酒憋在嘴裡，嚥也不是吐也不是。見孟如韞如此窘態，陸明時眼中促狹的笑意更盛。

「孟——」陸明時一張口，就被孟如韞瞪了回來。見她眼睛亮得嚇人，知道她是真要惱了，於是十分識趣地閉上嘴，只對著她微微挑眉，無聲揶揄。

孟如韞緩緩將酒吐回杯中，然後趁眾人不注意，一揚手將杯子裡的酒潑進了湖裡。

真是暴殄天物。

孟如韞咂摸著杜康酒在舌尖的餘味，想起這酒是陸明時嚐過的，忽然有點不太自在。一時也不好意思抬眼去看他，直到趙寶兒連奏三曲，青鴿遞了滿滿一捧蓮子到她面前，孟如韞才稍稍緩過那陣尷尬多過曖昧的勁兒來。

趙寶兒回到席面上，痛快地飲光杯子裡的酒，好奇地問孟如韞何時與陸明時和沈元思這麼熟絡，竟能特意置宴將兩人請來。沈元思便將孟如韞如何假託女官為陳芳跡解圍之事大致講了一下，只說是他與陸明時見孟姑娘敏銳聰慧，有交遊之心，所以特地約下今日遊湖宴飲，沒有提陸明時後來又救了孟如韞一回的事情。

孟如韞望著沈元思，心道，這位沈公子真是心細如塵，被他這麼一講，於自己的名聲無半分損害。

趙寶兒聽到孟如韞假託長公主女官時，神情有些奇怪，又很快笑道：「青衿妹妹膽子真是太大了，幸好沒出什麼事。」

說起這個，孟如韞便想起自己近日來的心中隱憂，對陸明時道：「我那日情急之中演技拙劣，若是羅錫文事後起疑，求證後發現我並非女官，他找不到我，若是拿陳芳跡撒氣怎麼辦？」

陸明時道：「自求多福。難不成妳還能幫他一輩子？」

「若是羅錫文惱羞成怒，那我豈不是幫了倒忙，反而害了他？」

陸明時見她困擾憂心，問道：「那妳欲如何？」

孟如韞其實想到了一個看似異想天開，但又是眼下最優解的辦法。只是這辦法的關鍵在陸明時，他若是不同意，孟如韞也沒轍。

孟如韞覷著他的神色，輕聲道：「我聽說……陸大人是韓士杞老先生的門生。」

陸明時一頓，險些氣笑了。「這妳又是從哪裡聽說的？」

他有時覺得這女人風趣、可愛、美麗，有時又覺得她神神秘秘，蹊蹺得讓人敗興。

他只知她在寶津樓當差填詞，姓孟名青衿，其餘一概不知。她藏著瞞著，他也懶得刨根究底，全當是露水朋友，君子之交，不問出身。

可她倒是將自己打聽得十分明白，冷不防就要揪出點什麼來算計他。他師從韓士杞這件事，連知曉的同朝官員都沒有幾個。

「妳想讓陳芳跡離開官學府，投拜韓老先生門下？」陸明時見孟如韞點了點頭，聲音冷淡道：「妳若不先講清楚如何得知我老師是誰，這忙我是不會幫的。」

原來他是韓士杞的學生，並非人人都知道的消息。孟如韞心裡嘆了口氣，這下糟了，該怎麼解釋才好？

一來二去，她在陸明時那裡已經成了個滿嘴虛言的小騙子，他雖是暫時揪不出她的狐狸尾巴，可是對她說的話也是十句疑九，處處留心。

孟如韞正琢磨著怎麼回答，趙寶兒言笑晏晏地開口道：「自然是我告訴青衿妹妹的。」

子。

「妳？」陸明時看了她一眼。

「陸大人可別小瞧了自己的魅力，這滿臨京的茶樓酒肆，沒有幾個歌女舞娘對您不是傾慕有加，對您的生平和喜好，可是記得比自己生辰還清楚呢。」趙寶兒半笑半嗔地搖著扇子。

「是嗎？」陸明時不為所動，對趙寶兒道：「那趙姑娘說說看，對我生平所知多少？」

趙寶兒搖著扇子思索了一會兒。「您今年二十，年初剛加冠，祖籍阜陽，家族不大，卻是世代書香。聽說您父親是舉人，祖上還出過四品高官。因您祖父與韓士杞老先生交好，所以您九歲時拜入韓老先生門下讀書，十五中舉人，十七中進士，可謂是年少才高，風流蘊藉；五陵年少金市東，銀鞍白馬度春風——」

眼見著趙寶兒誇著誇著就要唱起來，陸明時忍不住打斷她。「可以了，趙姑娘，別說了。」

趙寶兒端起酒杯啜了一口，笑咪咪望著他。「如何，陸大人可信了？」

她把話說得這麼明白，容不得陸明時不信，只是心裡直覺並非如此。他緊緊盯著孟如韞，從她臉上看到了一絲茫然的神情。

孟如韞當然茫然。趙寶兒說的這些話，與她所知的陸明時是完全不同的。

據她前世所知，幼時父母尚在時便與陸明時相識，雙方父母還曾開玩笑說要訂娃娃親，想必兩家交情極深，否則陸明時怎麼會在她死後，僅憑知曉了她的身世，就願意勞心勞力為她續作，為孟家揚名？

趙寶兒說陸明時祖籍阜陽，可孟家世居臨京，若真如此，兩家如何成為世交？

對陸明時的身分，孟如韞心中起了疑慮，正兀自琢磨著，忽聽陸明時問她。「孟姑娘，果真如此嗎？」

孟如韞便無辜地笑了笑，說道：「還是寶兒姊姊知道的多，有些還不曾告訴我呢。」

陸明時瞇了瞇眼。妳就裝吧！

沈元思在一旁聽得嘖嘖稱奇，湊過來問趙寶兒。「我呢我呢，在臨京好姑娘們心裡，我受歡迎嗎？口碑如何？」

趙寶兒笑得兩眼彎彎。「沈公子風流瀟灑，雖出身名門，卻不以家世取人，願為紅顏衝冠一怒。像我們這種女子，哪個不願意做沈公子的知己呢？」

這話誇得沈元思心裡舒坦，趙寶兒敬他酒，他痛快地一飲而盡。「那我日後常去寶津樓瞻趙姑娘風姿，還望姑娘不嫌我粗鄙淺薄。」

「哪能啊，怕是滿臨京的姑娘都要妒煞我了。」趙寶兒笑道。

孟如韞在一旁垂眼聽著，見機問道：「卻不知沈公子出身哪家名門？」

「你不知嗎？沈公子的母親是尚陽郡主。」趙寶兒附在孟如韞耳邊悄聲道。

尚陽郡主……這名字聽著耳熟，孟如韞卻一時記不起來在哪兒聽過。

對於上輩子發生過的事，孟如韞近來尤覺有恍若隔世之感，很多細節慢慢變得模糊。有時候覺得像作夢一樣，醒來後，逐漸在腦海中退散。

她十分確定自己前世聽說過尚陽郡主的事，只是如今想破了腦袋，也想不起來。

陸明時見她不知在出些什麼神，眉頭擰得很緊，連手心裡握著的蓮子掉了都沒有知覺。

「陳芳跡的事，妳是如何考慮的？」陸明時出聲打斷了她的思緒。

孟如韞回過神，抿了抿嘴唇，問道：「陸大人肯幫我了嗎？」

「那得看幫到什麼程度。」陸明時說：「老師從不隨意收學生，對才學和品行的要求都很高。他老人家若是看不上陳芳跡，我也沒辦法讓他點頭同意。而且，官學府為官辦，老師再有名，也是民間，妳問過陳芳跡是否願意離開臨京嗎？」

「我已託人送信給他，最遲明日會有答覆。」孟如韞道：「只要陸大人願意給韓老先生去信說明前因後果，之後的事，看陳芳跡自己的本事。事成，感念陸大人伯樂之恩；事不成，也怨不到陸大人身上，如何？」

孟如韞知道此時陸明時正與韓老先生鬧彆扭，且還要彆扭幾年。但韓老先生心裡很看重這個學生，否則也不會被他在雨中一跪，挨了幾鞭子就心軟，冰釋前嫌。

請陸明時寫信這事，除了相幫陳芳跡，孟如韞也藏了點小心思。韓老先生年事已高，日子過一天是一天，她不願見陸明時白白蹉跎這師生之誼，老先生百年之後空留悔憾。

陸明時思索了一會兒。孟如韞的提議正中他下懷，他回臨京後，一直沒找個合適的理由拜會老師，他可以先寫信去問問，若是老師同意，他也可以借送陳芳跡過去的機會拜會一番，免了被他老人家直接打出門的風險。

於是陸明時道：「可以，若是陳芳跡願意，讓他附篇詩文，我一併寄給老師。」

「太好了，我一定讓他好好寫！」孟如韞高興道。

孟如韞次日便收到了陳芳跡的來信。他字跡工整，書信行文流暢，文詞妥貼，但畢竟還是個十歲的孩子，十分委屈地向孟如韞傾訴了自己近幾日在官學府的遭遇。

羅錫文得知為他出頭的孟如韞並非什麼長公主座下女官，還把他派去找場子的人打得傷的傷殘的殘之後，十分惱火，帶人到官學府裡把陳芳跡睡覺的鋪蓋掀開，潑了整整一桶泔水。寢室裡臭味連天，同寢的學生不敢得罪羅錫文，都埋怨陳芳跡的不是。陳芳跡只好到院中小亭子裡趴著睡了兩晚，被蚊子咬了滿頭包。

書院裡的先生大都是朝中文官兼任，上完課就走，不愛管學生間的閒事。剛開始有那麼一、兩個先生為陳芳跡抱不平，指責羅錫文的不是，第二天也噤聲了。

孟如韞看得直皺眉。讀到信的後半部分，陳芳跡聽說能拜韓士杞老先生為師，十分高興，說他已徵得母親同意。

願雲帆高張，晝夜星馳，洗手焚香入師門。

讀罷信，孟如韞微微嘆了口氣，靠在小榻上思索了一會兒，忽又披衣起身走到書桌前，鋪開信紙研墨。

「姑娘還不睡嗎？亥時中了。」青鴿端了盆熱水進來時，見孟如韞正揮著筆寫信，頭也不抬，於是上前把油燈挑亮了一些。「給陳小書生回信呢？」

孟如韞嗯了一聲。

她寫信讓陳芳跡準備好謁師文，先給她過目一下，又洋洋灑灑開解了他大半張紙。青鴿只瞥見一句「鴻鵠當飛，何懼燕雀相啄；舟行萬里，莫顧沈木之阻」，笑道：「看來姑娘對陳小書生很有信心啊，那我是不是該改口叫他陳小狀元？」

前世若非陳芳跡臉上有疤被黜選，憑他後來的才氣與名聲，被點為狀元也並無不可能。

孟如韞笑道：「他可當狀元，那我呢？豈不是比狀元還厲害？」

青鴿一愣，旋即道：「那是自然。」

第十三章

六月二十八日，長公主蕭漪瀾自西域大興隆寺出發五十六天後，回到了臨京。

宣成帝令太子蕭道全親率禮部尚書、太常寺卿等掌管迎歸禮制的官員前往玄武門相迎，一路禁軍開道，背對著道路在兩側站成威嚴森然的人牆，禁止行人在此逗留喧譁。

長公主帶著小隊扈從御馬到達城外後，先梳洗一番，換上莊重華美的禮服，然後登上二十四精壯護衛抬起的大安輦。大安輦長八尺、寬六尺，以百年紅木為體，四周懸掛金絲垂縵，繫著金鈴；四角飛簷雕刻著青鸞，栩栩如生，隨著步輦起步，恍若振翅抖羽，將要飛入青雲。

長公主登上大安輦後，立馬有侍候在內的侍女為她端上金盆，以麗泉的泉水洗手，又為她細細塗上脂膏與蔻丹。有侍女奉茶上來，她嚐了一口便叫人撤下去，閉著眼睛端坐在步輦正中休憩。

大安輦行至玄武門前，與太子蕭道全等人相遇。除太子外，所到官員一律行跪拜迎安禮。這是陛下特意向禮部囑咐過的，禮部尚書何盛濱覺得此舉過於逾制，奈何陛下鐵了心要給胞妹鋪最盛大的排場，何盛濱委婉勸了幾次，險些把宣成帝絮叨毛了，這才悻悻地閉上嘴。

長公主蕭漪瀾隔著垂縵望向烏泱泱跪了滿地的官員，半晌，只聽大安輦內傳出了一道清冷威嚴的聲音。「都平身吧。」

官員起身後，蕭道全單獨上前見禮，瞧著頗有幾分高興。「姑姑，您一路可順利？」

侍女挑開垂縵，露出端坐正中的蕭漪瀾。她妝容明豔，十分自得，面上不見一絲疲憊，見了太子也沒有下輦的意思，只端莊大方地笑了笑。「多年不見，太子皇姪越發有天家風采了。」

「不及姑姑半分。」蕭道全說道。

蕭道全這話倒也不過謙。蕭漪瀾繼承了先太后的容貌與氣度，十六、七歲時尚顯稚嫩，旁人見了，會誇一句「牡丹之色，青鸞之姿」。如今的蕭漪瀾已經二十七歲，容貌完全長開，姝豔無雙，又在大興隆寺禮了十年的佛，通身氣度從容，舉手投足間又有脫塵的雅致與風流，讓人見了忍不住嘆一句「鳳儀仙姿」。

蕭漪瀾與太子寒暄見禮後，便乘坐大安輦往皇宮去拜見宣成帝。

臨京好熱鬧的閒人想方設法瞻仰長公主的姿容，跟著千人儀仗隊一路從玄武門穿過大成街、晉雲街，直到步輦入了皇宮，也不過遙遙隱約瞥見輦中一抹麗影。有些好事的年輕男子仍不肯離去，一直等啊等，等過了午後，終於等到了蕭漪瀾的步輦從宮中出來，要去太廟拜謁先祖。

因為今日歸京是小拜，三日後才是大拜，蕭漪瀾把豪華氣派的大安輦換成了小步輦，儀仗隊也只點了八十人。一行人往太廟行去的時候，終於給等在周遭的人瞥見了長公主的芳姿。

今日來寶津樓的客人談論的也多是長公主。趙寶兒聽了滿滿一耳朵，又說與孟如韞聽，孟如韞聽到長公主接受百官跪拜、見太子不除輦時，暗暗咋舌。

原來早在此時，長公主就如此權高勢盛了嗎？

對這位後來登上皇位的長公主，孟如韞一直多有留心。

她知道長公主與當今聖上皆是已故的明德太后所出。明德太后與先皇仁帝伉儷情深，仁帝溫和優柔，許多政事都賴當時尚為皇后的明德太后決斷。她嫁與仁帝的第二年生下太子蕭讌，即是今天的宣成帝，此後一直無所出，直至二十年後，又生下了蕭漪瀾。

蕭漪瀾七歲那年，仁帝駕崩。因當時北戎羌突然來犯，戰況緊急，所以仁帝臨終的遺詔中說暫不立新皇，由明德皇后主持國政，直到平干戈、止戰亂、家安國定。

於是此後十年，明德皇后北抗戎羌之禍，南治水旱之災，改制於朝，養富於民，使得大周日益強盛，打得戎羌不敢來犯。大周人口在十年間增長近五千萬，國庫充盈，河清海晏，史稱「仁帝中興」。

眼見著國力一天天強盛，但明德皇后卻因政事累垮了身體，在秉政十年後病逝了。她去世的那個月連月陰雨，百姓謂之「天泣」，時為太子的蕭讌在明德皇后靈柩前數次哭暈過去，最後是在文武百官的再三懇求下，才拖著傷心欲絕的病體舉行了登基大典，改年號為

「宣成」，追封明德皇后為明德太后，封公主蕭漪瀾為長公主。

長公主自幼由明德太后養大，其音容笑貌、行事風格像極了年輕時的太后，又是宣成帝唯一的胞妹，宣成帝於她亦兄亦父，寵愛到了極致。

但明德太后故去後，長公主在臨京一直悶悶不樂，又一年，長公主的駙馬也病逝，使得她對臨京這片土地傷透了心，再三請求去西域禮佛。宣成帝雖捨不得她出去吃苦，也不忍見她困在傷心事裡，一天比一天憔悴，在蕭漪瀾的苦苦哀求下，最終同意了。為了保證她過得舒適，一向勤儉愛民的宣成帝甚至還向西域大興隆寺捐了十萬兩黃金。

長公主蕭漪瀾前往大興隆寺禮佛，只在明德太后隆祭日和宣成帝整壽的時候回來過幾次，剩餘時間一直待在大興隆寺裡。聽說她此次回來很可能不走了，所以臨京看熱鬧的百姓才會這麼興奮。

趙寶兒搖著團扇回憶起小時候的情形。「我五歲多的時候剛剛記事。那年，明德太后帶著長公主御巡揚州堤壩。我爹早早就帶著我在路邊看，我騎在我爹肩膀上見到了長公主殿下。那時她已經十歲，像仙子一樣騎著小白馬，竟然還衝我笑了。我爹說，當時在場那麼多人，有揚州知府、捐了大筆錢的當地豪紳、德高望重的讀書人……可是長公主殿下只對我笑，我爹比我還開心，他臨死前還抓著我的手念叨這件事呢！」說起過往，趙寶兒悠悠嘆了口氣，望著窗外熙熙攘攘的街道感慨道：「可惜我那時太小，已經記不清長公主殿下的模樣了。」

蕭漪瀾小拜過太廟後，誰也沒見，逕自乘輦回了長公主府。

長公主封號昭隆，這座昭隆公主府是明德太后尚在世時賜下的。蕭漪瀾十六歲與駙馬薛青涯成婚後，從皇宮搬出到公主府居住。之後，明德太后與駙馬先後去世，蕭漪瀾便啟程前往大興隆寺禮佛，前後算來，只在公主府裡住了不到兩年，這公主府裡的一草一木，甚至不如大興隆寺的佛祠更讓她覺得熟悉。

霍弋一直留在臨京為蕭漪瀾打理產業。去年年底，她傳信說今年歸京，霍弋從那時就開始著人整修長公主府，將府中老舊又格局失衡的樓閣屋舍拆掉，新建起一座五層高的藏書閣，名拂雲書閣，以半開放的迴廊與書房和佛祠相連，供長公主御覽佛經之便。又在湖畔高起摘星閣，說是閣，其氣派與宏麗稱為塔也不為過。摘星閣上四面鏤空，以數人環抱的大紅木為四角天柱撐起，站在閣上，能俯瞰臨京繁華，張袖攬天水之風。

長公主府裡服侍的下人也由紫蘇重新調整或選拔，她親自培訓了兩個月，教她們如何沏茶、焚香、研墨、理經、收整床鋪、服侍洗漱、保養華衣玉寶等。

所以蕭漪瀾回到長公主府的時候，所有人都已準備就緒，一切都極稱她的心意。她入宮覲見宣成帝時已用過午膳，只是吃得沒什麼胃口。紫蘇命人備了一桌菜，蕭漪瀾吃了幾口，又用了碗薏仁甜粥，這才覺得胃裡舒坦了許多。

她換下華衣，卸了濃妝，換上一身天水青的素紗禪衣，烏髮未梳髻，以一根沈烏木的簪子鬆鬆綰著。她靠在金絲軟榻上，一邊半合著眼休息，一邊聽紫蘇說話。半晌，望了眼窗外的天色，問紫蘇。「霍弋呢？」

紫蘇道：「少君午時回府，現下應該還在潯光院。」

「叫他來見我。」蕭漪瀾閉著眼睛道。

紫蘇頓了頓。「少君吩咐過，讓您今日先好好休息，萬事明日再說。」

「他是少君，我是主君，妳聽他的還是聽我的？」蕭漪瀾睜開眼。「去傳。」

紫蘇應了聲「是」，忙差人去通稟。

蕭漪瀾隨手拿起本詩集歪在榻上看。翻了五、六頁後，屏風外傳來一陣由遠及近的木輪聲。她放下書瞥了一眼，隱約望見屏風外一個半人高的身影。

「殿下。」

蕭漪瀾這才從榻上起身，理了理衣服，道：「進來吧。」

房中侍女皆退到屋外，霍弋搖著輪椅轉過屏風，便見一身青紗襌衣的蕭漪瀾望過來。

霍弋入長公主府已有六年，然而真正伴在她身邊的時間卻並不長。更多的時候，是蕭漪瀾在大興隆寺，他留在臨京這座空蕩蕩的長公主府，為她打理產業、培植勢力、留心朝堂，待有所成就，才能寫一封信，細細與她訴說臨京諸事。

所以對蕭漪瀾此人，他還沒有熟絡到見之如常的地步，只望了眼她未著粉黛的面容，便默默垂下了眼皮。

蕭漪瀾等了半天未等得他一言，站得有些累了，便走到茶几前坐下，伸手取過茶勺，又望了他一眼。「你啞了，也瞎了，要本宮親自為你沏茶嗎？」

霍弋搖著輪椅行到小几邊，從蕭漪瀾手裡接過沏茶的什器。「臣來吧。」

蕭漪瀾便交給他，姿態鬆弛地曲肘撐額，慢慢揉按著額頭。

「殿下若是乏了，不妨先小憩一會兒。」霍弋看著她道：「我在旁邊守著。」

蕭漪瀾頭也不抬。「不必。」

「那我給您按一按吧。」

這次，蕭漪瀾沒拒絕，「嗯」了一聲。

霍弋將沏好的茶遞到蕭漪瀾面前，轉著輪椅繞到她身後。蕭漪瀾席地跽坐，頭剛好到他胸口的位置，霍弋的手指輕輕按在她額間，沿著她的百會穴、神庭穴轉了幾圈，又沿著她的眉骨輕輕按到太陽穴。

縱使剛捧過熱茶，他的手指也透著涼意，這是氣血不足、元氣有傷所致。蕭漪瀾閉著眼，神思散漫，想起初見霍弋的時候，他雙膝被剜，遍體鱗傷，血淋淋地爬到她腳邊的樣子。

他說，殿下只需一言便可救臣，臣當以殘命為君驅馳。

所以這些年，霍弋一直拚命向自己證明他有大用，自己當時救他回府的買賣不虧。但蕭漪瀾想，只有她自己清楚，當時救下霍弋並非是圖他所言的虛無縹緲的報答，而是見他即使疼得渾身發抖，擋在她面前逼她相救時，那雙十指如玉的手沾滿了污濁，想要抓住她這根救命稻草，卻又極力克制著，未讓血污沾染她半寸衣角。

「殿下，茶涼了。」

霍弋低聲喚蕭漪瀾，蕭漪瀾未應，這才發現她微微向後靠在自己懷裡睡著了。

霍弋慢慢鬆開手，輕輕向後仰著身體，想讓她靠得更舒服一些。他望了眼窗外的天色，估摸著已是酉初。果然，沒一會兒紫蘇便走了進來。本是要來點燈，見此情形不敢出聲，正要退下，霍弋輕輕敲了敲小几，以目示意她將小榻上的薄毯拿過來。

霍弋為她披上薄毯，讓她靠在自己懷裡休息。窗外暮色漸起，室內也逐漸變得昏暗，安靜得只能聽見蕭漪瀾平靜的呼吸聲。他懷裡很快盈滿了她身上的味道，是一種常在他夢裡出現的，別緻而悠遠的冷香，不甜不膩，薄香近苦，聞得久了，卻又能從中抿出極致的濃豔來。

霍弋仰頭望著頭頂的綾羅，輕輕喘了口氣，不知在想什麼。

蕭漪瀾就這樣睡了半個時辰才醒。她一動，霍弋就有所知覺。見她額上起了一點薄汗，他伸手將鎮在冰盆裡的茶壺拎過來，為她沏了一杯冷水茉莉茶。

蕭漪瀾飲了茶，從他懷裡起身，整了整衣襟。

「殿下可感覺鬆快些了？」霍弋問。

蕭漪瀾點了點頭，半晌，說道：「今日入宮，皇兄與我說了許多往事。」

霍弋繞到了她對面，靜靜聽她說話，以為她要說正事，誰知她又問道：「望之，我是不是老了許多？」

望之是蕭漪瀾為霍弋取的字。聞言，霍弋喉嚨動了動，回道：「不曾，殿下容華正盛，歲月無痕。」

霍弋這話並非虛與委蛇。蕭漪瀾今年二十七歲，但保養得極好，膚若凝脂，面若薄玉，眼尾無一痕一皺，素面極妍，不比京城裡十七、八歲的女郎差什麼，又多了尋常女子沒有的氣度與華態。

蕭漪瀾微微嘆氣，道：「可我瞧著，皇兄這些年老得太快了，還不到五十歲，卻已滿頭白髮。與我說會兒話的工夫便覺得疲乏，用膳也不過半碗，乘步輦來，又被步輦抬去。記得我小時候，皇兄身體極好，能在獵場中徒步追兔，空手降鹿，算來，二十年還不到。」

霍弋說道：「五十而知命，本就是常人壽數的一個坎，何況國事累人，太子也不是那麼讓人省心。」

說起太子，蕭漪瀾笑了笑。「我倒覺得太子近年長進很大，今日在玄武門見了我，滴水不漏。」

霍弋今天沒出門，一直在長公主府裡等蕭漪瀾回來，但是也派人去玄武門盯著，聽說了陛下御賜大安輦，命百官叩拜、太子拱手的盛大陣仗。

「這些年殿下不在京中，太子覺得朝中沒有敵手，常有心浮氣躁之舉。今日能有這番表現，應該是陛下特意叮囑過，要他禮待於您。」霍弋道。

「禮待？」蕭漪瀾輕嗤一聲。「真要依禮而論，我應該除輦見太子。我這位好皇兄可不是要禮待我，而是要破禮待我。」

蕭漪瀾心裡門兒清，霍弋也就不必再添火，只道：「您是長輩，太子同您見禮，您也受得。您今日入宮，見到六殿下了嗎？」

蕭漪瀾搖了搖頭。「不曾。聽皇后說，皇兄給小六派了個活兒，讓他到太湖巡堤去了。」

「巡堤？我還未收到消息，想必是剛走不久。」霍弋說。

「皇后說他是昨天出發的，工部催得緊，遲一天都不行。下次碰見工部尚書，我倒要問問他，怎麼就見不得我們姑姪團聚呢？」蕭漪瀾擺弄著桌上的茶具，慢悠悠道。

「若非陛下暗中授意，劉尚書何必開罪您。」霍弋溫聲道：「秋汛之前，六殿下能趕回來，到時候又要跟您訴委屈了。」

蕭漪瀾嘆了口氣。「算起來，小六明年過了生辰就及冠了，再一年半載就要出宮開府，成家入朝，也該有個大人的樣子了。」

霍弋道：「皇后娘娘將他保護得太好，到時候，還要殿下您多加教導。」

蕭漪瀾聞言挑眉。「怎麼，你跟他接觸過？」

「我認得六殿下，六殿下不認得我。」霍弋笑了笑。「春風樓、千金坊、跑馬場……六殿下在臨京也頗有風流的名聲。」

春風樓是青樓，千金坊是賭坊。蕭漪瀾聞言嗤道：「這小混帳。」

蕭漪瀾喝夠了茶，喚了人來擺開棋面，要與霍弋手談。這副棋子是霍弋託人尋了好玉與名師打造的，玉質溫潤，冬暖夏涼，團在手指間十分舒適。他看著蕭漪瀾纖長白皙的手指間正從容地把玩著兩枚黑玉棋子，漫不經心地落在棋盤上。

「臣在臨京心不靜，棋藝疏久，恐難陪殿下盡興。」霍弋也落了一子，正在蕭漪瀾側後方。

「無妨，我今日也心不靜。」蕭漪瀾微微傾身，壓低了聲音。「望之，陛下今日提了讓我盡快臨朝聽政的事。」

「以何品職？」

「不另授官職，就以監國長公主的名義。陛下說我是天潢貴胄，不必受六部九卿轄制。」蕭漪瀾道。

霍弋微微皺眉。「陛下太心急了。」

「是啊，真是生怕我不為盛名所累，不起狼子野心。」

大周通例，皇子入朝應予下至從四品上至從二品的品階與官職，一來方便他們從事具體國政，二來也使其承受相應職位的掣肘與都察院的監管。即使是太子蕭道全當初臨朝時，也被授予了吏部尚書的職銜，跟隨原吏部尚書遲令書學習管理吏部事務。

可宣成帝要蕭漪瀾入朝，卻不欲授予其品階官職。

霍弋捏著棋子分析道：「監國長公主，可虛可實。有陛下撐腰的時候，大小國政您皆可插手；可哪天他若是翻臉，您的所作所為，也都名不正言不順。若要懲辦一位朝中四品官員，沒有錯處，連陛下也不能獨斷專行。可若僅是長公主之身……殿下，您可要小心了。」

霍弋的棋子啪嗒一聲落在棋盤上。

「這是步險棋。」蕭漪瀾垂眼笑道：「可險於人的同時也險於己。他要給我套踰矩禍國的亂臣賊子之名，必要先予實權給我，這權給了若是收不回去……」

霍弋溫和一笑。「所以說陛下太急了。」

「於此，你有何見解？」蕭漪瀾問。

「望之覺得這是好事。您臨朝之後，只管隨興而行，為六殿下爭取權力，鑄造基業，剩下的事情有我。我保證讓陛下給您的東西，再也沒有機會收回去。」

「這麼自信？」蕭漪瀾眼中含笑地望著他。「你同我透個底，這些年你在朝中安插了多少人？」

霍弋微微傾身，示意她附耳過來，在她耳邊說了幾個人名。

蕭漪瀾先是一愣，而後笑出聲，拂袖坐回去，青絲滑過霍弋頸肩。霍弋微微低了低頭。

「你有這本事，再籌謀幾年，拋開小六自己登基也不無可能。」蕭漪瀾道。

「殿下，您不要疑我。」霍弋無奈道：「我在外行事，用的都是您的名頭，關鍵時候，這些人是聽命於您而非我。六殿下是皇家嫡出，我一介殘缺白衣哪裡能比？何況，我也沒那個志向。」

「有又如何？本宮不怕你。」蕭漪瀾落子，將面前的棋盤輕輕一推，雙眸笑如彎月。「畢竟本宮可以，擒賊先擒王。」

棋盤上，霍弋布下的潤物細無聲的棋網已被蕭漪瀾化解於無形，幾枚關鍵的棋子已被她狠狠扼住，動彈不得。

他輸了。

真是好一個擒賊先擒王。

霍弋出神地看著倒映在黑玉棋子上的蕭漪瀾的面容，心跳得飛快。

寶津樓是霍弋為長公主置下的產業，平日裡為長公主府賺了不少銀子，但是長公主回京後，寶津樓的政治意義變得更加重要。這座在京城素有雅名的酒樓，像是被長久馴養的猛獸，聽見了主人的召喚，正從安逸綺麗的夢裡睜開了幽幽的雙眼。

孟如韞最先感知到寶津樓的變化。夜裡，她從夢中驚醒，曾隱約聽見樓上有桌椅挪動的聲音和壓低聲音的指令，像是在改造什麼。白天，樓裡多了許多身手矯捷的新夥計，端著酒菜，穿梭在各處房間裡，聽了一耳朵的風言風語和朝廷秘辛。歌女舞娘的數量也多了起來，新曲頻出，整日在梁間繚繞，而酒樓的後院看管得越發嚴格，不許隨意進出。

孟如韞心裡清楚，長公主後來能登上皇位，絕非一朝一夕之功，看來從這時候起，她就已經有所動作了。

她望著窗外沈思，斟酌著要不要從這個政治漩渦中脫身。還沒等她想清楚，紫蘇就帶著一百兩銀子尋她來了。

為了防止樓中混入探子，最近寶津樓對所有夥計又進行了一次調查，凡有嫌疑者，無論最終是否坐實，都要解聘。

不巧的是，他們也查出了前些日子孟如韞為救陳芳跡而在羅錫文面前自稱長公主女官的事。

孟如韞在這件事中從頭到尾都是冒稱，然而臨京那麼多達官貴人她不冒充，偏偏來冒充長公主的人，不得不讓人懷疑她是否知道什麼或者在試探什麼。就算都不是，為了避免被人懷疑寶津樓跟長公主有淵源，孟如韞也不能再留著了。

「孟姑娘才思敏捷，能得妳填詞，是寶津樓大幸。」紫蘇笑吟吟地說道：「只是寶津樓始終是座小廟，供不起大佛。過段日子妳住的這棟樓要拆掉，實在是沒有多餘的地方安置姑娘，只能奉上一些銀錢聊表歉意，還望姑娘笑納，另謀高就。」

孟如韞點點頭。「我明白紫蘇姑娘的難處。只是平日裡寶津樓開給我的酬金已足夠優厚，沒必要多此一舉。」

紫蘇使了個眼色，隨行的丫鬟忙將銀兩裝進木盒，塞到了青鴿懷裡。正因突然被解雇而沮喪生氣的青鴿抱著沈甸甸的銀兩，有點不知所措地望著孟如韞。

「這是慣例，非孟姑娘的優待，妳收著吧，否則我也難做。日後若有緣分再見，咱們還算半個知己，否則來日我不知該以何面目見姑娘了。」

紫蘇的場面話說得漂亮，心裡本來多少有些難受的孟如韞也不願再計較，讓青鴿收了錢，對紫蘇施了一禮。「這些日子，有勞紫蘇姊姊照拂。」

紫蘇握著她的手，微微嘆了口氣。

第十四章

送走紫蘇之後，孟如韞開始思索起之後的去向。

大周不許未婚女子獨開門戶，除非是做皮肉生意，要到官府錄入賤籍冊；或者另找家酒樓做工，有之前為寶津樓填詞積累的名氣在，不愁找不到主家。

只是她當初之所以敢找寶津樓，是因為知道背後的人是長公主。她潛意識裡對這位素未謀面的殿下有幾分信任，可若是換家酒樓茶坊，不知主家性情，她怕自己去了吃虧。

另外就是她的病情，經許太醫診治過後，她才明白自己的病情之重，非幾兩銀錢可醫治。剛重生那會兒，她還寄望於養好身體，如今也漸漸沒了心氣，不如早些開始寫《大周通紀》。如今動筆時間正好，不要再像上一世一樣，匆忙未就，抱憾而終。

所以孟如韞思來想去，覺得離了寶津樓後，就只能去江家投奔舅舅。江家再不好，至少對此時的孟如韞而言，是唯一的庇護。

孟如韞打算第二天就走。當晚，趙寶兒在自己房中為她設宴餞別，她是真心喜歡孟如韞，把她當妹妹看，突然得知她要走，心裡十分難過，竟抱著她哭了起來。

孟如韞拍拍她的肩膀，安慰道：「好了寶兒姊姊，我是在外面玩夠了，要回家去做官小姐。日後妳若是想我，寫封信給我，我必出來相見。」

「妳說得對，妳回家過舒坦日子，我沒什麼好難過的。」趙寶兒抹了一把眼淚，又叮囑孟如韞道：「妳可不許一走就忘了我，否則我再也……再也不在陸大人面前幫妳撒謊了！」

「知道了知道了，我的好姊姊。」孟如韞無奈道。

深夜，她回去收拾行李，盤點銀錢。除了紫蘇今日送來的一百兩紋銀外，在寶津樓的這幾個月，她自己也攢了將近二百兩，這裡面除了最初談好的酬金，還有每次她的詞作受歡迎時額外給的封賞。除此之外，趙寶兒喝多了以後把自己攢的一盒子嫁妝搬出來，非要分一半給她不可，孟如韞哪裡肯收，跟她推拒了半天，硬是被塞了兩個銀元寶。

等她明天酒醒了再還給她，孟如韞心裡想著，小心翼翼地把銀元寶用手絹包起來。

但第二天臨走之前，銀元寶非但沒還回去，趙寶兒又塞了個翠玉鐲子給她，拉著她的手悵然道：「妳當我傻嗎？江主簿並非妳親爹親娘，江家也不是可以養十個八個姑娘不眨眼的大富之家；江家的官小姐若真那麼好當，妳又何必出來拋頭露面，落魄到填詞換錢？妳身體不好，吃藥看病費錢多，若是自己沒有私房錢傍身，去了江家跟等死有什麼區別？聽我的話，這錢妳收好，妳若不收，就是要與我割席，嫌我礙了妳的名聲！」

孟如韞收了銀元寶，也收了鐲子。趙寶兒陪她去把整銀都換成銀票，留了碎銀傍身，又租了馬車親自送她到江家。下車前，還拉著孟如韞的手囑託道：「許太醫那裡，妳可一定記得按時去看病，明白嗎？」

「妳放心，寶兒姊姊，我會好好照顧自己的。」孟如韞用力抱了抱她，叮囑道：「妳在寶津樓也要好好的，多看多思少說話，與己無關的事莫要插手。」

趙寶兒笑了。「傻姑娘，我是老江湖了，還用妳囑託。」

「妳答應我。」孟如韞正色道。

「好好好，答應妳。」趙寶兒拿扇子點了她一下，為她挑起車簾。「快去吧。」

於是孟如韞和青鴿下了馬車，揹著行李包，一步三回頭地往江家大門走去。

孟如韞的舅舅江守誠也是個命途多舛之人。他少時家中遭難，父母雙亡，於是收拾了金銀細軟，帶著妹妹——也就是孟如韞的母親，到臨京做小生意討生活。後來生意做得不錯，積累了些家產，就在臨京買了座小宅子。

妹妹江初宛嫁了個狀元郎，也就是孟如韞的父親孟午。孟午在朝中發展不錯，得知朝廷開恩科，允許家世清白的商人捐官入朝後，為江守誠謀劃了這件事，江守誠這才得以入朝為官，從太常寺八品協律郎一路做到了太常寺主簿。

太常寺主簿是個五品閒官，在貴人如雲的京城，算不上高門大戶；而且江守誠既非臨京人，又非科舉出身，舉目望朝堂，沒有同宗親戚互相幫扶，也沒有座主、同年提拔協助，全靠他自己有眼色、知進退，又捨得花錢打點，這才混到了今日。

江家有一子一女，沒有妾室，男女僕役共十七人。江夫人生活省儉，看門的司閽也負責庭院花草的修剪。孟如韞叩了半天門，才見一個滿身草葉的老頭探出頭來，疑惑地打量她。

「我找江大人，」孟如韞笑了笑。「我是江大人的外甥女。」

江守誠放衙回來就見妻子胡氏在院子裡打轉，見了他如見救命稻草，提了裙迎上來，低聲道：「完了，完了！可全完了！」

江守誠皺眉。「一回家就聽妳說這晦氣話，出什麼事了？」

「我晦氣？你家喪門星都上門了，你才晦氣！」胡氏打了他一下，附在他耳邊道：「你親外甥女投奔你來了！」

「外甥女？」江守誠愣了一下，哪來的外甥女？隨即想到什麼，變了臉色。「妳是說……這怎麼可能！」

「千真萬確，你一瞧就知道，那眉眼跟你那倒楣妹子像得很！」

江守誠顧不得再聽，拔腿就往院子裡走。繞過照壁穿過迴廊進了後院，便見孟如韞正安安靜靜端坐在小亭子裡，一身布衣襦裙，聽見動靜便望來。與那雙眼睛相對，江守誠猛的頓住了腳步。

「像，太像了……」江守誠喃喃道。

孟如韞迎上來，乖巧地同他見禮，紅著眼眶喊了一聲。「舅舅。」

「妳是……矜矜？」

孟如韞點點頭。

「妳還活著？妳娘呢？你們……」

孟如韞抹了把眼淚，將這些年的事情慢慢告訴江守誠。

當年，她爹因為捲進了陸諫叛國的案子裡，被打成同黨，她娘散盡家財託關係去獄中見了他一面，知道她爹已抱有必死之心，於是回家後收拾緊要物件，一把火燒了孟家宅子，帶著她和她哥哥離開臨京，隱姓埋名。

可是他們在離開臨京的路上遇到劫匪，錢財都被搶走，哥哥為了保護她們引開劫匪，後來與她和母親走散了。她娘很傷心，想找到哥哥，不敢離開臨京太遠，就在城外的鹿雲觀待了下來，替人漿洗衣服謀生。因為太過勞累，又積鬱成疾，四十歲時去世了。

孟如韞哽咽道：「娘親說怕連累舅舅，所以一直沒有給您遞信，可是如今只剩下我一人，她放心不下，只好讓我下山來投奔您。娘親說不求大富大貴，只求您給口吃食，給個遮風避雨的地方，哪怕是給表姊做個丫鬟也使得！」

這是前世孟如韞到江家求舅舅收留自己時說的話。江夫人聞言撇了撇嘴，江守誠倒是很受觸動，握著她的手一時掉下眼淚來。「我只當你們沒逃出當日的大火，竟不知你們在外受了這麼多苦……我可憐的妹妹，可憐的外甥啊！」

「舅舅……」

「妳放心，既然來了江家，以後有妳舅舅、舅母照拂著妳，絕不會讓妳再吃苦！」

江守誠一口應承下來，江夫人胡氏連插話的餘地都沒有，孟如韞心裡悄悄鬆了口氣。

且不說江守誠後來待她如何，至少這一刻，是真心想收留她的。

孟如韞和青鴿被安排進了風竹院，正是前世病逝的地方。此時的院子還沒種上紅梅，門前也未搭起鞦韆架子，一個院子三間房，原本住著幾個丫鬟，她們正忙忙碌碌地把東西搬去別的院子。因為被孟如韞擠占了地方，又看得明白江夫人的臉色，所以這幾個丫鬟對孟如韞的態度實在算不上友善，有人還故意用抱在懷裡的木箱子撞了她一下。

青鴿把孟如韞拉開，橫眉豎目就要上去理論，被孟如韞按下了。她誰也不理會，只自己繞著院子慢慢走、慢慢看，進了屋子，撫摸著裡面半新不舊的家具，彷彿是回到了闊別已久的故居似的，長長嘆了口氣。

「姑娘是不喜歡這裡嗎？我瞧著，這院子比寶津樓的房間大多了，還有這麼大的梳妝檯和衣櫃……啊，姑娘妳看這裡，這個博古架好漂亮……」青鴿東摸摸西碰碰，對居住條件十分滿意，但見孟如韞神色不似高興，又訕訕道：「只是那些丫鬟太可惡了，狗眼看人低，妳怎麼說都是主子，竟然敢欺負妳！」

青鴿絮絮叨叨說了半天，孟如韞聽半句漏半句，腦海中不斷浮現前世的事，彷彿看見了自己在院子裡曬書的身影，和青鴿蹲在梅花樹底下鋪苔蘚的身影。

那梅花原本是她從道觀下山時帶來的。《長物志》中說養梅「取苔護蘚封，枝稍古者，移植石岩或庭際，最古」，所以她和青鴿偷偷去前院小池塘附近挖了苔蘚埋到梅花樹下。只是此世離開道觀後並未直接來江家，所以那辛苦帶下山的梅花枝也沒有栽種的機會了。

孟如韞住朝南的大臥房，前世她在房間裡闢出半間做書房，置了張桌面寬闊的書桌，常於此書桌前伏案寫《大周通紀》。書桌一角曾放著黑木匣子，裝滿了程鶴年的來信。

孟如韞與青鴿講這幾間房要如何佈置，哪裡要添置屏風，哪裡要放桌子、矮凳。「過幾天咱倆把小廚房收拾出來，再添些廚具，以後若是餓了，在院子裡就能燒飯吃。」

「真的？」青鴿眼睛亮亮的。「那我要自己燒野雞和兔子肉吃！」

青鴿自北方流亡到鹿山時，雖還是個孩子，卻已經練出了一手烹烤野味的絕活，餓急了的時候能用石頭和葦草編的網摟野味吃。她們到了臨京後沒有自己做飯的機會，青鴿一直饞這一口，聽說院子裡有小廚房，把雞毛撣子一扔就要往外跑。

孟如韞拉住了她。「以後收拾好了都是妳的，現在就別進去了，快去洗把臉，等會兒要去前廳一起用飯。」

第十五章

江守誠今日又是心酸又是高興，吩咐廚房做了許多菜，還特意讓人去把女兒江靈和在國子監讀書的兒子江洵叫了過來。江洵是哥哥，江靈是妹妹，可江洵的性子明顯比江靈跳脫，繞著孟如韞問東問西。

因為父母是戴罪之身，所以孟如韞謊稱自己是遠房親戚。胡氏看了她一眼，沒說什麼。相比之下，江靈則顯得十分安靜，默默吃了幾口菜後就嫻靜地坐在桌邊。前世，孟如韞和這位同齡的表姊並無太多交集，眼下見了她，對她的了解，也並不比前世多多少，只見她淺淺地笑著，也看不出是高興還是不高興。

江守誠見孟如韞溫婉有禮，舉止有度，氣質竟與他那早亡的妹妹有七分相似，一時感慨非常，喝多了酒，拉著孟如韞的手一個勁兒地落淚。

「妳娘像妳這麼大年紀時，也吃了不少苦。我倆一路扶持著到臨京，路上經常饑一頓飽一頓，妳娘就把自己藏起來的餅給我吃。後來我們做生意，我在外面運貨，她就在家看著鋪子……近年來，我常作夢夢見這些事，就好像昨天才剛發生一樣，一睜眼，才覺得物是人非……唉，初宛啊，她所託非人，早知她會遭此厄運，當年我說什麼也不會同意這門親事的。」

孟如韞安慰他道：「我娘她一直記掛著您呢。聽說您在臨京過得不錯，她心裡高興，一直與我說，我在臨京有個做官的舅舅。」

江夫人悄悄翻了個白眼，心道，合著老早就存了來打秋風的心思。

因為江守誠的傷春悲秋，這頓晚飯吃了許久。後來胡氏與江洵、江靈先離開，除了侍奉著的丫鬟，席上只剩下了江守誠和孟如韞。見桌上的菜已冷，江守誠喝酒也醉了七分，孟如韞便請丫鬟將飯菜都撤了，燒壺茶送到院子亭子裡去，她與半醉的江守誠一邊說話一邊往亭子裡走。

「妳本也是嬌小姐的命，可惜、可嘆哪！」

孟如韞笑了笑。「小時候的事都記不太清了，沒什麼可惜的。」

江守誠道：「妳小時候生得玉雪可愛，妳父親、妳哥哥，還有那些世交的叔嬸伯姨最喜歡逗妳。妳又不經逗，一逗就哭。妳爹那麼和善的人，因為別人逗妳這事，跟人急了好幾回，還差點被御史參到朝上去。」

孟如韞驚訝道：「這麼誇張嗎？倒不知是哪些叔嬸伯姨，可還在京中？」

她想起前世陸明時在她墳前憶故時，說他曾因為在孟家嚷嚷將來要娶她做夫人而和哥哥打了一架，想必他家也在舅舅所提及的「世交的叔嬸伯姨」行列裡，便有心打聽一下他的身世，以及孟、陸兩家的淵源。

誰知江守誠誤以為她起了攀附之心，勸道：「矜矜，妳家那案子雖然過了風頭，但妳父親仍是戴罪之身，日後妳萬不可到處張揚，逢人只說妳是我遠房親戚，這也是為妳好，明白嗎？這麼多年了，妳那些叔嬸伯姨未必肯認妳。再說，認了又如何？唉……」

「舅舅說的道理，我明白。」孟如韞見他並未生氣，依然是醉醺醺的樣子，咬了咬嘴唇，似有些羞赧地壓低了聲音。「只是我娘跟我提過，說我從小訂了門娃娃親……」

「她與妳提這個做什麼！」江守誠突然提高了聲調，把孟如韞嚇了一跳。

其實江初宛從未提過，這事是孟如韞連猜帶矇，想要詐他一詐。

看江守誠的反應，果然有這麼一回事嗎？

江守誠道：「人都死了，還提這事做什麼，不吉利！再說你們兩家本就是孽緣，若不是被那一家喪門星拖累，妳家又何至於……唉，不說了。」

字字句句落進孟如韞心裡，掀起一場驚濤駭浪。孟如韞面上不顯，垂下眼簾道：「好，不提這事了。」

「妳放心，」江守誠打了個酒嗝，拍了拍孟如韞的手安慰她。「妳舅母定會給妳找一戶好人家的。」

孟如韞不置可否。

前世江靈訂親後，胡氏給孟如韞也尋了幾門親事，要麼給兒子比孟如韞都大的老頭做續弦，要麼給侯府庶公子做良妾；想做正室的話，只能嫁給江家她最得力的管家的兒子，或者她那在京城外給人釘馬蹄鐵的表外甥。依胡氏的話說，孟如韞姓孟不姓江，不算是江家的正經姑娘，又因身世不能嫁高門，怕嫁得太好，將來被人翻出身上舊案，會給江家惹禍。

幸好胡氏雖然強勢也只是舅母，孟如韞的婚事，江守誠不肯點頭，她也沒辦法強逼孟如韞。

入夜，江家眾人已休息，風竹院裡仍瑩瑩亮著一盞燈。

孟如韞睡不著，一閉眼就想起江守誠說的那幾句話。

他說「人都死了」，說「本就是孽緣」、「一家喪門星拖累」。

所以，孟家和陸家曾真的淵源頗深，甚至給她和陸明時訂下了娃娃親，只是後來陸家出了事，孟家也被牽連其中。

孟如韞披衣起身，點亮燈燭，鋪陳紙筆，略回憶了一番，開始提筆在紙上默寫〈呼邪山戰記〉。

「呼邪山，一名『扶葉山』，北去樂央郡七十里，立如壁刃不可攀，中有谷狹如腸，為兵家之險道也。時昭毅將軍陸諫率二十萬北郡鐵朔軍，北襲戎羌，取扶葉谷而行，馬裹蹄，人銜枚……」

這篇數千字的〈呼邪山戰記〉是她父親孟午於獄中，裁囚衣作紙，咬破手指為墨，藉著天窗透進來的一點幽光而寫成，然後偷偷交給她母親帶出去，叮囑她謄抄保存，不要失傳。

別的孩子啟蒙，背的都是千字文、三字經，而孟如韞自記事起，母親就教她熟背這篇〈呼邪山戰記〉，不許她遺忘，也不許她背錯一個字，否則就拿樹枝抽她手心。

直到孟如韞慢慢長大，才逐漸理解了這篇文章的意思。它講的是明德太后主政年間發生在呼邪山的一場戰事，主將陸諫率二十萬鐵朔軍從峽谷穿行呼邪山，準備夜襲戎羌，卻因軍機洩漏，遭到提前埋伏的戎羌軍攻擊。雖然陸諫及時穩定軍心，奮起反擊，仍然傷亡慘重，導致鐵朔軍折損過半。

朝廷監軍馬從德寫摺子參陸諫「為將不明，貪功妄動」，卻一言不提自己仗著監軍的身分力逼陸諫冒雪夜襲。陸諫率殘軍退守樂央郡，一邊休整軍隊，安撫軍心，一邊暗中調查此事，查明馬從德與戎羌忠義王私下有往來，是他將鐵朔軍夜襲的消息透露給了戎羌軍。

陸諫十分憤怒，文中寫道：但聞呼邪山風如鬼泣，雖剝皮抽骨不足慰亡魂新怨。但他忍下了這口惡氣，決定將計就計，用刀架在馬從德脖子上逼他給戎羌忠義王傳假消息，同時整頓軍隊，計劃繞呼邪山西側夜行，再襲戎羌，扳回戰局。

就在大軍開拔的前一日，時任北郡兵馬提督的何鉢攜聖旨來到鐵朔軍軍中，當場卸了陸諫的兵權。陸諫據理力爭，說等此戰過後任憑處置，何鉢卻說他幽禁監軍、無令而動，是要帶兵投敵，要麼就是造反，所以當場斬殺陸諫，接管鐵朔軍，放出了馬從德。

〈呼邪山戰記〉最後評論呼邪山之戰只有一句話——「非將無一戰之力，帥有貳主之意，實天命所限，誠可罪乎」？這句話也是剛剛登基不久的宣成帝在朝堂上令三公議罪時，孟午為陸諫分辯的唯一一句話。偏就是這句話惹怒了宣成帝，宣成帝說他同情叛將，心有不軌，所以將他下獄。

重寫完這篇〈呼邪山戰記〉，窗外傳來子時敲更的聲音，一陣夜風自窗外吹進來，吹得孟如韞後背一激靈，這才放下筆，緩緩回過神來。

她從記事起就跟在母親身邊流亡道觀，對父親的印象已經很淺了，只聽母親說他是個脾氣溫和而道義耿直的人。這篇〈呼邪山戰記〉是他在獄中的泣血之作，字字椎心，時隔十四年，讀來仍令人心生感慨，神魄俱傷。

舅舅說她孟家是受人牽連，從此事來看，那人只能是陸諫。

那麼陸明時，會是陸諫的後人嗎？

江初宛對孟如韞的期許是好好活下去，完成父親的遺願《大周通紀》，不願她為上輩恩怨所累，更怕她以卵擊石去觸及當年舊案，所以對呼邪山之戰、對陸家，甚至是她父親的死，江初宛都不願與她多說。很多事，眼下孟如韞只能自己一邊打聽一邊猜。

她忽然想到，上一世陸明時在程鶴年府上搜出《大周通紀》書稿後，翻至〈呼邪山戰記〉時停留許久，此時想來，他應當與此事有些淵源。

陸諫……陸明時……

他既已隱瞞了出身，謊稱祖籍阜陽，又拜至韓士杞門下讀書考功名，以進士之身入朝做官，竟然還保留著陸姓，也不怕有心人懷疑，真是膽大妄為。

孟如韞看著這篇文章，悠悠嘆了口氣。她想起前世的陸明時，貴為五軍都督，輔佐新主登基，有出將入相之榮寵，可他常獨自站在書房的窗前，望著園中春光明媚，草木繁盛，卻是通身不可對人言的孤寂。

陸明時……也有許多心事吧？

孟如韞在江家安頓下以後，就開始著手寫《大周通紀》。為了寫這本書，她父親生前搜集過不少史料，也寫了許多底稿，可惜基本都在當年那場大火中被燒光了。被她母親帶出府的幾本重要的書籍，後來也因為路遇盜匪而遺失。眼下孟如韞還記得的內容，基本都是母親生前口述，令她熟記，算下來只有十幾篇，剩餘空白，要孟如韞自己重新查找資料，斟酌填補。

前世寫《大周通紀》時，她身體已經很虛弱，所以很多不如人意的地方也沒有時間和精力回頭修改。陸明時續寫時大概為了尊重她的遺願，對她前篇所寫內容只更正了幾處錯字，並未動其筋骨。如今既然重來一世，更早地著手，孟如韞想將此作完成得更好，方不負父母所託。

她專心起來一連幾天都萬事不理，青鴿也不來打擾她，其間只送來幾封書信。先是陳芳跡送來了寫給韓士杞的謁師文。孟如韞看完，花了兩個時辰給他回信，教他如何修改。

第二封信是程鶴年寫來的，寄到了寶津樓，趙寶兒特意託人送過來。他洋洋灑灑寫了兩頁紙，講自己在欽州上任後的一些趣事，又詢問孟如韞病情是否好轉。孟如韞略略看完後便收到了一邊，看起來並沒有回信的打算。

第十六章

又過了兩、三天，許太醫休沐出宮，孟如韞如約去看病針灸。

許太醫名許憑易，是太醫院裡的一等太醫，專擅內症傷寒之病，平素在宮中當值，每七天可以出宮休沐。像他這種名醫聖手，即使是休沐，也有不少達官顯貴延請他看診，但許憑易脾氣怪，統統都拒了，守在自己開的醫館望豐堂裡，專給窮人看診。

孟如韞到望豐堂的時候，許憑易正在給一個面黃肌瘦的小乞丐看病。那小乞丐滿身傷，身上的破布料一撕下來，血腥氣立馬充滿了屋子。

「我來幫你吧。」見他手下幾個徒弟各有各的病人，孟如韞立刻上前幫忙，用打來的熱水輕輕擦洗小乞丐身上的污泥和血跡，在許憑易給他縫合傷口的時候，按住他的手腳防止他亂動。

許憑易忙完已是滿頭大汗，就著盆裡的水洗了把臉，看著昏睡過去的小乞丐道：「我給他用了麻沸散，能老實一會兒了。」

「他怎麼傷得這麼厲害，我瞧著……像是兵器所傷。」孟如韞端詳著小乞丐。

許憑易面無表情地點點頭。「北邊逃難過來的，鑽狗洞進城被巡城的士兵發現，打成這個樣子。」

孟如韞皺眉。「現在入京城查得這麼嚴格了嗎？」

許憑易沒回答，用花椒鹽水洗過手後，拿出了針灸袋，對孟如韞道：「隨我去內室吧。」

許憑易依舊是蒙眼為她施針，房中點了安神香，孟如韞有些昏昏欲睡。

「這段時間可曾咳血？」許憑易問。

「不曾。」

「可有胸悶難喘之感？」

「有。」

「睡前還是醒後？」

「都有，醒後居多。」

許憑易又零零散散問了許多細節，最後下結論道：「妳的病情不輕，但也不是治不好。日後要記得好好保養，不要思慮過重。」

孟如韞正要說什麼，忽聽頭頂風鈴一響，許憑易起身往外走，過了一會兒折回來，放下床幔，對孟如韞道：「我有朋友來訪，妳先休息一會兒，一個時辰後我回來給妳取針。」

孟如韞「嗯」了一聲。「許先生且自去。」

來的不是別人，正是陸明時。他來找許憑易，是為了剛剛被望豐堂救下的小乞丐。

那小乞丐是從欽州過來的，本是欽州鐵礦虞頭的兒子，他爹是管理欽州鐵礦開採的小官，半月前遭人殺害，只有九歲的小兒子逃了出來。剛好陸明時最近查兩淮轉運使徐斷與兵部左侍郎劉濯勾結的事，聽說這件事後，懷疑與徐斷的案子有關，就派親信沿途去找這個孩子。找了半天，只聽說望豐堂的人撿走了一個被打斷腿的小乞丐，所以陸明時親自過來看看。

「我沒見過什麼乞丐。」許憑易走到藥檯後，一邊給排隊看病的人抓藥，一邊頭也不回地答道。

「這麼說，是有人看錯了？」陸明時目光在前廳掃了一圈，落在許憑易方才來時的門上。

「或許是吧。」

「與其說是別人看錯，我更相信是許大夫沒說實話。」陸明時抬腿就往後門走。「你不交出來，我只好自己找了。」

「你站住！別驚擾我的病人！」許憑易高聲喝止他。

陸明時望著他。「什麼病人這麼神秘，還跑到內室去了？」

「我的病人與你何干，你是土匪嗎？」許憑易沒好氣道。

「我是土匪，你第一天知道嗎？」陸明時笑得十分氣人，推開門就往內室闖。內室陳設很簡單，繞過屏風後只有一張青帳子床，帳子放了下來，隱約可見裡面有個人影。

孟如韞正半睡半醒，忽然聽見一陣清脆的風鈴聲，有人一把掀開了帳子，她睜開眼，正對上一臉震驚的陸明時。

「怎麼是你（妳）？」兩人同時出聲。

急急趕進來的許憑易高喝一聲。「陸子夙，你放肆！」

陸明時見孟如韞身上幾乎未著寸縷，只裹了件薄薄的裹胸，肩膀露在外面，胸前一片起伏。他不敢再看，猛的放下帳子背過身去，覺得眼前有點暈眩。

許憑易過來往外拖他，他沒反抗，像塊木頭一樣被許憑易連推帶罵地弄出內室，關在了門外。

「陸子夙啊陸子夙，這麼多年不見，你越發沒個人形了，我的內室是你能隨便闖的嗎?!我都說這裡沒有你要找的人，如今倒好，你壞了人家姑娘的聲譽，你造大孽了知道嗎?!」許憑易氣得臉色都變了，恨不能當場拿針把他扎成小人。

陸明時有些尷尬地咳了咳。「她怎麼會在你房間裡？」

「誰？」

「就……孟姑娘。」

一提這三個字，陸明時眼前就晃過一片起伏的玉白。他悄悄在自己腿上掐了一下，企圖讓自己忘掉剛剛看到的景色。

可憐陸明時虛長二十歲，還沒跟姑娘有過風月糾纏，如今不過乍見春色，又偏偏是孟如韞，震得他有些回不過神來。

許憑易聞言皺了皺眉。「你們認識？」

「嗯……見過幾面。」

「既然認識，等會兒好好跟人家道歉。閨閣名譽重起來能逼死人，你可真是……真是……」

「那她怎麼會在你房間裡？」陸明時擰眉問。

正在氣頭上的許憑易不知怎的就聽出了話外音，一向和氣儒雅的許太醫氣得拿掃藥草的銀藥帚砸他。陸明時未料到他會動手，閃躲不及，被砸到了腦袋。

「你個混帳東西！來望豐堂的人還能是因為什麼，自然是來看病的！」

陸明時這才轉過彎了，頗有些尷尬地哦了一聲。

許憑易拿紅綢蒙了眼，回內室去給孟如韞取針。陸明時在廳中正襟危坐了一會兒，眼見來廳中看病的人來來往往，心神卻都掛在後門處，坐了一會兒實在坐不住，起身理了理衣服，走出了望豐堂。

許憑易給孟如韞取完針後，又給她配好了藥浴用的藥草，將她送出內室。穿過外廳的時候，見陸明時已離開，許憑易又在心裡把這土匪罵了個狗血淋頭。

孟如韞倒是悄悄鬆了口氣，同許憑易道過謝後，戴上帷帽走出望豐堂。

出了望豐堂沒幾步，就見陸明時站在長街中央，正負手望著她。

孟如韞頓了一會兒，抬步走到他面前，問道：「陸大人，等我嗎？」

「是，」陸明時輕輕呼了口氣，慶幸她戴了帷帽。「想跟妳道個歉……剛剛我不知裡面的人是妳，無心冒犯……」

「無妨。」孟如韞笑了笑。見陸明時比她尷尬，反而不怎麼尷尬了。

見她並未因此介懷，陸明時心裡鬆了鬆，瞥見她手裡拎的藥包，問道：「孟姑娘身體不好嗎？」

「一些咳喘之症罷了。」

孟如韞邊說邊走，陸明時跟在她身後側，見微風吹蕩她簕笠上的白紗，露出一節纖長如玉的後頸，後頸與肩相連處有一點硃砂似的紅痣，豔豔一點，隨著她走動在衣領間若浮若沈，若隱若現。

陸明時不敢再看，垂下眼，望著她手裡的藥包，道：「許憑易醫術不錯，尋常小病只消開幾服藥。他既為妳動了針灸，想必非尋常小症。」

孟如韞忽然撩起帷帽一角看向他。「陸大人問這個做什麼？」

「隨口一問罷了。」

孟如韞嫣然一笑。「陸大人是在關心我？」

陸明時沒否認。

「幼時落下的舊疾，沈痾難醫，倒也不算凶險。」孟如韞道：「倒是陸大人今日來得如此匆忙，是在找人嗎？」

陸明時點點頭。「找一個受傷的小乞丐，聽說被望豐堂的大夫救走了，孟姑娘可曾見過？」

「見過，望豐堂外廳有一隔間，許大夫讓他在裡面休息。」孟如韞道：「陸大人日理萬機，找一個小乞丐做什麼，你們認識？」

「查個案子。」

「是兩淮的案子嗎？」

陸明時一皺眉，孟如韞便知自己又問對了。她解釋道：「我瞧著那小乞兒衣服雖破，餓了不少時日，但是牙口齊整，手心繭很薄，想來原本家境不錯；又聽聞他是兩淮口音，所以隨口一猜。」

陸明時一笑。「孟姑娘還能猜出什麼？」

「還能猜出……陸大人不高興了。」孟如韞偏頭看著他。

陸明時正了正神色。「我沒有。」

「那你能告訴我，你在查什麼嗎？」

「不能。」

「為何？」

「事涉朝堂，姑娘捲進來，只會平添麻煩。」

孟如韞一笑，問他。「是給你添麻煩，還是給我添麻煩？你放心，我不會出去亂說，我自己也不怕麻煩。」
陸明時不為所動。「我不放心。」
「不放心我嗎？為何？你懷疑我在套你話？」
陸明時問她。「妳打聽我查的案子做什麼？」
「我告訴你，你就告訴我嗎？」
陸明時搖了搖頭。「妳不說，我自己也能查，我不說，妳什麼都不會知道。這個交易並不划算。」
孟如韞一笑。「你覺得我在同你交易？」
「不然呢？」陸明時的目光落在她帷帽兩側垂下的流蘇穗子上。每次她向後偏頭看他的時候，穗子就會微微一晃。
陸明時淡聲道：「孟姑娘，無論妳背後是東宮還是長公主，我都不感興趣，無意攀附。區區陸某，一介武夫，可能這輩子都會待在北郡。臨京這些貴人們的心思，我猜不透也不想猜，我只想做些自己想做的事。」
孟如韞皺了皺眉。
見她不言，陸明時又道：「我知姑娘胸懷丘壑，非池中物。能與姑娘相識，是陸某之幸，我願與姑娘君子之交淡如水，但也僅此而已。願這水中，不要再摻和別人的心思，否則……」

孟如韞冷笑一聲。「否則？」

「道不同不相為謀。」

他停下腳步，孟如韞回過頭來，望著他。一陣風吹起她的帷帽，陸明時隱約瞥見她的臉色，覺得她好像生氣了。

「陸大人真會說笑，我從未與您同過道、相過謀，何談『不』字？我不過隨口一問，你不願說就算了，沒必要對我如此猜忌。」

孟如韞心中確實有幾分惱怒。她向他打聽這些事，單純只是想幫他，可是聽聽他話裡話外的意思，彷彿她是什麼妖怪，在他面前挖了十個八個的坑等他往裡跳。

她一邊惱著管不住自己，明知陸明時日後會飛黃騰達，仍不忍心見他為眼下事發愁，總想為他做些什麼；一邊又惱陸明時沒良心，難道有人對他好，就不能是單純想對他好，非得是心懷鬼胎想圖他些什麼嗎？

孟如韞實在有些生氣，聲音也微微泛冷。「陸大人的意思我明白了，以後見到陸大人定繞著走，希望陸大人也如此。您有事自去忙，別與我閒蹉跎了。」

孟如韞說完轉身就走，提著藥包靈活地鑽進熙熙攘攘的人群。陸明時跟在她身後走了幾步，慢慢停下步子。

這不正是自己想要的結果嗎？陸明時心想，可是見她甩袖離開時，他心裡竟微微一慌，想要開口解釋。

其實並沒有必要，既無誤解，何須解釋？

陸明時轉身往回走，要回望豐堂繼續去找小乞丐，心裡卻十分煩躁。

可是她生氣了……是自己說錯話了嗎？

第十七章

經過孟如韞的幾次提點，陳芳跡終於改好了謁師文章，將終稿交給陸明時，請陸明時給韓士杞老先生寫推介信時一起附上。

陸明時看完文章後頗有些驚訝，說他雖遣詞酌句尚有稚氣，然文章骨架卻已十分巧妙，緩急適宜，如樓閣高起，粗椽細梁相搭得當，雖磚瓦尚粗礪質樸，然假以時日，必成一番宏麗。

被韓老先生的得意門生如此誇讚，陳芳跡興奮之餘頗有些不好意思，對陸明時說道：「其實這都是孟姊姊的功勞。她雖未直接幫我改動，但我每次寫完都給她過目，她一眼就能看出有什麼不足，點撥我的修改方向。孟姊姊太厲害了！若不是要離開臨京，我都想拜她為老師了。」

提起孟如韞，陸明時心裡微微嘆氣。

自上次她甩袖離開後，他再也沒見過她。每次想起她生氣的模樣，陸明時對自己出言不當的懷疑就增加一分，加之沈元思總在一旁陰陽怪氣，他越來越覺得可能真的是自己說錯話了。

於是他還裝模作樣以宴客之名在寶津樓訂了間雅間，又做出一副迷路的樣子將寶津樓上下三層能進的地方都逛了個遍，但也沒能和孟如韞偶遇。他特地點了趙寶兒來彈箜篌，兩、三首曲子下來，連她彈的什麼曲子都沒用心聽，只旁側敲擊地問孟如韞的下落。趙寶兒聞言就笑了，笑得他越發心虛。

「青衿妹妹啊，她回家去了。人家是正經人家的閨閣姑娘，我不好把她的下落隨意說與外人，陸大人，您能理解吧？」

陸明時不能理解，告訴他怎麼能叫隨意說呢？面上卻是不動聲色地說無妨，彷彿只是隨口一問。

不過，趙寶兒的話也有道理，她既然已經歸家，他總不能上門糾纏，總要顧及閨閣名譽。於是他不再想這事，專心查起徐斷和劉濯的案子。

陸明時在臨京認識的人不多，他雖被聖上破格拔擢為五品安撫使，但又是外官又是武官，明年開春就要回北郡赴任，京中無顯赫家世門第支撐，待「活捉忠義王世子」風頭一過，又變成了臨京官場的無名小卒。別說去戶部查兩淮鐵礦開採數量、去兵部查運往北郡的兵器造冊，就連進一趟六部的門都要三謁四請。到最後，一切需要與上面官員打交道的事，都要靠沈元思充尚陽郡主的面子，才能周旋一二。

沈元思也十分憋悶。在北郡的時候，跟在陸明時身邊對付北戎羌人，那可是真刀真槍，有功就有賞，不像這臨京官場，雲山霧罩，虯根交錯，簡直不是人待的地方。

「你我整日瞧不起這個瞧不起那個，笑陛下多疑，恨東宮昏聵，還不都是嘴上功夫，真要辦點什麼事，臉皮都笑到地上了也沒人理。」沈元思歪在陸明時書房的太師椅上悠悠嘆氣，指著陸明時掛在牆上的北郡地形圖道：「便是有所作為，也不過是為他人作嫁衣裳。」

陸明時正站在桌邊看一張布防圖，聞言頭也不抬。「不如就此算了，在臨京快活幾個月，等明年開春回北郡，不再理這些糟心事，如何？」

聞言，沈元思從座椅上彈起，正色道：「不行！我答應了要替向大哥討回公道，查清這些次品兵器的來源，不能讓北郡的弟兄死得憋屈。」

陸明時嗯了一聲，許久之後，讓沈元思過去看他勾畫好的內城布防圖。沈元思歪著頭看了半天，先是疑惑，而後慢慢瞪大了眼睛。「你這是要……」

陸明時擱下筆，淡聲道：「夜探六部冊庫。」

「你瘋了吧陸子夙，被人抓住這可是死罪！」沈元思倒吸一口氣。「不行不行，我不去，我娘還等著我養老呢。」

他說著就要跑，陸明時一把拎住他的後領，嗤笑道：「左右還有沈元摯，郡主不差你這一個兒子。」

沈元思嚷道：「你這瘋子在說什麼屁話！」

陸明時拍了拍他的肩膀。「放心，跟緊我，不會讓你出事的。」

大周宮廷分內外兩重，外宮為朝臣辦公之地，最外是吏戶禮兵刑工六部總部，往裡是內閣大臣值房，再往裡是宮廷禁軍與錦衣衛所在地，拱衛著朝議太和殿與聖上素日批閱奏摺、接見大臣的暖閣。暖閣再裡就是內宮。

白日裡的外宮十分熱鬧，官員車馬來往熙熙攘攘，邊驛斥候絡繹不絕。然而一旦過了酉時，外宮大門轟隆隆闔上，任何人非經傳召不得入內，留在外宮值夜的官員在第二天開門之前也不得出去。夜裡，十二隊禁軍會繞著外宮徹夜巡邏，除此之外，每隔百尺便設有瞭望哨、騎兵巡邏點，以確保內外宮廷的安全。

陸明時先是花了兩晚摸清禁軍布防位置與換崗規律，又規劃好夜行路線，換上夜行衣，袖中綁上翻牆鉤繩。沈元思有樣學樣，跟在他身後，鬼鬼祟祟地翻了一道牆又一道牆，貓著腰快速橫行過兩重宮道；又沿著花園小徑跑了很久，在長得一模一樣的建築群裡繞來繞去，快把他繞暈了，中間還有幾次險些跟巡邏的禁軍撞個面對面。

沈元思繞得快要絕望了，終於見陸明時在一棟塔閣模樣的建築前停下，避開門口的守夜侍衛，悄悄在窗戶上推開一條縫，衝沈元思招招手，然後閃身鑽了進去。

沈元思連忙跟上。

他們此行十分順利，落腳的房間正是兵部冊庫，裡面按武選、職方、車駕、武庫等類別分設不同區域，又按照各自詳細的分類和年分，將各種書文資料裝訂成冊，整整齊齊擺放其中。

陸明時在書架間穿行，很快就找到了兵部給北郡供給兵器的造冊。沈元思點燃火摺子為燈，用手掌護著給陸明時提供光亮。

「宣成十年……十一年……十二年，找到了，就是這本。」陸明時壓低聲音，高興地挑了挑眉，將冊子往懷裡一揣，對沈元思道：「走，去戶部。」

「欸，你就這麼拿走了，這裡有個空缺，被發現怎麼辦？」

陸明時一拍腦袋。「差點忘了。」只見他從袖中掏出另一本足以以假亂真的冊子，封皮上也寫著「北十四郡宣成十年兵械造冊」幾個字，裡面卻是一堆白紙。

沈元思驚訝道：「子夙兄，你準備得這麼齊全，自己也能偷回去，幹麼非得帶上我啊？」

火摺子的一點暖光映得陸明時的眉眼異常清俊。他渾不在意地說道：「本來也不指望你幫忙，我是怕被人發現，尚陽郡主必會保你，我也跟著沾點光。」

「你行啊陸子夙，你……」

「噓。」

沒關嚴實的窗外傳來腳步聲，很輕，只有兩、三人，所以走得近才聽見。沈元思連忙熄了火摺子，兩人悄悄挪到有書架遮擋的死角，此處漆黑一片，不掌燈根本看不清這裡有人。

窗外有人說話道：「這麼晚了，季中官還來找書，如此勤奮恭謹，令我等庸碌之輩汗顏哪。」

另一個年輕溫和的聲音說道：「乾爹明天一早就要看這份奏報，我要連夜完成，倒是連累你也不得安歇了。」

「哪裡哪裡，能跟在季中官身邊學習，是我的福分！」適才那人諂媚道。

被稱作季中官的人笑了笑，推門走進來。

陸明時與沈元思貓在角落裡屏息而立，兩個人擠成了一張餅，只聽那幾人的腳步聲在書架間穿梭，被稱為「季中官」的那位偶爾停下腳步，溫聲道：「這本，還有這本。」

他停在離陸明時不遠的地方，在闃寂的黑暗裡，無人看見陸明時垂下的眼皮蓋住了倏然變冷的眼神。他輕輕握著袖中的幾枚銀色飛刃，在沈元思驚出一身冷汗時，另一隻手輕輕地在膝蓋上無聲地敲著節拍。

彷彿遁形的蟊賊不是他，他像一隻伺著獵物、望時而動的虎狼，只要那位季中官再往這邊邁一步，他就能讓他們三人吞聲暴斃。

季中官停下了腳步。

他站在陸明時站過的地方，望著陸明時翻過的書架，狀若無意地翻了翻，對候在身後的小內侍道：「找完了，咱們回去吧。」

他們幾人溫吞吞地來，又溫吞吞地走。待冊庫裡完全安靜，陸明時走了出來，負著手，不知在想什麼。

沈元思蹲得腿都麻了，被自己絆了一腳，十分激動地揪住陸明時的胳膊，壓著聲音怒喝道：「陸子夙你跟我說實話，你剛剛想幹什麼！」

「沒什麼，以防萬一罷了。」

「以防什麼萬一，我看你就是個瘋子！犯宮禁被抓不過是去爵削官，挨幾板子，你要是動手殺人，那可是全家陪葬！你這個……你這個瘋子，你簡直太膽大妄為了！」

陸明時面色如常道：「我向來如此。富貴險中求的道理，你跟著我單槍匹馬入戎羌窩點抓呼蘭格的時候就該明白。」

「我明白什麼，明白你無父無母無顧慮嗎？」沈元思冷聲道。

陸明時身影一頓，沒有說話，走到窗邊看了眼外面的環境，又從窗戶翻了出去。

沈元思連忙跟上。

其實剛剛話一出口，他就有些後悔，如今被夜風一吹，冷靜下來，更是暗恨自己口不擇言。陸明時的情況，沈元思連矇帶猜也知道一些，當年京城裡那個三歲能背兵書，五歲能在太后考校如何以三千兵對五千敵時，朗聲回答說「以千人假作萬人陣仗」的將軍家陸小公子，在父親蒙冤、家族傾倒後沈寂了整整十一年。陸明時素日裡從不提及這些事，酒後紅眼也從未失言失態，只有在與北戎羌騎兵對戰，見他揮槍連挑數馬、砍人頭顱如切瓜砍菜時，才能窺見幾分他刻進骨子裡的國仇家恨。

他敬佩陸明時，不僅是因為他於自己有救命之恩，更是欽佩他的心智，驚嘆他的才能。對這樣一個人，他不該口出這樣的惡言。

沈元思越想越心虛，鬼鬼祟祟地跟著陸明時進了戶部冊庫。陸明時抬頭看了他一眼，忽然說道：「這件事是我考慮不周。」

本就心裡不安的沈元思聞言險些崴腳，忙擺手道：「不不不，子夙兄，是我的錯，我不該說那種混帳話。」

「剛剛確實是我有失理智。」陸明時在書架間慢慢走，找到了存放兩淮地區近十年礦石開採產量的冊子，用懷裡的空白冊子替換。他微微嘆了口氣，說道：「那個季中官，是司禮監掌印太監馬從德的乾兒子，剛剛我想動手，也與此私心有關。」

馬從德，就是十一年前監軍北郡，卻私下與戎羌忠義王勾連，害死鐵朔軍的元凶之一。

這件事沈元思卻不知曉，只是聽他的語氣，猜測兩人恩怨頗深，不敢再問。

他們拿到了兵部與戶部的冊子後，又沿著原路悄悄翻出了宮城。此時已逾子時，更深露重，空曠的宮廷在清肅的月輝下顯得更加冷寂。

離開宮城又跑了一段路後，沈元思才徹底放鬆下來，卻見陸明時負手望著宮廷皺眉，不知在想什麼。

「我總覺得咱們出來時比進去時容易，巡防的禁軍好像鬆懈了。」陸明時說。

沈元思吁了口氣。「說明小爺福大命大，你放心吧，若真被人發現，咱倆就不可能跑出來。」

他說得也有道理，陸明時不再糾結於此。

第十八章

他們離開之後，季汝青慢悠悠地從禁軍換防點的長廊下走出來。

禁軍隊長亦步亦趨地跟在他身後，一個赳赳武夫弓起腰來，竟顯得比眼前這個清瘦單薄的內宮太監還要卑小。

季汝青走了幾步，回過身和善地說道：「張統領不必再送，待兄弟們吃好喝好，各司其職便是。」

張統領又一抱拳。「多謝中宮大人記掛，夤夜疲勞，有酒菜暖胃，兄弟們都十分感激。倒是辛苦您來這一趟了。」

季汝青一笑。「也是乾爹的心意。」

「謝過馬大伴！」

季汝青告辭離去，提著燈孤零零走在雕梁畫棟的廊簷下，夜風吹著他天青色的衣角。轉過一處偏僻無人的宮室時，他熄了宮燈，腳下步子微轉，悄悄閃身走了進去。

月明星稀的臨京深夜，一隻白鴿撲稜稜從碧瓦朱牆的層層宮殿裡飛出，停在長公主府的潯光院內。

霍弋一早就看見了鴿子，命人抓來取了牠腿上的紙條，對照著《楞嚴經》將紙條上的內容重新寫出來。

陸明時、沈元思夜探六部冊庫，取宣成十二年兩淮鐵礦冊與北郡兵器供給冊。

看見陸明時這個名字，霍弋微微皺眉，將紙條上的內容默唸了幾遍，然後用火摺子引燃，扔在腳邊銅盆裡。

「杜風。」

守在門外的幹練侍衛推門進來，對霍弋一頷首。「少君有何吩咐？」

「去查宣成十二年北十四郡都出過什麼事。」霍弋屈指點額想了一會兒。「尤其是天煌郡。」

「是。」

杜風領命即走，在長公主府門前碰見蕭漪瀾馭馬而歸。她穿著一身赭紅色的騎射服，三千青絲以東海琉璃玉冠高束成馬尾，挺拔熱烈，貴不可及，如仙人降。杜風忙退到一旁行禮。蕭漪瀾看見他，隨口問道：「霍弋又給你派活了？」

「少君吩咐，定當盡心。」

蕭漪瀾一樂。「知道了，快去吧。霍弋可在府中？」

杜風道：「僕離開時尚在潯光院。」

蕭漪瀾嗯了一聲，馭馬進了府門。

霍弋早早聽見了蕭漪瀾的馬兒隔著院子嘶鳴，在她入門前就清洗好茶盞，沏好一杯冷茶擱在她的桌上。夏天跑了一上午馬，蕭滽瀾確實又渴又燥，尚未落坐先端茶盞，兩三口喝完，又示意霍弋續上。

「急茶傷脾，您先歇會兒吧。」霍弋喚了人來掌扇，絹花團扇浸過沈水香，隔著冰盆將涼風送到蕭滽瀾面前，不急不緩，徐徐生香。

蕭滽瀾笑望著他，說道：「你比我還會享受。我在大興隆寺雖是貴客尊位，夏夜天熱，也只能搬了摺榻到園中乘涼，著一、二人打扇驅蚊而已。你這屋裡倒好，連地板都是涼絲絲的。」

「殿下喜歡嗎？」霍弋將蕭滽瀾面前的茶盞撤掉，換上一杯溫熱的白水。

「口腹起居，人之所欲，沒有不喜歡的道理，只是喜歡起來覺得心中有愧。」蕭滽瀾說道：「我自西域歸京的路上，見過不少被擋在玉門關外的流民。漢水斷流了將近兩年，他們田地拋荒，餓得面黃肌瘦，路上看見隻老鼠也要拚命抓，抓住了就往嘴裡送，怕晚一步就會被別人搶走。」

霍弋的手微微一頓，沒有開口，仍靜靜聽著蕭滽瀾講話。

「京中製冰，要鑿十米深的地窖，窖壁以青石鋪滿，隔一尺，再立一層青石牆壁，以隔絕土氣和地溫；青石要整塊，以減少冰中水分流失。數九寒天的時候，派人到鹿水中央取三尺之下的冰，最為乾淨，派車馬拉到地窖裡，再以青石、岩土、茅草層層封存，待夏季取出。炎夏一盆冰所耗人力物力，足以令三口之家的中農寬裕地過上一年。京外尚有餓殍，京中卻如此糜費，望之，我身在其中，於心不安。」蕭漪瀾微微嘆了口氣道。

霍弋溫聲說道：「夏冰冬炭，春果秋花，乃至宮城裡的一盤菜餚、一個擺件，都抵得上京外數口之家一年的收成。今上喜龍泉印泥，需徵千頃沃池，抽萬斤藕絲，並命熟工勞作一個月才能做成一兩；又好細食，一碗魚湯要取千條雄鯉魚垂命涎汁，一道『錦中春』要拔兩千隻鸝鳥的舌頭。如此小物，所勞民力、所耗民財，又能抵得上冰室之糜？就連殿下您禮佛所用的阿迦檀香，也是寸香寸金。」

蕭漪瀾沈默了許久。她十七歲離京去西域時，大周國力仍盛，京中風氣卻未如此奢靡，她緩緩說道：「本宮亦有罪，明日本宮便整頓長公主府，糜費之項，悉數取締。」

「就算您將長公主府都拆了，也不過杯水車薪。何況陛下對您恩寵正盛，凡有所賞，必然貴重。譬如這冰，便是昨日宮中新賞下來一萬斤，您捨不得用，也是便宜了府中奴才。」霍弋指著冰盆說道。

蕭漪瀾頗有些不贊同。「便是杯水車薪，也好過沆瀣一氣。」

霍弋說道：「倘百姓安樂，當權者一餐斗米、日夜銷金也不為罪；倘野有餓殍，當權者麻衣赤足、吃糠咽菜也無濟於事，不過是在百姓面前做做樣子。殿下以為呢？」

「望之說得有理。」蕭漪瀾點點頭。「本宮罪不在用冰盆、燃阿迦檀香，本宮罪在未能使百姓安居，萬民同享一樂。」

霍弋溫聲道：「倒也說不上是罪，您畢竟未居其位，難謀其事。」

「皇兄身邊言官爭臣者眾，竟沒有一人能像望之勸我這般，向天子進言嗎？」

「曾經的左都御史洪黎曾寫摺子指責過陛下，後來被尋了個錯處，調任到嶺南去了。」霍弋眼底隱有嘲諷。「殿下，君明臣清，君渾臣濁，古來如此。」

蕭漪瀾嘆了口氣，望著窗外道：「若你我所謀之事成，願小六此後能做個體恤百姓的明君。」

霍弋淡聲道：「但願吧。」

「今日我也是有感而發。修平約我打馬球，那些世家貴女恨不能鋪排十里，架子比我這個長公主還大。因解暑的綠豆冰湯擱了半個時辰，嫌不新鮮，便要將幾十碗倒掉全部重做；又嫌跑馬場飛起揚塵髒了華服，要人每隔一個時辰就去灑一層水，真是有夠作孽的。」蕭漪瀾嘆氣道。

「原是如此。」霍弋笑了笑。「不過殿下既然有心，臣自當奉行，明日便酌減府中鋪排所費之資。」

「嗯，省下來的錢讓人買了米，到臨京城外布施去吧。若不是這冰為陛下所賜，不可變賣，我倒是想賣給那些世家貴女們，我看她們一個個富裕得恨不能撒錢玩。」蕭漪瀾道。

霍弋頗有些哭笑不得。「殿下，您在京中私產頗豐，想做什麼不必顧忌錢財耗費。」

蕭漪瀾輕輕搖頭。「你在朝堂收買人心，在宮內安插眼線，培植長公主府的暗衛私兵，都要大筆大筆花錢。我雖不能幫你，也不可再給你添煩惱。」

「殿下哪裡話，這長公主府的一切都是屬於您的。」霍弋說道：「只是城外布施流民，畢竟是打朝廷和皇室的臉，最好不要借用六殿下的名義，以防其過早露出鋒芒，被東宮針對。就以長公主府的名義吧，您長年禮佛，周濟難民也是情理之中。」

「嗯，有理，聽你安排。」蕭漪瀾點了點頭。

其實這件事上，霍弋也有私心，只是他沒說出來。他看著蕭漪瀾美麗的面容，心道，殿下只需光風霽月，剩下的苟且，他來鑽營便好。

「還有一事要問過殿下。」

「什麼？」

「您聽說過陸明時此人嗎？」霍弋淡聲問道。

蕭漪瀾笑了。「巧了，今日修平剛與我提過。」

霍弋頗驚訝。「修平公主？」

修平公主蕭荔丹是當今聖上的第三個女兒，為中宮皇后所出，極受宣成帝寵愛；尚未及笄時，宣成帝便賜下一品公主府，還說讓她自選中意兒郎為婿，臨京適齡勛貴子弟皆待詔入其彀中。

蕭漪瀾說道：「正是我那好姪女，今日打馬球時一招通吃，說是陸明時教她的。我原本以為是她哪個師傅，多嘴問了句，誰料她竟羞上了，方知是她意中駙馬。」

「意中……駙馬？」霍弋屈指輕點桌面，擰眉沈思。

「可有不妥之處？」

霍弋笑著搖了搖頭。「若是陸明時成了駙馬，就太可惜了。此人才高志堅，有將帥之能，僅僅三年就能在北郡立足，若為殿下所用，如虎添翼。」

蕭漪瀾道：「那便讓他成不了駙馬。」

「臣亦作如此想。」霍弋道：「宮中線人來報，說陸明時與沈元思昨夜探六冊府庫，似乎在查什麼事情。」

「好大的膽子，查什麼？」

「似乎與兩淮供給北郡的兵器有關，具體是什麼，我已經讓杜風去核實了。」

蕭漪瀾聞言思索道：「兩淮轉運使徐斷、兵部左侍郎劉濯，若我沒記錯，這兩位都是東宮的人吧？」

「正是，所以我說，陸明時可用。」霍弋端起茶盞輕輕抿了一口潤潤嗓子。「他早晚會查到東宮身上。既攪了這灘渾水，便沒有全身而退的道理，不如為殿下所用。」

「此人心性如何，若是……」

霍弋知道蕭漪瀾在擔心什麼。「殿下放心，良臣有良臣的功用，惡犬有惡犬的好處，有臣在，不會讓您駕馭不了。」

蕭漪瀾說：「你既有了主意，自行去做便是，只是要注意分寸。」

霍弋一笑。「是。」

第十九章

這日，孟如韞正坐在桌前撥算盤。

算上明日到望豐堂的針灸和藥錢，她已經欠了程鶴年四百五十兩銀子。正在這時，青鴿風風火火地走進來，尚未喘定，將一封信交給孟如韞，說道：「程公子又來信了！送信的人叮囑我好生收著，說裡面有銀票。」

孟如韞先是皺眉，而後嘆了口氣。「就不該讓他知道我住哪兒。」

她將信拆開，裡面有一張信紙，中間夾著兩張一百兩的銀票。程鶴年在信中寫道：聞卿病有好轉，心中喜不自勝，已將數月俸銀盡數取出，折三百兩，一百兩捐至佛寺還願，願卿去病去災，安樂百歲，餘下盡數予卿，望卿衣食富足，一片心意，萬勿拂拒。

讀完信，孟如韞又長長嘆了口氣，嘆完氣卻覺心中更沈。

青鴿好奇道：「程公子在信中說什麼了，怎麼瞧著這麼不高興？」

「深恩如怖，況無以為報……程鶴年啊程鶴年，我該說他什麼好。」孟如韞將銀票存進床底的鐵箱子裡，頗有些不安地在小書房裡走來走去。「情意無價難償，可這銀票，沒有受之無愧的道理。」

青鴿為難道：「可妳給程公子錢，他肯定不收，又要退回來，一來二去全費在來回路上了。且無論怎麼說，多虧了程公子的錢，妳在許太醫那裡醫過幾回之後，夜裡咳得輕了許多。姑娘，天大地大身體最大，即便是欠人恩情，這病也是要治的。」

青鴿言之有理，可孟如韞心中仍有不甘。她怕今日積恩過深，待程鶴年自欽州歸來，要她入程家為妻為妾，她都難以拒絕。

欽州、欽州……孟如韞轉了幾圈後，在書架前停下，伸手一本一本點過架上的書，抽出了一本兩淮風物志。

她隱約記起，前世身死之後在臨京遊蕩時，聽南來的商人吆喝過一種欽州產出的材料，似石似玉，磨成粉後可與鐵礦石相融，做成的什器雖然比鐵器輕、脆，但是節省鐵礦，因此價格十分便宜，用來做門窗、農具非常合適。孟如韞記得這種材料被譽稱為「石合鐵」，她略略將這本記錄兩淮地區風土人情的書翻了一遍，竟未找到一字關於「石合鐵」的記載。

看來此種材料尚未被發現。

孟如韞站在書架前沈思了一會兒，轉身走到桌邊鋪紙研磨，開始給程鶴年寫回信。

「子逸兄見安……」

她謊稱自己從欽州來的流民那裡聽說了欽州有這樣一種材料，便宜輕省，可為民用，名叫「石合鐵」，推薦他多加留心。她在信中寫道：兄可以家資購入，置屋舍、做器具，託商隊販入臨京，價翻十倍不止。

她藉著前世所知的便宜，給程鶴年推薦了一個必有所獲的商機。程鶴年雖是文人，但並不迂腐，只要他肯做這行生意，必能獲益頗豐。

孟如韞將筆擱下，待紙上墨乾透，摺起裝進信封裡，讓青鴿帶著這封信去找來送信那人，託他帶回欽州給程鶴年。

待信送出後，孟如韞心裡輕鬆了不少。

巧合的是，陸明時這邊也將線索指向了欽州「石合鐵」。

那夜自六部冊庫回來後，陸明時連夜將宣成十二年兩淮鐵礦冊與北郡兵器供給冊仔細翻看了一遍。

按朝廷法令，兩淮地區鐵礦專供大周邊境軍防器械之用，其中，欽州鐵礦為北郡專用。每年產自欽州鐵礦的鐵，七成鍛成兵器運往北郡，一成算作抽稅運往臨京，剩下兩成歸欽州本地財政。送往臨京的那一成鐵礦不敢欺瞞，但是運往北郡的七成卻連年有失。從戶部記載的鐵礦產量來看，兩淮轉運使徐斷至少每年從中貪墨三萬斤純鐵，折合成銀錢約有白銀二千兩。這錢徐斷貪得光明正大，一方面是因為背後有太子撐腰，一方面也是不怕人問，可以託詞說是鍛造兵器過程中的正常損耗。

沈元思憤憤道：「胃口真大，也不怕把肚皮撐破了。」

陸明時則在思考一個更重要的問題，半晌後，對沈元思道：「每年三萬斤鐵不是小數目。這些鐵礦石上有專供北郡的官印，尋常商人不敢收，你說他到哪裡換成錢？」

沈元思道：「我怎麼知道，要不給他套個麻袋綁了，讓他自己交代？」

陸明時點頭。「好，你去吧。被人抓了別攀扯我。」

沈元思翻白眼。「那你說怎麼辦？」

陸明時取來大周全境圖鋪在桌上，以棋子為兵馬在圖面上落點，凝神看了一會兒，忽然拊掌笑了起來。

那笑不是好笑，似譏似諷，又帶著幡然醒悟洞察陰詭後的憤怒。

「從慎啊從慎，你冤枉徐斷了，他哪裡是老狐狸，分明是狼子野心的國之大蠹！」

沈元思皺眉走過去。「你又看出什麼來了？」

「如果我是徐斷，要將手裡貪墨的三萬斤鐵賣掉……」陸明時指著擺在地圖上的棋子給沈元思看。「這裡是欽州鐵礦，六十里外是欽州下屬的惠陽縣，也就是鍛造兵器的地方。兵器鍛造好後從惠陽裝車馬，沿商山古道運往北郡時，會路過涪關。你還記得涪關嗎？」

沈元思點頭。「記得，明德太后秉政年間，這裡曾是與北戎羌通商的重要地點。」

「明德太后之所以選在涪關，是因為過了涪關不到一百里，就能到達戎羌境內的天汗城。我若是徐斷，會將這三萬斤鐵連同運往北郡的兵器一起裝車，在涪關將鐵礦悄悄分出來，然後……」

「運到天汗城，賣給戎羌人。」沈元思不可置信地喃喃道。

陸明時冷笑道：「大周無人敢收，戎羌卻恨不得以二、三倍的高價收購，既可彌補自身產鐵不足，又可搶北郡兵械。手裡有了徐斷的把柄，將來想知道大周的消息，也會十分方便。」

沈元思氣得一拳捶在桌面上，咬牙切齒道：「他怎麼敢……咱們之前太天真了，還以為他只是單純貪財，他竟然敢賣國！」

「此事只是我猜測，尚需取證，倘若是真的……」陸明時冷聲道：「此人早晚變成北戎羌的刀，不可久留。」

沈元思沈默了一會兒，問道：「事關戎羌，你說太子知不知道這事？」

陸明時搖頭。「我不知，也不敢亂猜。」

沈元思又嘆了口氣。

「去年供給北郡的兵器，用了某種工藝使其變得輕省，但從府冊記載上看不出什麼變化。供給北郡的兵械數量並沒有增多，節省下來的鐵，應該也是進了徐斷等人的口袋。」陸明時從身後的博古架上拿下一個盒子，裡面裝了一小塊石頭和一封皺皺巴巴的信。他將信拿給沈元思看，沈元思看完後，擰眉更深，仔細端詳起盒子裡的小石頭。

「此信是欽州白石礦虞頭的兒子帶到臨京來的，那孩子還隨身帶了一小塊白石。據他信中說，此石磨成粉可與鐵融合鍛造到一起，名『石合鐵』，模樣與鐵幾乎一樣，只輕重、硬度上有所差別，以此『石合鐵』做器物，可省一半鐵料。」陸明時說。

沈元思看著那灰撲撲的白石。「你是說，去年運往北郡的那批次品兵器，就是用這種石合鐵做的？」

「十有八九。找個時間，咱們去鐵匠鋪試一試就知道了。」

試出來的結果果然如那白石礦虞頭信中所言，那一小塊白石可與等量鐵料摻融在一起，冷卻後的成品與純鐵所做殊無二致，敲擊有清脆金屬聲。

眼下他們已基本確定次品兵器的來龍去脈，深挖下去，甚至牽扯到私販精鐵給戎羌此等叛國大罪。

接下來，陸明時要考慮的是如何將此事捅給都察院，以何種方式、追究到何種程度才能讓都察院既不懾於東宮的威權，又能懲辦徐斷和劉濯。

此事難辦。

人心幽微，個中門道本就是一石激起千層浪，何況陸明時既官小位低，也無授職。

陸明時正在為此斟酌不定之時，收到了一封奇怪的請柬。

請柬以灑金紙為面，飛花楷外斂內舒，書法造詣頗深。請柬上沒有留姓名，只說某日某時邀他寶津樓一敘，唯有這紙和字彰顯著邀請人身分之不俗。

陸明時捏著請柬把玩了一會兒，決定去會一面。

七月初一，臨京大雨，天色早早暗下來，寶津樓所在的浥塵坊也不如往日熱鬧，歌樓酒肆裡人影稀疏。陸明時坐馬車前去，入堂後將請柬交給了一名紫衣姑娘，正是紫蘇。紫蘇看了眼請柬，對陸明時一拜。「有位客官等候您多時了，這邊請。」

陸明時隨她登上三樓雅間，為他推開門，陸明時獨自進去，繞過屏風，見一年輕清瘦的男子臨窗而坐，聽見聲響，波瀾不驚地望過來。

「陸安撫使，請。」

陸明時繞到他對面盤膝而坐，沒有動那人為他倒好的茶。

「今日邀陸安撫使一敘，是為欽州石合鐵之案。」

陸明時心裡微動，面上不顯，問道：「閣下是徐斷的人，還是別的什麼人？」

對面男子微微一笑，和若春風。「我是能幫你的人。」

「幫我？你知我欲如何？」

「那陸大人欲如何呢？」

陸明時默默思忖了一會兒。「閣下就是長公主府中的霍少君吧。」

「陸安撫使聰敏過人。」坐在對面的霍弋擊掌而笑。「看來陸大人也非如傳言那般獨善其身，無意朝政。這樣也好，你我談事會輕鬆許多。」

陸明時不為所動，問道：「此事與長公主何干？」

霍弋道：「長公主為國之長公主，朝有碩鼠，安能視而不見？」

陸明時一笑，眼底似有嘲諷。

「以陸安撫使的才智，想必已經弄明白了石合鐵背後的生意。徐斷、劉濯與東宮勾結，貪墨欽州供給北郡的鐵料，貪得無厭，又以白石摻入鐵中，拿次品兵器供給北郡，將昧下的鐵料以高價賣給北戎羌，裡外通吃。」霍弋端起茶盞飲了一口潤潤嗓子，又接著說道：「但陸大人只是心裡明白，手裡沒有足夠的證據，又不知該向誰揭發才能不被東宮一手遮天壓下，是嗎？」

陸明時心中越沈。「是。」

「我可以給你提供證據。徐斷在欽州開採白石的礦場位置，劉濯令惠陽縣兵械鍛造坊鍛造次品兵器的親筆信，以及他們與東宮、與北戎羌忠義王分帳的帳本。這些，可解陸大人之憂嗎？」

陸明時冷聲道：「足夠了。」

霍弋不疾不徐地說道：「那麼，請陸大人在七月十五築壇祭天的儀式上，當眾向陛下告發此事。屆時會有耿介之臣請求徹查，長公主府也會在暗中支持和保護大人。」

築壇祭天是始於仁帝年間的一種儀式。周仁帝二十三年，永冠將軍陸持中率三萬鐵朔軍大挫戎羌十萬王軍，騎馬斬殺戎羌王，逼得戎羌退離大周國境外七百里，其王后攜七歲小世子向大周遞降書，承諾二十年內絕不靠近大周邊境。那是有史以來大周對抗戎羌最大的一場勝利，陸持中率軍歸朝後，仁帝與當時的明德皇后舉行築壇祭天大典，免一年賦稅，並大赦流刑以上囚犯，臨京城內晝夜不息地歡慶了三天。

自那以後，每年七月十五，大周都會舉行築壇祭天儀式，天子要著袞冕、執玉圭，登定北壇，勉勵朝臣。

霍弋要陸明時在築壇祭天大典上，在圍觀百姓懷念永冠將軍凱旋盛景、文武百官愧不能平北蠻之時，揭發徐、劉二人與東宮勾結叛國之事，縱使宣成帝有心袒護，也不能使其全身而退。

見陸明時長久不語，霍弋問道：「陸安撫使是有什麼顧慮嗎？」

陸明時望著霍弋，眼底一片冰冷。「原來徐、劉之禍，霍少君早已知曉。」

霍弋握著茶盞的手一頓，承認道：「是。」

「何時知曉的？」

「大概兩年前。」

「兩年……整整兩年……長公主府就眼睜睜看著他們貪墨，看著他們拿北郡將士的補給外飼虎狼嗎?!」陸明時氣得聲音發抖，抬手將桌上茶盞掃到地上，琉璃玉盞嘩啦啦碎了一地。

霍弋眼皮一跳，耐著性子解釋道：「知道又如何？那時他們的勾當剛開始，留下的痕跡不多。長公主身在西域大興隆寺，臨京的長公主府只能是座空宅，否則無論殿下有什麼動作，都會被聖上視為心懷不軌。只要長公主出手，這件事無論多麼嚴重，在陛下心裡，都只是她與太子為難的黨爭而已。陸大人，你明白嗎？」

「我不明白。」陸明時冷聲質問道：「長公主不出手是怕被視為黨爭，今日唆使我去告發，又何嘗不是出於黨爭之心？朝中皆知我兩邊不靠，我若在築壇祭天大典上揭發此事，必能重創太子，讓長公主從中漁利，不是嗎？」

霍弋沒有否認。「可是這並不妨礙陸大人做成自己想做的事。君有所求，吾亦有所求，同聲相應，同氣相求，這就夠了。」

「誰與你同聲相應同氣相求？」陸明時語帶嘲諷。「陸某只知君子以同道為朋，小人以同利為朋，我與霍少君您——道不同不相為謀。」

他說完便拂袖起身往外走。推開門時，霍弋忽然叫住了他。他似是沒想到如此相契的合作竟然會談不攏，不甘心陸明時的態度脫離了自己的掌控。他推著輪椅緩緩繞過屏風，行至陸明時身後，最後勸道：「時至而行，伺機而動。陸安撫使也帶過兵，長公主府的無奈，難道你一點都不能體諒嗎？」

陸明時默然，許久，頭也不回地問道：「霍少君去過北郡戰場嗎？」

霍弋垂下眼。「不曾。」

「那您想必也無法體會，一個奮力拚殺的將士，在生死攸關之際，被敵人砍斷兵器，被出自家鄉的兵器刺穿胸膛時，該有多麼無奈，多麼不甘心。」

陸明時掩在寬袖中的手在顫抖。暖香的夜風夾著雨氣拂面而來，卻讓他想起北郡的風雪，兄弟們的熱血噴在他臉上時的感覺。

霍弋說長公主府有無奈，說要等待時機，可是誰又不無奈呢？他們等的是對東宮一擊即中的機會，北郡的將士等的卻是生的希望、贏的希望、重鑄鐵朔軍榮光的希望。

陸明時緩緩嘆了口氣，再無言語，抬腳離開了寶津樓。

第二十章

出了寶津樓，陸明時在街上冒雨而行。

臨京的雨也是軟綿綿的、溫柔的，不像北郡的風雪，刀刀颳在人臉上，能帶下一層皮肉。可北郡的風雪只傷人皮膚，而臨京的雨卻彷彿能滲進人的身體，讓人從骨頭裡往外泛潮、泛冷。

陸明時不喜歡這種連綿的冷潮，它緊緊黏在人身上，教人心裡生厭，卻又無從擺脫。

他一邊走，一邊想石合鐵的案子。

他曾天真地當自己背負著為天煌郡幾十位兄弟昭雪的使命，如今才驚覺不過是線提在別人手裡的木偶。或許他歸京開始，他的一舉一動，就已經落入旁人的密切監視。那些人像從容落子的棋手一樣，俯觀他一步步查出徐斷、劉濯與東宮的勾結，然後在最有利的時機向他橫插一腳，逼他做刃，揮向東宮。

或許白石礦虞頭的兒子，那個層層跋涉入臨京的小乞丐，也是他們暗中推到了自己面前。

長公主……霍弋……

陸明時想起沈元思對霍弋的評價，說此人叛出東宮入長公主府，信的是鬼谷道，習的是縱橫術，逢人遇鬼有三重面，似敵非友有兩把刀。

於私而言，陸明時不喜歡這樣的人；於公而言，他也不希望見到長公主倚重此人。在陸明時看來，此種作派，與東宮沒有區別。

但他只是區區五品外官，動輒受掣肘，哪裡又有資格對別人說三道四。

「陸兄、陸兄！」

陸明時忽聽有人高聲叫他，一偏頭看見陳芳跡正從茶樓裡探出半個身子來衝他招手。

「陸兄！來避雨，喝口熱茶吧！」陳芳跡高興地喊道。

被一個半大孩子稱兄道弟，陸明時覺得有些好笑，抬步走進茶樓。陳芳跡在一樓茶廳臨窗而坐，桌邊立著四扇開的山水畫屏風，將茶桌圍成一處半密閉的空間。陸明時走進去，才看見適才被窗戶遮住的另一人的身影。

孟如韞衝他溫和一笑。「陸大人，巧遇。」

她未施粉黛，只唇上薄染朱丹，雨絲在她身後的花窗外垂絲成霧，氤氳得她眉目間纖長冷澈。

她好像很怕冷，穿了一件緋絲交領長裙，頭上綰著清平髻，鴉羽如墨，只點了一支桃花步搖，流蘇被風吹得悠悠輕晃，手裡握著茶盞，但十指仍冷得泛紅。

陸明時微怔，而後道：「巧，適才不知孟姑娘也在此。」

「若知，就不進來了是嗎？」

「我不是這個意思。」

孟如韞笑了笑。陳芳跡忙解釋道：「今日是我請孟姊姊出來為我指點學問的，也是我突然看見陸兄在街上淋雨，所以想請您進來避雨的。」

陸明時這才瞧見寬敞的茶桌上鋪開紙墨，陳列著幾本書，有《瓦鑒冰集》，還有一本《雲水雜論》。《瓦鑒冰集》是已故大儒蘇夢蟄先生評議仁帝年間與明德太后秉政期間民情國政的一本文集，《雲水雜論》則是韓士杞老先生尚在朝堂時寫的書。這兩本書如今均已絕版，沒想到能在此遇見。

見他對書感興趣，陳芳跡頗有些得意地說道：「這兩本書都是孟姊姊借給我的，她說我可以從中學習如何以文載道，兼得言志與陳情。」

陸明時看向孟如韞。「只知孟姑娘詩詞清麗，倒不知也作得好文章。」

孟如韞謙道：「進士面前不敢託大，陸大人何必取笑。」

陸明時沒有取笑她的意思，他雖未見過她所作文章，但是讀過她給陳芳跡指導的謁文。

陸明時掏出幾兩銀子交給陳芳跡。「煩勞找店家要幾條乾淨帕子來。」

陳芳跡殷勤去了，陸明時撣了撣浮在衣袖上的水珠，坐到陳芳跡的位子上，伸手給自己倒茶。

孟如韞撿了本書翻看，頭也不抬道：「茶涼了。」

「茶涼倒無妨，只怕有人喝了涼茶，心裡不舒坦。」陸明時說道。

孟如韞聞言將手裡茶盞擱下，本不想接他的話，心裡卻嚥不下這口氣，冷冷問道：「陸大人此話何意？」

「生氣了？」

「我氣什麼。」

「今日在此得遇孟姑娘，其實我很高興。」

他一進門就冷眼寒面，孟如韞真沒瞧出他哪裡高興。

陸明時又說道：「前些日子我去寶津樓找過妳，卻聽說妳已離開那裡。」

「陸大人找我做什麼？」

「道歉。」

「嗯？」孟如韞有些驚訝。

陸明時緩聲說道：「上次我與姑娘不歡而散，是我失言之故，我應該道歉。」

孟如韞笑了笑。「你既未罵我也未辱我，何來失言？」

「可妳為此生氣，總歸是我不對。」陸明時輕聲道。

孟如韞心裡微微一動，停在紙頁上的手指蜷了蜷。

陸明時讓小廝換了盞熱茶，為孟如韞續滿一杯，端給她道：「我以茶代酒致歉，先前狂妄之語，還望孟姑娘寬恕則個，行嗎？」

孟如韞低低嗯了聲，算是承認了自己心裡憋悶著氣，也答應了不再與他計較。

她伸手接過茶盞時，兩人指尖微微相觸，陸明時驀然皺眉，待她飲完茶後，朝她伸出手。「把手給我。」

「怎麼了？」

陸明時示意她把手伸過去。孟如韞心裡有些猶豫，但見陸明時似乎並無他意，掌心在衣服上蹭了蹭，慢慢遞給他。

陸明時握住她的手，他的手比孟如韞大一圈，指節分明而有力，指腹與虎口處的薄繭緊緊裹住了她，溫暖而乾燥的力量穿透了她的皮膚，進入手背的血液裡。

孟如韞覺得遮掩在長袖裡的胳膊上起了一層密密的疙瘩，血管在輕輕跳動。

「適才見妳一直捧著熱茶，手怎麼還這麼涼？」陸明時垂著眼，輕聲問道：「這段日子，身體好些了嗎？」

「好些了。」孟如韞微微垂下眼。

陸明時鬆開她的手，轉而為她切脈。孟如韞有些驚奇。「陸大人……還懂切脈？」

「跟軍中大夫學了些皮毛，比不得許憑易。」陸明時嘆氣道：「怎麼底子這麼虛？」

孟如韞有種被學堂夫子點名提問時的緊張，正支吾著想如何解釋，陳芳跡帶了幾塊乾淨手帕回來。孟如韞忙將手抽回，在袖子裡悄悄攥起，若無其事地望向窗外的雨絲。

陸明時簡單擦了擦頭髮上的雨水，從桌上撿起《瓦鑒冰集》，對陳芳跡道：「我在這裡坐著，不會打擾你們講文章吧？」

「哪裡會，孟姊姊之前還誇陸大人文章好——」

孟如韞在桌子底下輕輕踢了陳芳跡一下，想讓他閉嘴。陳芳跡沒有反應，陸明時卻似笑非笑地望過來。

她不會是……

「看來這茶桌太窄了。」陸明時揶揄道。

果然，踢錯人了。

孟如韞臉上倏然變得通紅，四下又找不到帷帽遮掩，忙以手扶額望向窗外，從陸明時的角度，只能看見她紅透的耳朵。

陸明時心下愉悅，卻不敢再多說，怕再惹她生氣，對陳芳跡道：「別說閒話了。」

於是孟如韞給陳芳跡講文章，陸明時坐在一旁垂眼聽著。他手裡翻著本《瓦鑒冰集》，心思卻不在上面。孟如韞偶爾覷他，見他昏昏然彷彿睡著，但他聽著孟如韞的聲音，心中十分清明。

她說話的語調不高，不疾不徐，引經據典時不晦澀，評議抒見時不張揚，如飛花入水，從容其中，又如聞隔雲玉鐘，時遐時邇。

她引佛教機鋒派與棒喝派之辯，教陳芳跡何為寫文章的「悟心」。「機鋒派以言辭之利見長，善用寓言，『悟心』就是貫穿表寓與本意的微妙連結。棒喝派不藉助言語，而是通過給人一棒、一喝的方式，促其頓悟，此『悟心』比機鋒派的悟心更抽象。」

陳芳跡好像聽懂了，又好像沒聽懂。

孟如韞宛然一笑，繼續講。「以此觀文章，機鋒派的悟心在作文者心中，棒喝派的悟心在觀文者心中。有的文章明辨是非，考究道理，教人學問，正如機鋒；有的文章則只敘不論，只述不評，個中幽微，要靠讀者自行頓悟，正如棒喝。但這兩種文章都是有『悟心』的，一個悟心在寫文者，一個悟心在讀文者，如此，可明白了些？」

這下陳芳跡如醍醐灌頂。「孟姊姊的意思是，文章的『悟心』是作文者與讀文者相互成就的？」

「悟者，明白也。僅一人，談何明白？錦衣夜行，難彰華服之美，空山操琴，未聞宮商之雅。」孟如韞說得有些口渴，端其茶盞抿了一口。「所以你欲作文，須先明悟心。」

「是要明白自己的文章是寫給誰看的是嗎？」

孟如韞點點頭。「可以這麼理解。」

陳芳跡沈思了一會兒，提筆將她說的話寫下來。窗外雨絲的沙沙聲與筆墨在宣紙上暈開的聲音交織在一起，陸明時覺得心中一片安寧，剛自寶津樓離開時的躁鬱之氣也漸漸平息。

孟如韞歇了一會兒，繼續與陳芳跡談論文章之道。她的很多觀點與韓士杞有異曲同工之妙，陸明時凝神聽了一會兒，竟也頗有所悟。

又半個時辰過去，窗外的雨漸漸停了，孟如韞看了眼天色，合上書對陳芳跡道：「今天先講到這兒吧，聽了這麼久，你也該累了。」

「我不累，孟姊姊，妳比學院夫子講得好多了！」陳芳跡高興地說道。

孟如韞道：「我也不過是一家之言，你若有幸去阜陽聽韓老先生講學，那才是真的有如時雨化春風。」

「妳何時聽過韓老先生講學？」陸明時在一旁突然問道。

孟如韞說道：「從未，只是讀過老先生的幾本著作，心中景仰而已。」

其實她聽過。前世，韓士杞為陸明時講如何作史之時，她一直跟在身邊悄悄聽著，獲益頗豐。如今她重作《大周通紀》，越發覺得韓老先生的提點有四兩撥千斤之能。

話說多了陸明時必會追問，所以她敷衍了一句，便起身微微整理儀容，離開茶桌往外走。陸明時跟在她身後，又瞥見了她後頸的那顆紅痣，忙將視線移向別處。

「芳跡嘴上不問，但心裡一直忐忑。韓老先生那邊有消息了嗎？」陳芳跡離開後，孟如韞問陸明時。

「尚未，應該快了。其實他不必擔心此事，今日他與妳交談，聽得出是個有慧根的孩子。」陸明時說道。

「是嗎？比之陸大人當年如何？」

陸明時笑了一下。「我當年若也有位孟姊姊傾囊相授，早該被點了狀元。」

孟如韞凝神聽他說話，未注意腳下的門檻，聞言險些一腳把自己摔出門去。幸虧陸明時眼疾手快，攬著她的腰扶穩了她。

「小心。」他聲音極輕地在孟如韞耳邊叮囑了一句。

孟如韞站穩後甚至忘了道謝，急急邁下了臺階，待心中略略平息方覺失態，只此時再道謝更顯突兀，於是索性閉口不言了。

兩人一前一後走了一段距離，天空又飄起雨，陸明時默默將傘撐到她頭頂。

他來時未打傘，這把傘是孟如韞適才慌張離店時落下的。傘面不大，容納兩人有些牽強，陸明時靠在她身後極近的地方，才能用傘將孟如韞罩住。

傘下自成方寸天地，腳步交織聲、環珮碰撞聲顯得十分清晰。此時再不說話，氣氛就過於旖旎了，孟如韞正在心裡思忖著說點什麼，忽聽陸明時問道：「那妳想聽韓老先生講學嗎？」

「自然是想的，可惜身為女兒身，多有不便。」

「不可惜。」

「嗯？」

「我說，妳生為女兒身不可惜。若為男子，未必有此靈秀之姿，見微知著之才。世間女子，有一二如妳這般，望之令人心怡。」陸明時說道。

孟如韞一愣，心裡有種奇異的感覺。「陸大人，你……」

話未說完，忽覺後頸微微一暖，陸明時的掌心撫過她頸間，只聽他聲音極輕地說道：

「妳易受寒，以後出門要注意保暖。」

他為她抹去濺在身上的雨珠，那一點紅痣被雨水一潤，顏色更加明豔。

「陸大人！」孟如韞回身看著他，七分受驚，三分惱怒，話音卻越來越低。「你這是什麼意思……」

說要君子之交的人是他，曖昧不明撩撥人心的也是他。

只聽陸明時聲音沙啞道：「青衿，我後悔了。」

孟如韞皺了皺眉，沒明白他話裡的意思。

「許久不見，我心惘然。」陸明時向前半步，重新用傘遮住了她。「孟姑娘，我後悔之前所言君子之交，我想多了解妳一些。」

孟如韞長睫輕顫，垂下眼。「然後呢？」

「然後……容我唐突一問，孟姑娘訂親了嗎？可有心上人？」

孟如韞不說話，抬眼望著他。陸明時笑了笑，似是明白了她的意思，聲音輕得彷彿怕驚擾了她，只聽他又小心翼翼問道：「那孟姑娘，可願多了解我一些？」

「陸大人……」

「子夙。」陸明時說道：「告訴妳的第一件事，我字子夙。」

夙者，長夜將明之時也。

子夙，子夙。孟如韞當然知曉他的字，只是這次，是他親口告訴她的。她在心裡默唸了兩遍，心底生出一絲纏綿的甘甜，又有難以自控的慌張，於是不再理他，轉身就走。

見她如此，陸明時心中倏然一涼，忙跟上去，藉撐傘之故慢慢靠近她。

陸明時走在身後為她擋著雨，步子稍快一些，便能聽見兩人環珮相撞，清脆作響。

聽著那碰撞聲，孟如韞心裡一時歡喜，又一時惆悵。

他說自己心悅她，她心裡自然是高興的。可她又莫名惶恐於此，怕與陸明時牽扯太過，壞了他原有的運道。

孟如韞心裡亂極了，一會兒想到自己的病，一會兒又想到陸明時的好，甚至想像自己紅妝華服嫁給他時的歡喜，也想像他數年後鰥寡孤獨、前途難卜的淒慘。

「當心腳下。」見她恍若失神，陸明時輕聲提醒道。

孟如韞回過神來，長長嘆了口氣。

「妳若是不喜於我，我以後便不再踰越。」陸明時溫聲說道：「切勿為此……憂思傷身。」

孟如韞定了定神，對他說道：「你容我想想可以嗎？總不能得你一、兩句暗示，我就要有所回應，沒這個道理。」

陸明時笑了。「是沒這個道理，是我心急了，妳慢慢想，想多久都可以。」

見他得了這句轉圜的話便高興起來，孟如韞心裡軟成一片。可她實在沒想明白，話說輕了怕之後令他失望，話說重了又不忍見他傷心，躊躇著說道：「我說了只是考慮一下，又沒答應你，你高興什麼？」

陸明時聞言輕咳兩聲，收了臉上的笑，對她說道：「那我先不高興了。」

臉上沒了笑，卻是眼裡都盈滿了笑，鳳眼顯出幾分少年氣，被雨水浸得霧濛濛的，瞳孔裡卻亮得驚人，淺淺的笑意綿延到了纖長的眼角。

望著他，心軟又心動，馬上就要勾起心底隱密的慾望，要衝塌理智，要不顧一切。

孟如韞不敢再看，從他手裡接過傘，垂著眼說道：「別送了。」

陸明時忙問道：「那我以後如何尋妳？」

江家。孟如韞想起前世陸明時親臨江家逼問江守誠的事，心裡一時拿不準眼下他對自己的身世了解多少。

在她想明白做決定之前，她不想再牽扯太多前塵，於是對陸明時說道：「我知道你住在哪裡，等我想好了，會去找你的。」

孟如韞撐傘而去，陸明時愣愣地在雨裡站了許久，適才在茶樓晾得半乾的衣服又被微雨打濕，黏黏地綴在身上。然而此時，他心裡像攢著一團燃動的火，不覺得冷，只覺得躁動。

於是他轉身往尚陽郡主府走去。司閽認得陸明時，恭敬地喊了一聲陸大人，為他撐著傘往府內引。

「從慎可在府中？」陸明時問。

司閽道：「今日未見大公子出門，應該是在的。」

陸明時接過傘，對司閽道：「我自己去找他，不必跟著了。」

他拔腿往沈元思院子裡走，渾身沾雨帶水，急匆匆的。沈元思正使喚著婢女給他捶腿，舒服得昏昏欲睡間，被陸明時這模樣嚇得一激靈，從軟榻上跳起來。

「這是怎麼了？出什麼事了？」沈元思從未見陸明時如此狼狽，心下一驚，對婢女道：「妳出去。」

婢女恭禮而退，沈元思神情嚴肅地壓低聲音道：「在寶津樓約你的到底是誰？怎麼如此失態？」

陸明時這才有些回過神來，抹了一把臉上的雨水。「沒什麼事，是長公主府的少君，霍弋。」

「竟然是他。」沈元思喃喃道，又問：「他同你說什麼了？」

他連珠炮似的發問，陸明時只好按下幽微心事，先將寶津樓裡與霍弋對談的內容告訴了沈元思。

「所以你就直接拒絕了他？」沈元思一臉肉疼的表情。「可長公主府手裡還有咱們夢寐以求的證據。你拒絕了他，想好以後怎麼辦了嗎？」

陸明時說道：「我不是拒絕合作，但我不能直接應承。長公主府對我們的動作洞若觀火，可我們對長公主卻一無所知，霍弋此人又詭譎多變，不可輕信。」

「你是擔心長公主另有所圖？」沈元思問。

陸明時慢慢點頭。「徐斷這個案子若是攀扯出東宮，太子必然分辯說是黨爭所致災禍，屆時若是一方追咬，一方還擊，上面熱鬧起來，怕是這樁貪瀆賣國案本身，會落個輕拿輕放的下場。」

「所以你一開始就沒打算牽涉東宮？」沈元思問。

「東宮失德，理應問罪，務求一擊即中，不該以卵擊石。」陸明時一字一句地說道：「更不該以我北郡錚錚將士的性命為籌碼，做她長公主府與東宮為難的引子。」

沈元思道：「明知徐斷貪瀆、以鐵器資敵而有心放縱，此事的確令人寒心，只是不知長公主知不知道霍弋此番行徑。」

「知則為同犯之罪，不知則為縱容之罪，總之難辭其咎。」陸明時冷聲道。

「那你打算怎麼辦？撇了長公主府單幹？且不說咱們兩個什麼證據都拿不到，萬一長公主不高興，給咱們使絆子怎麼辦？」

陸明時道：「我心裡隱約有個想法，只是尚不成熟，待我捋出眉目再告訴你。」

「哦，這樣啊。」聽聞陸明時心中已有了打算，沈元思便把心放回肚子裡。他一貫相信陸明時的本事，他說有了想法，那便跟事成也差不多了。

於是沈元思沒骨沒肉地伸了個懶腰，走到桌邊給自己倒水，此時卻聽陸明時頗有些猶豫地說道：「其實今日我來找你，不是為了此事。」

「嗯？那是為了什麼？」沈元思挑眉，端起水杯喝了一口。

「我來是想問問你……該怎麼追姑娘。」

沈元思噗的一聲噴出去半口水。

第二十一章

「陸子夙，你給我說清楚，什麼叫你與孟姑娘『兩情相悅』？她哪句話告訴你她喜歡你了？」沈元思在房間裡走來走去，頗有些氣急敗壞道：「肯定是你死纏爛打，人家姑娘無奈才應下的！」

陸明時面含冷笑地說道：「她看不上我，難道還能看上你？」

「小爺我怎麼了？我好歹也是尚陽郡主家的大公子，家世高貴，一表人才！」

陸明時慢條斯理地端起茶盞。「別瞎嚷嚷，傳出去於她名聲有礙。」

「呵，這時候知道愛重姑娘家名聲了？」沈元思指著他控訴道：「那你還死皮賴臉纏著孟姑娘追求人家？」

「沈元思，」陸明時十分不耐煩地活動了下手腕。「皮癢骨頭緊了是吧？」

「不敢！」沈元思眼淚汪汪地抱住椅背，想起了在北郡練武場上被陸明時當陀螺抽的慘痛回憶，轉而又想起這是在尚陽郡主府，在自己家，陸明時若真敢動手，他就喊了家僕把他叉出去，於是小聲罵道：「你這麼厲害，有本事去把孟姑娘揍服了呀！臨京難得有位如此清麗出塵的佳人，怎麼偏偏就要折於霸匪之流，真是作孽，作孽呀！」

陸明時忍著頭疼又聽他罵了兩盞茶工夫。沈元思直罵到口乾舌燥，才覺得解了氣，於是轉頭又給他出起餿主意來。

「我跟你講，這調戲姑娘，別問她應不應，要看她笑不笑。」

陸明時額頭青筋直跳，咬牙切齒道：「我再說一次，不是調戲，我是認真的。」

「認真什麼？」

「認真考慮以後的事……我覺得我心悅她。」陸明時望著茶盞裡澄澈的茶湯，不知想到了什麼，說道：「見她則心喜，不見則心思。」

沈元思險些被酸倒牙。「那不就是想調戲人家？有什麼區別，道理都一樣。」

陸明時有些懷疑自己是不是找錯了人，他就不該指望沈元思這紈袴嘴裡能吐出什麼靠譜的話。

沈元思湊近他問道：「你且說說，孟姑娘對你笑了嗎？」

陸明時搖頭。「那時我走在她身後，沒看見她的表情。」

「那她罵你了嗎？」

「也沒有，思忖後只說容她想想。」

「不妙啊，」沈元思倒吸一口冷氣。「不妙啊。」

「怎麼了？」

沈元思拍著陸明時的肩膀道：「你設身處地想想，倘你是個二八年華的妙齡女郎，乍然被表白，你會是什麼反應？」

陸明時木然道：「想像不了。」

「哎呀！」沈元思嘆氣。「倘她心中也有幾分歡喜，或羞或惱，或嬌或嗔，哪怕是給你一耳光罵你登徒子，都表明她心有波瀾。哪裡會像今日這般，十分冷靜地說想想，分明是心裡毫無動容，只是尋個藉口打發你罷了。」

陸明時皺眉。「我覺得她不是這種人。」

「你不是說她連家世住處都沒告訴你嗎？這分明是躲著你。」

見他不再出言分辯，臉上神情越發凝重，沈元思也幸災樂禍不起來，嘆著氣勸他道：「子夙兄，臨京給你丟帕子的好姑娘多的是，你且……想開些吧。」

陸明時本只是來找沈元思出個主意，結果他三言兩語一通亂捶，捶得他心裡七上八下。也不怪沈元思潑他冷水，他今日乍然遇見孟如韞，毫無前兆地突然向她表露心跡，她還未說什麼，自己先亂了心神。前來郡主府的路上，他越冷靜心中就越忐忑，如今被沈元思一點撥，心裡的忐忑坐成了實處。

難道她真的是心中毫無波瀾，所以面上無喜無悲，模稜兩可將他打發了而已嗎？

陸明時不敢再深思，只是心裡越發沈了下去。

事實上，孟如韞並不像陸明時所見的那般波瀾不驚。

她獨自撐傘，一路恍惚著走回江家。青鴿在院子裡給她守著門，見到她，拍著胸脯吁了口氣。「可算回來了，我這心裡七上八下的。」

「怎麼，出什麼事了？」孟如韞微微回神。

青鴿給她收了傘，隨她進屋。「今日江公子來找過妳，我說妳身體不舒服，已經睡了一天，好不容易才把他搪塞走，只留下了這個，喏。」

青鴿將一籃新鮮的白梨給孟如韞看。那白梨皮薄個兒大，掛著雨珠，看上去新鮮喜人。孟如韞拎過籃子看了看，疑惑道：「妳說這是江洵送來的？」

「是呀，還是親自送的。」青鴿晃了晃竹籃。「姑娘要回禮嗎？」

孟如韞道：「不回。同居一府，表兄妹是最容易惹嫌的，等天晴了把這梨給他送回去。」

「好。」

「等等，送回去也不好，拂了他面子倒無妨，就怕大庭廣眾被人看見，誤會是我送他的。萬一被舅母知道……」孟如韞撫額思忖了一會兒，靈機一動道：「青鴿，妳把這梨給江靈送過去。」

「江大小姐？」

「嗯，只說是我送她的即可，別的話不必多說。這梨非凡品，她一看便知是怎麼回事。」孟如韞說道：「事不宜遲，妳現在就去吧。」

青鴿送梨回來，孟如韞已經洗完了澡換了身衣服，正坐在妝鏡前絞髮。見她進屋，孟如韞問道：「見到江靈了嗎？」

「未曾，她院中婢女說她每日都要到夫人院中學女工，入夜方歸。看來當大小姐也不輕鬆，也要從早忙到晚。」青鴿說道。

孟如韞笑了笑，沒說話。

她知道舅母胡氏對江靈的婚事抱有很大期望，希望她能嫁入高門，提攜江洵，光耀門楣。前世時候，胡氏不知從何處聽人提了一嘴，說程大學士府上在考慮程家嫡出公子程鶴年的婚事，派媒婆打聽了很多高門貴族的姑娘。程公子聽說後，從欽州寫信回來，特意同他母親提了江家。

江家只有一子一女，提了江家，便相當於定下江靈。胡氏對此驚疑不定，江靈再三發誓自己沒有與程鶴年私相授受後，她便轉驚為喜。「看來我兒賢名在外，程公子也起慕艾之心。」

自那以後，胡氏便以高門貴婦的標準要求江靈，要她每日晨起梳洗要經十道工序，又花大價錢請了外放出宮的宮中婆婆教她茶道、儀態、女工、管帳等等。江靈最近每天都起早貪黑學這些。

孟如韞忽然想到，既然這輩子胡氏仍然動了把江靈嫁入程家的心思，是不是意味著這輩子的程鶴年也寫信回府提江家了？

前世程鶴年之所以寫信，心中屬意的是她。可他臨去欽州之前，她已經把話說得很明白了，她不願嫁入程府為妻為妾，那他為何還會寫信提江家？是她猜錯了，程鶴年並未寫信暗示想娶江家的姑娘，還是說他尚未死心？孟如韞望著鏡子皺眉，心裡一時不敢確定。

「怎麼了呀？剛進門時還興高采烈的，怎麼眼下瞧著不高興了？可是身體難受？」青鴿見她許久不語，湊過來問道。

「我什麼時候興高采烈了？」孟如韞反駁道。

「還說呢，進門就笑，嘴裡還哼著寶兒姊姊的曲，給妳披掛上，我看還能當搭臺子跳個舞。」青鴿揶揄她。「不是說去見陳小狀元嗎？能高興成這樣？」

孟如韞忙以手捂臉。「我沒有。」

「妳有。」

「哎呀，我餓了，青鴿好妹妹，有熱湯沒有，給我盛一碗？」孟如韞起身將青鴿往外推。青鴿說眼下只有青菜疙瘩湯，孟如韞道是清水米湯也無妨。

青鴿被她支到了廚房，孟如韞悄悄拿起鏡子，只見鏡子裡的人雙頰生紅，眼神清亮，不知不覺中竟真是帶著笑的。她想起陸明時一次，眼角眉梢的笑意便加深一分，玉面未妝，顧盼間已滿是多情態。

她不敢再瞧，忙將鏡子扣下，從妝檯前起身，情不自禁地在房中轉了一圈，翩躚著繞至書桌前，鋪紙磨墨，在上面胡畫亂寫。

「望若明月見若仙，一時惆悵一時歡。」

「莫如雲中孤雁，須似梁上雙燕，偕春共秋好團圓……」

她胡亂寫了些沒頭沒腦的詞句，草書飛麗飄遊，竟是一字也靜不下心來，寫夠了將筆一扔，咬著嘴唇捂著臉無聲地笑。

陸明時同她說那些話時，她先是震驚，後是緊張，繼而是擔憂。未料這一路冒雨走回來，心中的歡喜後知後覺泛起，將一切都湮了，只剩陸明時同她說的每一句話、每一個字，乃至傘下每一次環珮相撞時的叮噹聲，從她的耳朵迴盪進她的心裡。

陸明時……陸子夙……

孟如韞覺得渾身輕飄飄的，若非外面下著雨，她真想到院子裡去盪鞦韆，盪得高高的，連魂魄也要飛起來。

陸明時未同她表明心意前，她一直將自己的情愫緊緊藏著、狠狠壓著，竟連她自己也未意識到，原是如此心悅他，不過得了他幾句隱晦的暗示，便能高興成這樣。

因為心情愉悅，孟如韞胃口也好，一連吃了兩碗青菜疙瘩湯，青鴿還錯覺是自己今晚手藝好，跟著嚐了口，卻未嚐出與平日有什麼區別。

第二十二章

孟如韞昨天晚上興奮到半夜才睡著，夢裡夢見了陸明時，兩人手拉著手說了許多話，直到天亮。所以今日起得晚，剛梳洗完，就看見江靈帶著婢女走進了風竹院。

「表姊早。今日怎麼有空到我這裡來？」孟如韞迎上去，同她屈膝見禮。

江靈微微一笑，回禮道：「表妹也早。昨天收了表妹的梨子，院裡下人不懂事，也沒及時知會我一聲，剛好今早得了一籃新鮮梅子，送來給表妹嚐嚐鮮。」

江靈的話說得很委婉。這籃梅子，與其說是禮尚往來，不如說是示好，以及替江洵致歉。

孟如韞從她婢女手裡接過竹籃遞給青鴿。「表姊客氣了，進來喝杯茶吧。」

江靈點點頭，走進了屋裡。

風竹院沒有什麼閒人來，所以待人接客的小廳被孟如韞改成了外間書房，博古架上陳列著各種各樣的書，桌上擺著筆擱硯臺，青石鎮紙下還壓著兩本翻開的前朝史書，空白處密密麻麻寫滿了孟如韞的批註。

江靈被她屋裡的擺設嚇了一跳，險些以為自己進了男子書房，滿屋樸素紙墨，只茶桌上的泥胚瓶裡斜斜插著一枝盛開的茉莉，顯出幾分女兒家的清麗。

孟如韞吩咐了青鴿去泡茶，自己動手收拾桌上的書和紙筆。「素日放任凌亂，不知表姊要來，讓妳見笑了。」

「妳平日在家裡就忙這些？」江靈驚訝地問。

「打發時間罷了。」孟如韞笑了笑，將泡好的茶遞給她。「我這裡冷清，不像表姊院裡熱鬧。」

「冷清也沒什麼不好的。」江靈望著她滿架的書，仍未回過神來。「這麼多書，妳全都讀過嗎？」

「差不多吧，只有些是粗讀，時間久了，也記不準講了什麼。」

江靈點點頭，欲言又止。孟如韞覷著她的神情，說道：「表姊若有感興趣的，借去看便是。」

「好是好，可我也不知道該挑哪本。」江靈走到書架前，眼神裡有高興也有拘謹，彷彿不是她在挑這滿架子的書，而是這整架書變成了一位夫子，在挑著她。江靈喃喃道：「哥哥和父親也有很多書，但我只讀過幾本話本子，還是偷偷的，怕母親發現說我不學好……這些書，姑娘家也能讀懂嗎？」

孟如韞笑著起身，走到她旁邊。「沒有哪個字只能男人認得而姑娘家認不得的。表姊若是拿不準，我為妳推薦幾本如何？」

「自然是好。」江靈抿著嘴，眼裡笑意更盛。

因為江靈此前只讀過話本子，孟如韞避開了詰屈聱牙的論說辭序等體裁，給她選了四、五本人物傳記，有寫前朝將軍的，有寫富商巨賈的，還有一本是以明德太后為原型的章回體小說。

江靈小心翼翼地把書抱在懷裡，翻了翻。「呀，怎麼都沒有畫，全是字。我若看不下去怎麼辦？」

「表姊不喜歡再還回來便是，我再重新給妳挑。」

江靈便定了心。「那太好了！」

她得了書，迫不及待就要回自己院子裡去，她刻苦學了好多天女工才得來這麼一天休息日。孟如韞送她出風竹院，江靈走了兩步突然又折回來，從頭上拔下一支玉釵插進孟如韞髮間。「這玉釵我今日頭一回戴，妳別嫌棄，好不好？」

「表姊不必如此客氣……」

「妳收著，不喜歡就去當鋪換錢。妳不要，我下次就不好意思來了。」江靈小聲道。

孟如韞伸手摸了摸簪子，宛然一笑。「謝過表姊心意。」

江靈離開後，孟如韞便待在書房裡繼續寫《大周通紀》。

《大周通紀》第一卷是〈帝王傳〉，大周開國至今三百年，共歷任十八位皇帝，但眼下孟如韞正在糾結一個問題，那就是要不要將明德太后也寫進〈帝王傳〉中。

明德太后秉政十年間，仁帝已崩，宣成帝未立，若不寫，則前後斷代；若寫，則明德太后未自立為帝，單獨寫入〈帝王傳〉不合規矩，恐惹天下人非議。據說明德太后終生未自立為帝，也是因朝臣皆竭力反對的原因。

孟如韞思來想去，決定將明德太后附在仁帝篇之後，另起一段寫道：仁帝既崩，託國政於皇后。明德皇后馮氏名賜，仁帝潛邸時妃，及仁帝踐祚，立為皇后。後秉仁帝遺志……

前面幾位帝王有前世寫作經歷作鋪墊，寫起來還算順利，可明德太后是孟如韞此世才考慮到的，很多經歷、事蹟都有待考證整理，寫的時候費了她不少功夫。

孟如韞邊寫邊翻典籍史料，再有不明白處另外記下來，如此忙活了一上午，累得她腰痠背痛。

正此時，青鴿從外面回來，手裡提著一隻紙包的烤雞，懷裡還揣了封要緊信件。

「好香啊，我快餓死了。」孟如韞接過油紙包聞了一口。「我去廚房拿個盤子，妳洗手去，馬上吃飯。」

「先別急，」青鴿從懷裡掏出一封信遞給孟如韞。「喏，又是程公子的小廝送來的，叮囑了三遍小心，莫非裡面又有銀票？」

孟如韞接過信用手一捏，信很薄，她微微鬆了口氣。「應該不是。」

「哦，那便吃過飯再看吧。」青鴿馬上沒了興趣。

孟如韞吃過飯，洗了手，才悠哉悠哉躺在廊下太妃椅上拆信。距她上次寫信提醒他石合鐵之利已經過去了大半個月，想來此次寫信過來應該已經有了眉目。

信只有薄薄兩張紙，程鶴年先講了些在欽州斷案時遇到的趣事，接著又道了幾句思念之苦，還特意提到他暗示母親為他相看江家姑娘的事。

予思慮已久，每念及卿，即覺日子可盼。娶卿之心如磐石難轉移，故婉示家母，循序漸進，以期減來日之阻，若有驚擾，望卿勿怪。

孟如韞長長嘆了一口氣。她真是越發看不透程鶴年了。

若說他情貞志堅，非卿不娶，前世她死後，他忘故人如扔舊衣。若說他情淺如紙，可此可彼，今世在她這裡碰了這麼多次軟釘子，他仍能汲汲如初見。

孟如韞未回應陸明時的心意，尚與程鶴年牽扯不清也是重要原因之一。

要不這次就寫封回信，把話說絕，就說我另配他人，讓他死了這條心。孟如韞心中暗道。

信尚未看完，她接著往後讀。後面說的是石合鐵的事。孟如韞以為他已覺出其中有利可圖，但信中所寫內容卻令她始料未及。

程鶴年在信中提到，他收到信後就派人考察石合鐵，但欽州本地的商人並未聽說過這種材料，倒是有一名石料商人聽說後面色有異，暗示他少沾染此事。他退而打聽石合鐵中的另一種材料——白石，得知欽州地界確實有一座白石礦，但被看管得很嚴，白石礦的虞頭是兩淮轉運使徐斷的師爺，挖礦的也都是徐斷調來的府兵。

程鶴年覺得此事怪異。兩淮轉運使管著兩淮十一州的鹽、鐵等官榷物調度，是個肥差，也是個忙差。徐斷放著別處的大宗生意不做，為什麼對欽州一處小小的白石礦盯得比金礦還緊？

為了弄清楚這件事，程鶴年親自喬裝潛入白石礦，一路摸索著查到了石合鐵鍛造場，才知道徐斷用這種材料製造了大量次品兵器運往北郡，自己則將大量鐵料貪入囊中。

程鶴年發覺此事的嚴重性，不是他一個小小知州能夠掌控，於是連忙寫信將此事告訴他爹程知鳴，同時也在給孟如韞的信中簡要提及。

讀完信後，孟如韞心裡「咯噔」一聲。

她無論如何也沒想到，石合鐵背後竟藏著這麼大的貪瀆案。兩淮轉運使為朝廷從三品官員，手裡掌的是國財民生的實權，非三公會審不可定罪，這麼大的案子，若是再牽扯些別的什麼人，簡直能將兩淮財政的天捅破個窟窿。

孟如韞也不知該後悔自己多嘴，還是該慶幸無意中促使程鶴年撞破了這件事。

程鶴年雖然官卑言輕，但其父程知鳴是內閣大學士，官居二品，聲望頗高，又與太子關係不錯，若是他肯上摺子參兩淮轉運使貪瀆一案，應該會有效果。

可是程鶴年在信中並未提及其父態度，連自己的觀點都沒提幾句，孟如韞心中又有些忐忑。

程大學士，他真的會秉公揭發此案嗎？

第二十三章

孟如韞寫了封回信給程鶴年，詢問石合鐵一事的細節，叮囑他小心謹慎，切莫打草驚蛇。同時又讓陳芳跡注意最近官學府的學生們在議論何事。

官學府的學生們向來以未來九卿八座自居，喜歡對朝廷的法令政策、大小事務進行議論，尤其喜歡對朝中重臣評頭論足，以自彰品格和氣節。

但孟如韞一連等了幾天，都未從官學府的學生嘴裡聽見對兩淮轉運藉次品兵器貪污一事的議論，程鶴年那邊也遲遲沒有回信。她又寫了封信去催問，尚未寄出便被退回，青鴿轉達了給程鶴年遞信那小廝的原話，說他家公子交代了，此事牽涉重大，為孟姑娘自身著想，讓她切勿再深究。

孟如韞心中一沈。

她當然知道此事干係重大，正因如此，事發半月，朝中連一個水花都沒泛起來才顯得奇怪。她懷疑程知鳴壓下了此事，可程大學士素有耿介清流的美名，又或者是有位更高權更重的人不想讓這件事鬧出來……

孟如韞沒頭沒腦一頓亂猜，沒有證據，也沒有消息來源。她又去查閱了兩淮相關的風物志中記載出產礦石的內容，只有《兩淮鹽鐵雜論》一書中略有提及，說欽州城外有大型的鐵礦山，所產鐵礦精純優質，朝廷特批供給各處邊防兵械所需，尤以北十四郡為主。

北十四郡。孟如韞心中微微一驚。陸明時的父親陸諫死在北郡，如今陸明時隱瞞身分，從八品北郡巡檢已升至北郡安撫使，年後就要回去赴任。

欽州鐵礦出了這麼大的貪瀆案，對北郡應該也有很大影響吧？陸明時知道此事嗎？

孟如韞突然想起在許憑易的望豐堂裡針灸時撞見陸明時那一回，他找的那個兩淮來的小乞丐，會不會正與此事有關？

孟如韞思忖片刻，合上書，將程鶴年的信藏進袖子裡，對青鴿道：「我要出門一趟，若有人來，幫我遮掩一下。」

孟如韞戴上帷帽，從後側門出了江家，往陸明時的住處走去。

陸明時不常居京中，因此在離皇宮較遠的九條巷裡租了個小四合院，家中只有一對老夫婦照顧起居。她來時陸明時恰好不在，是正在院裡洗衣服的老嫗給她開的門。

「請問這裡可是陸明時陸大人的宅子？」孟如韞問。

老嫗打量著孟如韞，見她氣度不凡，說道：「姑娘是修平公主嗎？公子不在家，一早就出門去了。」

修平公主？

孟如韞將帷帽掀開，溫聲道：「我不是什麼公主，我姓孟，我是陸大人的朋友，有急事找他。」

老嫗瞇著眼仔細瞧她，忽然有些驚異地喃喃道：「您是孟夫人啊……這麼多年了，您何時回來的？」

孟如韞臉上的笑微微僵住，望著老嫗蒼老的臉。她的眼神已有些渾濁，目不轉睛地瞧著自己，忽而朝院子裡喊道：「老姚、老姚！你快出來看，孟夫人回來了！」

側廂房的門被推開，走出來一個提著斧頭的老頭，他正在柴房裡碼柴，聽見老嫗的咋呼聲後三兩步跑出來。「妳又咋呼什麼，誰來了，別驚著貴客！」

待他走到門前，看見孟如韞，也是微微一驚。

孟如韞垂下眼，同他見禮道：「伯伯好，小女子是來拜訪陸大人的。」

「小女子？您不是孟夫人嗎？您……」老嫗一時有些反應不過來，老頭將她拉到一邊，小聲道：「她不是孟夫人，只是長得和孟夫人有點像。別嚷嚷了，回頭公子知道又要生氣了。」

孟如韞靜靜聽著，她猜測這對老夫婦口中的「孟夫人」，很有可能就是她的母親，江初宛。

這對老夫婦背對著她嘀嘀咕咕的同時，孟如韞對他倆也充滿了興趣，只是此行有更重要的事要做，前塵故舊，眼下可以先放一放。於是她對老夫婦說道：「小女子真的有急事，若陸大人不在，可否讓我進去等他？」

老頭口氣溫和地問道：「姑娘可是遇上了什麼難處？」

「算是吧。」孟如韞點點頭。

老頭嘆了口氣，讓開身請她進去，走在前面給她帶路，邊走邊道：「姑娘且放寬心，我家公子看著面冷，卻是個心腸軟的好人。妳若是遇上了壞人，儘管告訴他，他會幫妳的。」

孟如韞微微一笑。「老伯說得是。」

老頭將她領到正廳。「姑娘且坐一會兒，拙荊馬上泡茶來。」

孟如韞在陸明時的住處等了許久。初秋的午後讓人昏昏欲睡，她聽著庭院裡的蟬鳴聲幾次瞌睡過去，又強打起精神往院子裡望，望了十幾次才聽見門口傳來開闔聲，陸明時終於回來了。

她站起來要迎出去，未料坐久了小腿發麻，腳下一個趔趄，緊接著被一雙有力的手穩穩扶住。

「小心。」

陸明時的聲音低得有些沙啞。「妳怎麼來了？」

孟如韞抬頭看他，發現他臉色十分蒼白，一臉疲態，連嘴唇都幾乎沒有血色。

孟如韞嚇了一跳。「你這是怎麼了？」

「無妨，等我一會兒，有什麼事過一會兒再說。」他說著便鬆開孟如韞往內室走去。他穿了一身黑色的窄袖長袍，她仍一眼看見他後肩洇出一團更深的顏色。正這時，老嫗也端著一盆熱水慌慌張張地進了內室，孟如韞坐立不安，也推開門走進去。

陸明時正趴在小榻上，老嫗紅著眼睛，哆哆嗦嗦地拿剪刀剪他肩頭的衣服，孟如韞見狀上前道：「阿婆，我來吧，我學過包紮傷口。」

老嫗看了孟如韞一眼，又看向陸明時。「公子……」

陸明時有氣無力地點點頭。

孟如韞接過她手中的剪刀，左手扶著陸明時的後頸，右手將剪刀探入他後頸裡，一路剪開至肩膀處，然後將剪下的布料慢慢掀掉。陸明時肩膀上的傷口還在出血，一部分血跡凝固後，將衣服黏在了傷口上。

「阿婆，有白酒嗎？」

老嫗忙取白酒來。孟如韞將白酒一點點沾在他傷口上，消毒的同時也將皮膚上的布料慢慢扯開。然而有一角衣料鑽進了傷口深處，除了硬拽出來別無辦法。

孟如韞擦了擦手心的汗，對陸明時道：「等會兒疼，你堅持一下。」

陸明時趴在胳膊上，輕輕嗯了一聲。

她將周圍能清理的布料和碎皮肉清理乾淨後，深深呼吸一口氣，用剪刀的刃尖輕輕勾起布料的一角。

「別害怕，我不疼。」陸明時低聲道。

孟如韞握著剪刀狠狠一拽，將最後殘餘的布料從傷口裡拽出來，帶出一股殷紅的鮮血。

陸明時果然一聲沒吭，但孟如韞用手背貼了貼他的後頸，發現他出了一身冷汗。

她連忙將治療創傷的藥膏小心塗在他傷口上。半炷香後，傷口慢慢止了血，她這才鬆了口氣，用紗布和乾淨的棉絮把傷口包紮起來。

孟如韞喉嚨裡吊著的一口氣這才慢慢喘出來。她走到水盆前洗了洗手，濯乾淨一條帕子覆在陸明時後頸上，輕輕擦拭他後背的血污和冷汗。

她問道：「青天白日怎麼會受這麼重的傷？看這樣子，還是背後傷人。」

陸明時聞言嘆了口氣。「是我太大意了。」

前些日子，東宮那邊不知怎的知曉了有人在查石合鐵的案子，這段時間一邊派人銷毀證據，一邊反向暗查是誰準備向東宮發難。

為了押送忠義王世子，陸明時帶了十五個精銳銀甲衛進京，眼下他只有這幾個信得過的人能用，要想在權勢滔天的東宮眼皮子底下查案，只能趁猛獸打盹。如今東宮已經警醒，取證分外困難。今日，陸明時中了東宮的埋伏，若非他身手好，此刻就不只是挨一刀，而是被人將屍體拖到太子蕭道全面前了。

受傷還是小事，可如今他們所做的一切都已暴露在東宮眼皮子底下。陸明時一時想不到出路，更不願與孟如韞提起此事，便轉移話題道：「聽季婆婆說妳等了我很久，什麼時候來的？」

「辰時末來的。」等了約有三、四個時辰。

「沒吃午飯？」

孟如韞輕輕搖頭。「我不餓。」

陸明時道：「我餓了，陪我一起吃點吧，有什麼事吃完飯再說。」

被陸明時喚作季婆婆的老嫗很快就折騰了一桌菜。她和老姚替陸明時管著家，在吃食上絕不肯虧待他，這一桌菜每盤分量都不多，卻是四素三葷一湯，道道精緻可口。

陸明時傷了右肩，筷子要用左手拿，吃得很慢。孟如韞見他吃得艱難，幾次起意想幫他，可是話到嘴邊，又和飯一起嚥了回去。

怎麼幫，難不成要餵他吃？孤男寡女，未免太曖昧，萬一陸明時逞強不答應，那她簡直丟人丟到家了。

孟如韞偷偷覷了他幾次，便裝作沒注意到收回眼，默默揀著碗裡的米飯吃，決定陪他一起吃得慢一點。

這一頓飯又吃了小半個時辰，見陸明時臉色比剛回來時好些了，孟如韞才開始說正事。

「陸大人，北十四郡的兵械是不是大多由欽州鐵礦產出的鐵製成？」

陸明時心中微微一動，望著她。「妳問這個做什麼？」

「不方便告知？」

「那倒也不是。」陸明時靠在小榻上坐著。「大周各地礦產流動是官制，並非什麼秘密，此事很多民間風物志中也有記載，北十四郡的兵械的確多仰賴欽州供給。」

孟如韞點點頭。「欽州屬兩淮，欽州鐵礦歸兩淮轉運使管，倘若轉運使從中貪污，或者假如——我是說假如，以純鐵含量不足的次兵器充作好兵器，那北郡關防也會受影響，對不對？」

陸明時微合著眼，不動聲色地聽著，但孟如韞說的每個字，落進他耳朵裡，翻起驚濤駭浪。

「是，」陸明時嘴角微微一挑。「妳假如得很對。」

孟如韞一邊在心裡思忖接下來如何說才能讓陸明時相信，一邊斟酌著開口道：「我在欽州有一個朋友，他偶然間發現兩淮轉運使徐斷似乎正在做這種貪污鐵礦、以次充好的勾當。此事若是真的，北郡也難免會受影響，陸大人您貴為北郡安撫使，不知可否……」

「可否什麼？」

「查明真相，肅清奸佞。」

陸明時聞言，忽然極輕又極嘲諷地一笑。

第二十四章

東宮手裡的御史靜若啞巴，監國長公主掌控的官員為避黨爭之嫌，寧可眼睜睜看著一群蠹蟲蠶食國本。滿朝御史，股肱之臣，各有各的算盤，竟然要他一個五品外官來管這件事。

陸明時又想到一點。

東宮下了如此狠手要壓住這件事的棺材板，可孟如韞一個毫無背景的姑娘，竟能將這件事的來龍去脈知道得如此詳細……

陸明時的手指輕輕敲著膝蓋，在心裡盤算她背後的人。

會是長公主府嗎？陸明時很快否定了這個答案。雖然從初見孟如韞時，她就貌似與長公主府有著牽扯不清的聯繫，可這些聯繫都如此明顯又禁不住推敲。

何況，之前他已經在寶津樓當面回絕了霍弋的合作。霍弋此人一向自負，沒有再來央求他的道理，就算有，也不會派孟如韞這種破綻百出的人來。

陸明時心中千迴百轉，面上先是驚詫而後轉為憤怒。「竟然有這種事？」

「陸大人……對此事竟完全不知嗎？」

陸明時嘆了口氣。「不知。若是貪瀆倒還算常見，可北郡直對戎羌，是國之大政，怎麼有人敢把不合格的次品兵械送往北郡？妳那位朋友不會是胡說的吧？」

孟如韞沒想到陸明時會騙她，聞言搖了搖頭。「不會，他不是這樣的人。」

「他手中可有證據？」

這下輪到孟如韞嘆氣了。「我不知。他只提過一次，後來不肯再與我講此事，我沒辦法，所以才來找你。」

陸明時想了想。「妳的意思是，妳這位朋友他一開始有心檢舉此事，所以告訴了妳，但此後又突然反悔，要將此事壓下去？」

孟如韞直覺裡的程鶴年是個為官純正耿介之人，但這些事實擺在面前，她也的確難以反駁，所以低低應了一聲「是」。

陸明時一笑，眸中似有冷光，只聽他緩聲問道：「孟姑娘，妳的這位朋友，應該就是程大學士家的公子，如今的欽州通判程鶴年吧？」

這回孟如韞不說是，也不說不是，只是又長長嘆了口氣。

既然程鶴年已有避開此事的意思，孟如韞不想把他牽扯進來。可陸明時如此敏銳，只憑三言兩語，還是猜到了他。

陸明時也在細細琢磨這件事。

程鶴年是程知鳴最看重的兒子，他既然寫信將這件事告訴了孟如韞，必然更會寫信告知程知鳴。連沈元思都知道程知鳴是太子在內閣的手眼，那麼太子為何突然得知有人查石合鐵的案子，將他派去取證的親衛殺了個措手不及，這一切從何處漏風，就很好解釋了。

那麼……孟如轀在其中又扮演著什麼角色？

她前些日子對自己正在查的兩淮案子頻頻好奇，真的是無心而為嗎？

陸明時暗暗打量她，內心極希望她與此事無關，可心底也十分清楚，她若完全置身事外，程鶴年不會貿然對一個姑娘提起這番朝廷秘辛。

況且，程鶴年與她，又是什麼關係呢？

陸明時盯著她說道：「程鶴年人在欽州，必然是透過書信告訴妳這件事。他的書信，妳帶來了嗎？」

孟如轀點點頭，從袖中掏出程鶴年的信，將寫了石合鐵案的那一頁信紙遞給陸明時。

陸明時兩三眼掃完信紙上的內容，目光落在孟如轀袖裡的信封上。

「那一頁與此事無關。」孟如轀捏著袖子，不太想讓他看。

陸明時說道：「一頁不完整的書信難以為證，若他前頁說這是個道聽塗說的故事呢？妳放心，若真與此無關，我看完後會還給妳。」

孟如轀猶豫了一番，只好將剩下的信全部交給了陸明時。

前一頁所寫內容的確與石合鐵案無關，但又不能算是完全無關。陸明時字字句句讀過去，待讀到「娶卿之心如磐石難轉移」一段時，眉頭微微一緊。

程鶴年要娶她？

他想問孟如轀，話到嘴邊又嚥了回去。

他以什麼身分詢問她呢？

她既已將這封信給他看，若要解釋，自會解釋，若對此一言不發，便是不想解釋，自己多言相問，豈不是太不識趣？

陸明時被此頁信紙上的內容攪得有些心煩，轉而又想起前些日子雨天相送時孟如韞的態度，想起沈元思說的那些話，更添意亂，以至於他甚至沒有意識到程鶴年提的是「江家」，稱的是「阿韞」。

陳年往事縱如沈痾，畢竟不及石合鐵案這種燃眉之火更惹人注目。

陸明時邊看信邊想，程鶴年不顧門第之別也想娶她，看來是真的昏了頭，將石合鐵案相告也不是完全沒可能。

「這封信之後，程鶴年可還提到什麼？妳與我詳細說說。」陸明時看完後，不動聲色地將信紙還給了孟如韞。

提到程鶴年，孟如韞話裡話外的顧忌明顯多了起來。陸明時聽著，心中冷笑連連，一邊聽一邊忍不住默唸剛才在信中看到的內容，有種十分悶沈的情緒在心裡慢慢積攢，讓他快要對這種裝模作樣的哄騙和溫聲和煦的誘導失去耐心。

不知哪個動作扯到了傷口，陸明時的右肩突然一陣鑽心的疼，疼得他眼前一片昏花，雙耳嗡嗡耳鳴。他指節攥得泛白，想要緩解這種疼痛，卻只能看見孟如韞髮間的步搖在眼前晃，她左一句「子逸」、右一句「子逸」，替程鶴年分辯他的無奈和苦衷。

她說程鶴年本來與此事無關，只是一個尚未在朝堂立足的新科進士。欽州地界的官員和大商都被徐斷牢牢掌控，他若是寫摺子參徐斷，會惹上殺身之禍，所以明哲保身也可以理解。

可陸明時聽在耳朵裡，腦海中浮現的卻是北郡的蒼茫風雪裡，被砍斷長槍後穿腹而死的將士。這種勾當暗中進行了幾年，若非他那日親自前往天煌郡善後，突然對此事起疑，經年累月，不知還要枉死多少北郡的將士。

她無辜，程鶴年無辜，朝堂之上萬馬齊喑，他北郡的將士就不無辜嗎？

陸明時攥緊掌心，有一瞬間，他簡直要撕破面上作偽的耐心與和善，將她拎到牢獄裡去，用他一貫擅長的、詢問北戎羌細作的那些殘忍手法，從她嘴裡把他想知道的一切都逼問出來。

既然與程鶴年如此情投意合，為何會違背他的意思，將這件貪瀆案捅到自己面前？是真的冰心一片，還是為人驅使？

程鶴年真的只是「無意發現」，還是早有參與，想要誘他出手一網打盡？

她呢？

陸明時不知道自己和顏悅色套出的話有幾分真幾分假，但是相信人在切膚之痛與生死之危面前的恐懼是作不了假的。

此念一起，他的腦海中就湧現出數十種能逼人開口的手段，有一瞬間，他真的考慮要不要用些手段逼孟如韞開口。

一隻細膩微涼的手突然輕輕搭在他的額前，他聽見孟如韞問道：「臉色怎麼這麼難看，傷口疼了嗎？要發燒了嗎？」

陸明時反手攥住她的手腕，孟如韞驚呼一聲，猝不及防被他從小榻旁的太師椅拽到了榻上，身體失重地撲進他懷裡。陸明時捏著她的手腕，細細一圈，像一只精巧的玉如意，卻又沒那麼堅硬，彷彿只要他指節稍一用力，就能折斷。

「陸大人！」孟如韞想掙開他，又擔心他的狀態。「你還好嗎？能聽見我說話嗎？不會是燒糊塗了吧？」

柔軟的身體與他靠得極近，即使天氣炎熱，孟如韞的身體也並不熱，微涼是另一種奇妙的溫度，與她身上清淺的書墨香一起貼近他，慢慢將他籠罩住。

陸明時的心瞬間軟了下來，憤怒被澆熄，滿懷焦炭化作暗湧的、只能獨自消解的難過。待他肩上的那陣疼漸漸緩了過去，心中煩躁的情緒也緩緩平息，腦中逐漸清明。但他沒有放開孟如韞，反而借勢摟住她，將額頭輕輕靠在她肩上。

他看著孟如韞被自己虛虛捏在掌心裡的手腕，白玉凝脂般的肌膚上泛起一圈青紫色的勒痕。

這勒痕提醒著他，剛剛，他心裡確實生出了某種隱密而殘忍的念頭。

他在心裡遷怒了她。

「對不起。」陸明時擰眉，閉著眼睛嘆了口氣。

並不清楚他為何道歉的孟如韞反倒不好意思再推開他，僵直了身體。「沒……沒什麼，你……好些了嗎？要不還是找個大夫來看看吧，今天許太醫剛好休沐。」

「無妨，接著說吧。」

該講的事情，孟如韞其實已經講得差不多了。她將程鶴年如何在信中告訴她欽州鐵礦有異後再無消息，又在她去信詢問個中細節後，告誡她不要沾手此事，要她裝作全然不知，告訴了陸明時。但她沒有告訴陸明時是自己先向程鶴年提及石合鐵。前世所知之事，她無法給出合理的解釋，在陸明時面前撒的謊又常常被一眼看穿，若他因此而懷疑自己的動機，反倒是得不償失了。

也是因為這個原因，孟如韞刻意在陸明時面前稱程鶴年為「子逸」，假裝與程鶴年關係親密。她自己也清楚，如此重大的朝廷機密，程鶴年不會告訴一個泛泛之交。

兩人此刻靠得極近，心裡卻各打各的算盤，各有各的考量。

「我知道的事情大概就只有這些，如何取證，如何參奏，還要靠大人……」孟如韞望著陸明時肩頭的傷，嘆了口氣。「你的傷本應該多休息，可這件事，我實在找不到別人。」

陸明時說道：「不必介懷，此案本就是我分內之事。」

「若有用得著我的地方，儘管開口。」

陸明時笑了笑。「妳這一說，倒真有件事要妳幫忙。」

他帶孟如韞到書房去，給她找來紙筆。「煩勞妳給欽州通判程鶴年寫封信。我來說，妳來寫。」

「現在？」孟如韞驚訝。

陸明時點點頭。「此事要謹慎，就在這裡寫吧。」

孟如韞抬手研墨。「他既已決定瞞下此事，不會因為我的一封信就改主意，你要有準備。」

「我明白，試一試也無妨。」

陸明時背對著孟如韞站在窗前，望著庭院裡茂盛的灌木，只聽他一邊思索一邊說道：「願君心如長亭月，烏雲蔽日縱無色，十里清風過欽州，戌時雲破仍相見。」

孟如韞一字一句寫在信紙上。「僅此而已？」

這四句話很簡單，只是勸程鶴年要保守初心，即使不能與盤根錯節的「烏雲」相抗，也不要與他們同流合污。

「勸人也要適可而止。妳的話，他或許還能入耳幾分。不指望他寫摺子告發徐斷，只求他別想不開摻和一腳，回頭再連累妳。」陸明時緩聲說道。

孟如韞嘴唇動了動，想反駁，又覺得此刻實在沒必要，於是在落款處寫了一個「韞」字，待墨乾後將信對摺裝進信封裡。

陸明時瞥了一眼，覺得她的字眼熟，問孟如韞。「孟姑娘的字臨過誰的帖？」

孟如韞摺信的手微微一頓，旋即不動聲色地回答道：「倒沒有刻意臨誰的字帖，小時候我爹在紙墨鋪子裡買了好多狀元卷帖，見裡面有個本家姓的，便讓我學他。」

「本家姓……可是仁帝二十七年狀元，孟午？」

「好像是叫這個名字，小時候臨過，有些記不清了。」孟如韞垂下眼，牽強地笑了笑。

陸明時默然一會兒，輕嘆道：「他的字風清骨峻，穩凝而不沈滯，值得一學。」

孟如韞怕自己失態，不想與他聊這個，問道：「陸大人還有別的事要我幫忙嗎？」

「沒有了。既然妳與程鶴年之間有專人傳信，這封信就煩勞妳照舊送給他。」陸明時說道。

這倒不是什麼難事，孟如韞一口答應下來。「沒問題。」

天色將晚，孟如韞戴上帷帽告辭離去。她前腳離開，陸明時後腳就悄悄跟了過去，見她去程府對街的酒鋪裡找了程鶴年派給她的信使，把信交給了他。

那信使接了信，連夜就要出城往欽州。臨京往欽州的官道只有一條，陸明時不急著追，先回家吩咐姚老去尚陽郡主府找沈元思，又去書房做了番準備，估摸著半個時辰後，才騎馬往欽州方向的官道追去。

出了臨京，夜行六十里可到陳州。陳州有夜禁，酉時過後不可入城，城外只有一家像模像樣的客棧。陸明時在客棧門前下馬，在店小二的引路下牽馬去馬廄，只略略一掃，就看到了程鶴年信使出城時騎的那匹馬。他心下微定，又與店小二客套了幾句，套出了信使住的房間。

子時，客棧裡的行路人在一天的舟車勞頓後都睡得很熟。陸明時用銀針從僅留兩指的門縫裡探進去，撬開了信使房間的反鎖，偷偷潛進去，找到他存放行李的櫃子，飛快將孟如韞交給他的信封與他懷中的信封調換，然後悄聲離去，將門鎖恢復原狀。

此刻，沈元思也哈欠連天地趕了過來，見到陸明時就開始抱怨。「你整天神神秘秘的搞什麼？我娘還以為我要去青樓嫖宿，差點把我腿打斷，你看看你看看，都青了。」

陸明時懶得與他拌嘴，只問道：「我讓你帶的東西都帶了嗎？」

沈元思把東西從懷裡一樣樣往外掏。「蠟燭、刻刀、水融膠、印墨紙……你大半夜要我帶著這些跑到荒郊野外，要幹什麼虧心事啊？」

陸明時將換出來的信封遞給沈元思。「我記得你曾為了拆人姻緣，將姑娘寫給心上人信裡的字打亂重組成完全相反的意思，而收信人完全沒看出來信被動過手腳。」

「什麼拆人姻緣？我那叫救人出狼口，叫憐香惜玉，羅念遠那王八羔子騙人家姑娘——」

「這不重要。」陸明時打斷了他的絮叨，指指他手中的信，說道：「現在你用同樣的方法，把這封信裡字的排列順序改一下。」

「改成什麼？」

「欽州清月亭，十日戌時，願君相見。」陸明時緩緩唸完。「落款照舊。」

陸明時將此事的來龍去脈告訴了沈元思，沈元思皺眉思索了一會兒才將此事想明白。

「所以你是兩頭騙，先騙孟姑娘寫封不痛不癢的信，然後在她的信上做手腳，將程鶴年騙出來。落款這個『韞』字是孟姑娘嗎？可她不是名『青衿』嗎？」

「許是她的閨名，」陸明時覺得肩上的傷口在隱隱作痛。「她與程鶴年關係極親密，論及婚嫁，信中互稱表字與閨名，這不奇怪。」

沈元思挑眉。「論及婚嫁？可你不是與她……」

「從慎，」陸明時不耐煩地皺了皺眉。「我不想談這個，眼下最重要的是石合鐵的案子。」

他不想主動想起跟孟如韞有關的一切，所有的煩躁、疑惑、難過都被他壓在心裡，像肩上那道嶄新的傷口，裹在衣服裡看不見，但稍有牽扯，就會猛的一抽疼。

沈元思識趣地閉上嘴，按陸明時的意思將信改好後，給他過目。陸明時照在燈下仔細檢查了一番，字跡比原信稍淺，但不仔細對比看不出來，除此之外，這封改動過的信件自然得如同本人親筆。

此時尚未過丑時，陸明時打算趁夜將這封改完的信再調換回去。他出門時，沈元思猶豫著叫住了他。

「子夙兄，此事並非天衣無縫，若有一天孟姑娘得知你騙了她，你們之間……」

「我明白。」陸明時沒回頭，低聲應了句。

「我因為之前那事已經遭了報應，我希望你能想清楚。世間諸事不過盡力而為，你不必太過偏執。」

聞言，陸明時笑道：「若非傾其所有，怎算盡力而為呢？」

他頭也不回地走了，留沈元思在身後長嘆了好幾口氣。

陸明時原封不動地將信調換了回去。他行事小心，那信使並未發覺，一覺睡到了天亮，揣著信件繼續往欽州去了。

程鶴年收到信後的反應與陸明時預想的差不多，先驚後疑，將信裡裡外外檢查了一遍。字是孟如韞的字跡，也看不出什麼可疑的痕跡，他問那信使。「這封信，確實是她親自交予你的？」

信使十分確信。「是兩天前的下午，孟姑娘親自來送的。」

「她可曾說什麼？」

信使仔細回憶了一番。「沒說什麼特別的，只讓小人務必送達。」

那信中所說之事，就是真的了。

程鶴年心中確認後，捏著信在屋裡轉了幾圈，沒想明白孟如韞為何突然要來欽州。是為了石合鐵那個案子？可朝廷的案子，她就算好奇，或者義憤，畢竟與她無關，她應當不會為此跑來欽州。

難道是為了自己？

對了，應該是這樣。他既已寫信向母親暗示自己的意思，孟如韞必然會看到自己非卿不娶的誠意，所以要來欽州尋自己。

若是如此……

程鶴年面上神情轉緩，將信收好，迫不及待地吩咐知州府邸的下人準備，要給她在自己的院子旁邊打掃出一間清淨的屋子，精心佈置，衣食住行，樣樣都精細地準備好。

距離七月十日還有幾天，程鶴年已經迫不及待想見到孟如韞了。

與此同時，陸明時與沈元思也在緊鑼密鼓地準備。他們一個稱病閉門不出，一個佯作夜宿青樓被尚陽郡主押進祠堂關禁閉，轉身帶了幾個精銳衛兵，喬裝打扮來到了欽州。

陸明時早早探勘好欽州城外清月亭附近的地形，還孤身去了趟欽州下屬的惠陽縣，此處正是徐斷命人用石合鐵造次品兵器的老窩。因為此事已經透了風聲，所以惠陽縣鍛造場暫時停止這樁生意，守衛們打起精神晝夜巡邏，就連做慣了夜行潛入之事的陸明時，進去一趟，險些驚動裡面的守衛，九死一生地將鍛造場裡尚未來得及銷毀的帳本偷了兩冊出來。

他多次與沈元思演練七月十日那天的計劃。對於和陸明時一起綁人這件事，沈元思已經一回生二回熟，摩拳擦掌迫不及待。「他娘的，兩夥孫子要壓想坑咱們要麼想利用咱們，這回咱也借力打力，坐山看猴戲。」

陸明時沒有沈元思那麼興奮。他深知此事凶險，環環相扣，若是哪個環節出了問題，不僅會前功盡棄，還會把他和沈元思徹底暴露在東宮眼皮子底下。

第二十五章

七月十日夜，程鶴年如約前來清月亭。

因為深信寫信的人是孟如韞，所以程鶴年只帶了兩個貼身隨從前來，沿著小徑往清月亭走。前腳剛邁進亭子，冷不防被人一個手刀砍在後頸上，力道、位置十分精準，程鶴年兩眼一翻，軟軟地倒在了地上。

兩個貼身隨從見狀抽出佩刀上前交戰，過了幾招發現打不過，跳出亭子就要跑。陸明時衝沈元思使了個眼色，沈元思佯追了幾步，將那兩人放走了。

待他回到亭子裡，陸明時已將程鶴年結結實實綁好，他拉下臉上的布罩衝陸明時比了個大拇指，陸明時點點頭。「走，去惠陽縣。」

惠陽縣的兵械鍛造場開在城外，不受夜禁的限制，越是夜晚反而越活躍，一些見不得光的勾當都在此時悄悄進行。鍛造場裡有很多服役的犯人，經常被逼著晝夜不息地勞作，有人累死、病死，就用擔架抬著往後山廢棄的坑洞裡一扔。

陸明時和沈元思將程鶴年帶到了鍛造場拋屍的山洞，早有兩個銀甲衛等在此處。他們殺了兩個鍛造場的巡邏衛兵，換上了他們的衣服，看守著被陸明時丟進來的昏迷不醒的程鶴年。陸明時和沈元思沒有逗留，簡單吩咐了幾句後就各自離開。

沈元思要去附近的鍛造場，想個辦法將徐斷的人引過來。陸明時則折身回惠陽縣，用翻牆鐵索翻進城中，一路溜瓦而行，悄悄潛進程鶴年住的知州府邸內。

知州府邸裡正亂作一團，那兩個被沈元思故意放走後的侍衛帶回了程鶴年被劫走的消息，卻不知是何人所劫。眾人烏泱泱吵了許久也沒吵出個辦法，正此時，陸明時從人群中走了出來。

他趁眾人吵嚷之際換了身府中書僮的衣服，又用古銅色的漿粉掩了面色容貌，夜裡燈光昏暗，粗粗一瞧，看不出什麼端倪來。

只聽陸明時高聲道：「大家先別吵！我大概猜到程大人是被誰擄走的了！」

「你說！是哪路山匪不長眼，劫人劫到青天老爺頭上來了？」說話的人是程鶴年從臨京程家帶到欽州來的親信頭子，叫程雙。他與程鶴年的關係更緊密，若程鶴年在欽州出事，他也不必活著回程家了，所以比知州府邸的本地人更擔心程鶴年的安危。

陸明時早已提前摸過知州府的情況，說道：「小人覺得此事蹊蹺，並非是山匪所為，更像是蓄意圖謀。」

程雙瞇眼瞧他。「小子，你到底知道些什麼？」

陸明時道：「前些日子知州大人剛把小人調到書房做事，小人初來乍到不知規矩，不小心撞見了知州大人私下翻閱幾本私帳。大人警告我不許對外提及，所以小人適才一直猶豫，沒有說出來。」

「什麼私帳，我們說的是大人被劫的事！」府中管家十分不耐煩地斥責他。
程雙卻聽出了話外音。「你是說帳本與大人被劫持有關係？」
陸明時態度惶恐道：「小人只是猜測，什麼都不知情，若是猜錯了，還望程兄勿怪。」
程雙問他。「那你可知帳本在何處？」
「大概……大概知道位置。」
程雙向管家要了書房的鑰匙，帶陸明時去程鶴年的書房找帳本。他的書房很大，兩人翻了很久，最後在陸明時「不經意」的暗示下，程雙將帳本翻了出來。
那帳本上赫然寫著「惠陽縣石合鐵鍛造場分成帳簿」這幾個大字，裡面記錄了去年惠陽縣石合鐵鍛造場製造的劣品兵器數量、從中盈餘的鐵料重量，落款處有兩淮轉運使徐斷的花押簽字。
程雙不是普通家丁，自幼跟在程鶴年身邊長大，算他半個書僮半個侍衛。這些朝廷重臣在搞什麼把戲，他心裡已有了幾分猜測，也順利地按照陸明時預設的那樣，猜測程鶴年是因為發現了這勾當而被徐斷的人劫走。
若是徐斷想殺人滅口，那他家大人此刻十分危險。
陸明時在他身後斟酌著開口。「程兄……這帳簿……小人……」
程雙將帳簿往懷裡一揣，對陸明時道：「若此事是真，你就算立了大功，救回大人後必有重賞。」

「謝謝程兄！謝謝程兄！」陸明時忙不迭做感激惶恐狀，亦步亦趨跟著程雙回到前院。

程雙點了幾個心腹兄弟。「走！跟我去找陳安撫使大人！請他派兵搭救知州大人！」

兩淮安撫使陳玄石，陸明時要的就是他出面。

大周文臣武官分治，地方文武官員互不轄治，防止他們相互勾結。文官位高權重，每三年就要換地方或者調往中央，武官地位低、權力小，但不必隔幾年就挪窩，許多地區的安撫使已在本地盤桓許多年，可以掌控本地區五千人之內的士兵調度；超過五千，就需要朝廷虎符為信。

徐斷有錢有手段，還有太子做靠山，隱然已在兩淮地區獨霸一方。然而他尚未收服軍方的安撫使陳玄石，一來是他只想撈錢不想造反，沒必要跟軍方走太近，徒惹朝廷猜疑；二來是陳玄石這人比較油鹽不進，他是程知鳴程大學士提拔上來的，算起來與徐斷同屬東宮麾下，可徐斷多次相邀，陳玄石從不搭理，連他送去的禮物也盡數退回。

若說這欽州地界還有誰與徐斷對著幹，必數陳玄石無疑。況且此人是程知鳴的得意弟子，程知鳴的兒子在欽州出事，他沒有袖手旁觀的道理。

陸明時料想程雙會去找陳玄石幫忙。

果然，程雙帶人夜叩安撫使府邸大門，兩個時辰後，陳玄石親自去軍營點了兩千步兵，浩浩蕩蕩往惠陽縣方向出發。

陸明時心裡鬆了第一口氣，然後給沈元思放了個銀色煙花。

沈元思這邊的事情也很順利，成功忽悠住了徐斷派來監工的師爺。徐師爺聽說知州大人偷走了帳簿要告發他們，臉色狠狠一白，又聽說巡邏衛兵已經抓到了程鶴年，心中又微微一鬆。

徐師爺怕程鶴年跑了，連忙點了幾十個親信衛兵隨他去後山拋屍用的山洞裡提人。他出發後不久，沈元思也給陸明時放了個銀色煙花。

兩隊人馬各自出發，此時，山洞裡被陸明時打昏過去的程鶴年也悠悠轉醒。

山洞很黑，程鶴年被反綁著的雙手在地上一摸，摸到了一塊人的頭骨，嚇得驚叫了一聲。

「有人嗎？有人嗎！」程鶴年試著喊了一聲。

守在門外的銀甲兵聞言並未動彈，直到看見空中炸開一朵紫色煙花，其中一個銀甲兵拔出劍往自己肩膀上捅了一劍。他用了些技巧，傷口不深，但是看上去觸目驚心。另一個人將之前殺死的守衛屍體拖了出來，迅速與屍體互換衣服。

受傷的銀甲兵踉踉蹌蹌地往山洞裡走，程鶴年聞聲驚覺道：「來者是誰?!」

「是程大人嗎？」

「你是誰？」

銀甲兵走到他面前，掏出腰間匕首劃斷他身上的繩索。「程大人快離開這裡，徐斷的人馬上就要來了！」

「誰？徐斷？這到底是怎麼回事？」程鶴年扒拉開身上的繩子，疑惑又警惕地望著他。

銀甲兵說道：「徐斷知道您在調查石合鐵的事，想殺您滅口。他的人綁了你邀功，剛才報信去了……我好不容易才找到機會來救您，您快點離開這裡……」

程鶴年聞言便起身往外走，走到洞口，看見地上橫陳著一具巡邏兵的屍體，又看見救他那人身上也穿著巡邏兵的衣服，肩膀受了傷，看樣子像是與地上的死人搏鬥過。

程鶴年疑惑道：「你是誰？為何救我？」

「若不是怕大人疑我，我的身分本不應暴露。」銀甲兵壓低了聲音。「我的主子，是大興隆寺那位。」

監國長公主，當今聖上的親妹妹，蕭漪瀾。

程鶴年電光石火間想明白了整件事的來龍去脈。徐斷聽到了他調查石合鐵案的風聲，所以派人劫殺他，而長公主安插在鍛造場的暗樁知道這件事後，出手救了他。

「救命之恩，改日必當重謝。」於是程鶴年不再猶豫，轉身往山下走去。

下山只有一條小路，程鶴年一路摸黑，連走帶摔走了將近半個時辰。他剛走下山不遠，發現附近進出鍛造場的道路已被陳玄石帶來的兵圍了個水洩不通。

程鶴年認得他們身上的衣服，乃是兩淮軍大營的服制，心中驚喜。「是子玨兄來救我了！」

誠如陸明時所料，陳玄石帶來的士兵與徐師爺帶來的人正面相撞，兩方正僵持不下。

陳玄石讓徐師爺交出程鶴年，徐師爺堅稱自己沒見過知州大人，於是陳玄石掏出帳簿讓徐師爺解釋。徐師爺咬牙不認，陳玄石便要親自帶人去鍛造場裡面搜，徐師爺搬出靠山的靠山，也就是太子殿下來提勢壓人，陳玄石一塊茅坑裡的石頭又臭又硬，無所謂得罪誰，可他要替他的座主程知鳴考慮。

陳玄石正猶豫間，程鶴年卻突然出現在他面前。

「子珏兄！你來得及時！」程鶴年大吁了一口氣。

看見程鶴年安然無恙，陳玄石也鬆了口氣，徐師爺卻嚇得面無血色。

程鶴年三言兩語將自己如何被綁、如何被救告訴了陳玄石。陳玄石冷笑著掃了眼徐師爺身後的幾十個親信，質問徐師爺。「人證物證俱在，你們貪污在前不歸我管，可竟然敢劫殺朝廷命官，真是膽大包天！來人，把人都給我綁了！」

徐師爺帶的幾十個人哪裡敢跟陳玄石硬拚，被人卸了兵器，像綁鵪鶉一樣押走了。

第二十六章

程鶴年跟著陳玄石回兩淮軍大營休息，程雙將知州府發生的事告訴了他。程鶴年聽完後皺眉道：「我書房裡怎麼會有鍛造場的帳簿？」

程雙一驚。「不是大人您收集的證據嗎？我親自在您書房裡找到的。」

「那個自稱我書僮的小廝，你認識嗎？」

程雙搖頭。「不認識，我還以為是原來知州府裡的本地人。」

「去把他找來。」

程雙領命，連夜趕回知州府，然而此時陸明時早已離開，成功和沈元思等人會合，聽他們匯報了行動中的具體情況。

「積勢已成，咱們先回臨京，等著看他們狗咬狗。」陸明時說道。

程雙往知州府跑了一趟，沒找到人，回兩淮軍大營時天色已經漸亮。昨夜，程鶴年也一夜未眠，與陳玄石密談了整整一夜。

見程雙蔫頭耷腦地回來，程鶴年問道：「人找到了嗎？」

程雙又搖頭。「人不見了，問府中的人，都說不認識他。昨夜是屬下太心急，被人利用了。」

「罷了，不怪你，他們既已布好局，不是我們小心謹慎就能避開的。」程鶴年嘆了口氣，低聲道：「我書房中的帳簿，還有那個小廝，應該都是長公主的手筆。她要利用我，把徐斷貪瀆的案子搬到檯面上來。」

「啊？」程雙驚詫。

程鶴年說道：「她一邊把證據塞給我，一邊攛掇徐斷對我下手，又派子玨兄來救我。昨天一來一回那麼大的場面，活生生把我架在徐斷等人的對立面，長公主要讓這件事從我手裡鬧大。」

「這毒婦……」程雙倒吸了一口冷氣。「那您必不能遂她的意，不如與徐斷通個氣，把這件事瞞下來，讓她的謀算落空。」

「瞞下來？」程鶴年冷笑。

「你當這欽州是鐵板一塊嗎？長公主有能力在鍛造場和我的府邸中安插人手，說明這件事她已經掌握了十之八九，只是不願自己出面向太子發難，所以把刀遞給我。眼下我有兩條路，要麼接了刀，告發此事，不過是死幾個徐斷罷了；可如果我不接，逼急了長公主親自出面，那麼不僅是徐斷、我程家，連太子都別想逃脫罪責……你想想，徐斷不過從三品，有什麼本事能在劫殺我之後讓我爹在朝中敢怒不敢言？眾人便會猜背後有太子授意，可太子為何要掩護這件事？這不就等於告訴聖上，太子不僅早已知情徐斷貪污的勾當，而且還從此勾當中謀利嗎？」

程鶴年一口氣將這件事捋了個明白，程雙在一旁聽得冷汗直冒。

「這是個陽謀，長公主已經料定，只要我不想拉東宮和程家下水，就必須做這把刀。」程鶴年無奈一笑。「昨夜子玨兄已經寫好了摺子，參徐斷劫殺朝廷命官，我也該回去寫摺子參徐斷貪汙了。此事我已寫信向父親說明，他自會與太子殿下商議，棄車保帥，也是無奈之舉。」

七月十四日，在兩淮安撫使陳玄石的親自護送下，程鶴年一路快馬從欽州趕到了臨京。他先回了趟程家。

程知鳴的書房裡，太子蕭道全早已等候多時。

程鶴年將自己寫好的摺子給蕭道全過目，摺子裡彈劾了兩淮轉運使徐斷私貪官鐵、貪汙受賄、劫殺朝廷命官等罪狀。太子看時頻頻皺眉，將摺子一合，遞給程知鳴。「程閣老也看看，孤覺得子逸話說得太重了。」

程知鳴看完後面無表情地問太子。「殿下難道還想保徐斷？」

「徐斷蠢貨一個，死不足惜，可兩淮是孤的錢袋子，為了保你的寶貝兒子，讓孤折了搖錢樹，閣老覺得合適嗎？」蕭道全聲音微冷。

這話說得頗令人寒心，但程鶴年面上不顯，只上前恭聲勸道：「此番是長公主要向您發難。明天就是築壇祭天大典，咱們若沒個決斷，恐怕長公主會在大典當天揭露此事，屆時難免牽扯到您。」

「你覺得折一個徐斷進去，孤的好姑姑就會滿意嗎？」

程鶴年道：「長公主是否滿意不重要，重要的是讓陛下滿意。您今日將摺子遞上去，請求嚴懲徐斷等人，一來可以昭示您的清白公正，二來也可以先發制人。既然陛下已經收了摺子，若長公主明日又在大典上提此事，那就不是為公而是徇私，執意要給您和陛下難堪了。」

蕭道全思索了片刻，道：「子逸說得有道理。孤等會兒就把摺子遞進宮，若陛下讓內閣處理此事，程閣老，徐斷對孤還有用，你看著從輕發落吧。」

「徐斷死罪難逃，殿下若只想保兩淮財政，不如換個人。」程知鳴說道。

蕭道全道：「雖然此事攀扯不到孤身上，但徐斷畢竟曾是我手底下的人，他剛出事，就算是為了避嫌，父皇也不會答應再讓我的人掌控兩淮。」

「別人都不合適，可有一個人合適。」

「誰？」

程知鳴道：「殿下覺得犬子如何？」

「你說子逸？」蕭道全與程鶴年俱是一愣，繼而恍然大悟。蕭道全笑道：「程閣老不愧是程閣老，這算盤打得真響，孤辛苦謀劃，倒是給你程家作了嫁妝。」

程知鳴說：「殿下言重了，程家的也是殿下您的。眼下除了犬子，您手裡的其他人，恐怕都不太合適。」

程知鳴的話落在了蕭道全的心坎上。若是徐斷剛倒臺，他就又推了個太子黨上去，無異於把剛洗乾淨的泥再糊到身上，告訴別人兩淮貪污案自己也有份。可若是讓他眼睜睜看著蕭漪瀾的人掌控兩淮，他更不甘心。

眼下唯有程鶴年是最合適的人選。他上摺子揭發徐斷貪污案，這件事裡沒人比他更清白。推他做兩淮轉運使，既名正言順，又能重新把控兩淮。

蕭道全有些心動，但也有顧慮。「可子逸畢竟年輕，還是個新科進士，在欽州任通判未滿一年。兩淮轉運使可是從三品，朝中多少人盯著的肥差，會不會難以服眾？我看暹令書那老狐狸第一個不答應。」

「只要殿下您點頭，剩下的事，僕自會周旋。」程知鳴道。

蕭道全點點頭。「閣老若是有本事給自家掙個轉運使回來，孤自然樂意跟著沾光。」

程鶴年聞言上前拜謝。「謝太子殿下提拔，子逸定不負殿下期望。」

蕭道全茶喝得差不多了，收下摺子，從後門乘小轎離開程家，要回宮將彈劾徐斷的摺子遞給宣成帝。

沈元思趴在不遠處的屋頂上看見太子的小轎離開後，點了個人去給陸明時報信，自己繼續守著。又過了約半個時辰，看程鶴年也自後門而出，沈元思從房頂上跳下來，遠遠跟了上去。

程鶴年徑直去了江家。他沒叩門驚動江家的人，只站在不遠處等著，沒一會兒便看見青鴿拎著藥包走過來。

青鴿瞧見他，嚇了一跳。「程公子?!你怎麼在這兒？」

程鶴年說道：「我有事找阿韞，煩勞讓她出來一趟。」

「那……我進去問問。」青鴿忙進去通傳，過了約莫一炷香的時間，孟如韞自江家走了出來。

她看見程鶴年，面上神情十分複雜，示意他走到無人注意的角落裡說話。

「你不是在欽州嗎？怎麼突然回來了？」

程鶴年望著她。「我為什麼回來，妳心裡不清楚嗎？」

「我清楚什麼？」

「阿韞，我對妳一片真心，妳就算看不上，也不該如此作踐。」

孟如韞更糊塗了。「程鶴年，你把話說清楚，我怎麼作踐你了？」

程鶴年從懷裡掏出一個信封。「這封信，可是出自妳手？」

孟如韞看了眼信封，承認道：「是。」

「妳從一開始就是長公主的人，還是收了她什麼好處？」

「我不認識什麼長公主——」孟如韞將信封裡的信抽出來，看見裡面的內容，忽然啞了聲。

只見那信紙上寫著：欽州清月亭，十日戌時，願君相見。

信不是她寫的，字卻是出自她手的字。

欽州……清月亭……十日……戌時……

孟如韞忽然想到了陸明時讓她寫給程鶴年的信，那不痛不癢的四句話中，恰好正包含了這些字。

程鶴年見她沈默不語，心裡慢慢沈下去。「阿韞，妳與我說實話，妳是有心算計我，還是被什麼人利用？」

躲在不遠處偷聽的沈元思心裡暗道一聲不好。

這些天，他和陸明時躲在暗處攪渾弄濁，對朝堂上的人處處小心，偏偏把孟如韞給忘了。

只要孟如韞說出陸明時的名字，他們所做的這一切，都會有暴露的風險。

程鶴年會信她嗎？會讓她在東宮面前說出這一切嗎？在此之前，他們還有阻止她開口的機會嗎？

沈元思心裡飛快盤算著各種最壞的打算，卻聽孟如韞低聲回答道：「是我。」

沈元思愣住了。

「孟如韞，我哪裡對不住妳，妳要這樣……要這樣算計我……」

聽到這個答案的程鶴年紅了眼眶，捏著她的肩膀質問她。「長公主許了妳什麼，我也能給妳，妳為何要親她遠我？」

孟如韞垂下眼。「她於我有恩。」

「那我呢？我對妳有情。」

孟如韞默然半晌。「程公子，是我對不住你。」

「一句對不住，就算解釋了嗎？」程鶴年冷笑道：「妳可真是冷漠無情。」

孟如韞不再說話，任程鶴年如何質問，都沒有為自己辯解一句。

程鶴年被她傷透了心，悵然道：「妳不知道我收到信的時候多麼歡喜，我以為妳真的要來見我。我在府裡給妳準備了最舒適的住處，請了會做臨京菜的廚娘，妳房間裡的筆墨紙硯，都是我親自挑的。孟如韞，妳知道我這些天是怎麼熬過來的嗎？我只能不停地說服自己，妳一定是被人利用，被人逼迫……孟如韞，妳明白被自己最信任的人背叛，心裡有多難受嗎？」

孟如韞緊緊捏著那封被動過手腳的信，心想，她大概也明白。

「罷了，妳這樣的無心人，大概永遠無法體會這種感覺。」程鶴年苦笑著鬆開了她，她毫不辯解的坦誠讓他更覺得心如刀割。他望著她，緩緩嘆了口氣。

「以後不要再摻和這些事了，阿韞，朝堂不適合妳。」

他說完就轉身離去，孟如韞心中微動，忽然開口叫住了他。

「程公子。」

程鶴年腳下一頓，沒有回頭，只聽孟如韞問道：「你不考慮一下長公主嗎？」

「考慮什麼？」

孟如韞斟酌著說道：「朝堂之勢，瞬息萬變，東宮如何，想必程公子已經看清了。」

程鶴年笑了笑。「看清又如何？」

「名劍不入鏽鞘，良鏡不擊瓦缶。」孟如韞委婉勸他道：「程公子的目光不妨放長遠些。」

程鶴年聞言轉過身來，對孟如韞說道：「那妳也該聽說過，一腳難踏兩船，好馬不配二鞍。自古變節之臣，縱然最後站對了隊，也不得善終。更何況，長公主再得君心民意，也不過一介女流，她又是為誰謀劃，妳心裡清楚嗎？」

沒有人比孟如韞更清楚未來如何，按照上一世的發展，長公主會登基為帝，屆時所有的太子黨都會受到牽連。孟如韞還記得程鶴年的下場，他站在太子身後做了太多錯事，後來被抄家問斬，赫赫程府轟然塌陷。

想起上一世的事，又因為心有愧疚，孟如韞出言提醒了他幾句，見程鶴年態度堅決，也不好強求，說道：「那就祝程公子好風好水，青雲直上。」

程鶴年問她。「這些話，是有人要妳轉達，還是妳真心相勸？」

孟如韞道：「是我自己的意思。」

「那就夠了。」程鶴年笑了笑。「妳放心，之前的事，我不會追究。」

程鶴年離開後好一會兒，孟如韞緩緩嘆了口氣，這才想起自己將他寄來的銀票捎出來，剛剛卻忘了還給他。

以後也不知有沒有機會再見了。

孟如韞心事重重地回了江家。

四周無人，沈元思從牆後跳出來，不敢耽擱，風風火火地跑去找陸明時報信。不等姚老伯通傳，一腳踹開門就往裡衝，一邊衝一邊喊：「陸子夙、陸子夙！你大禍臨頭了，你快出來！」

陸明時推開書房的半扇窗，一看沈元思那副焦急緊張裡又帶點幸災樂禍的神情，便知不是案子出了岔子，放下心來。

「你不是跑去盯程鶴年了嗎？看見了什麼這麼興奮？」

「興奮？」沈元思先是一愣，又恍然大悟似的甩開了扇子，也不著急了，慢悠悠地翻窗跳進陸明時書房裡。「你說得對，我就是興奮！你猜程鶴年去找了誰？」

陸明時思忖了一會兒。「孟青衿？」

這個問題並不難猜，如果他是程鶴年，回臨京後也會去找她對質信的事情。

「你知道？那你不早點下手，不怕她把你誆她寫信的事告訴程鶴年？」沈元思驚訝。

陸明時淡聲道：「我騙她寫信是無奈之舉，不能再阻止她對程鶴年解釋，否則會讓程鶴年誤會她，壞了她的姻緣。」
沈元思不理解。「那不正好方便你乘虛而入嗎？」
陸明時無奈一笑。「你把她當什麼人了？我欺她瞞她利用她，她眼裡哪還容得下我這種沙子。」
「是嗎？」沈元思想了想。「可我覺得孟姑娘好像沒記恨你，否則她何必替你隱瞞，認下了那封信。」
陸明時聞言一驚。「你說她……」
「我當時也挺驚訝的，來時想了一路，除了她心悅你這個原因，我想不出還有什麼理由能讓她嚥下這麼大委屈。」沈元思慢悠悠嘆了口氣。「我看那程鶴年也是一表人才，滿腔深情，人家比你也不差什麼。你行啊陸子夙，看不出你那張冷臉還挺討人喜歡。」
陸明時心情複雜。「我沒想到她會為我遮掩，也沒妄想過一點痕跡都不露，反正摺子已經遞進宮……她應該把真相告訴程鶴年的。」
沈元思「嘖」了一聲。「看你那沒出息的態度，你騙了她，她也騙了你，剛好扯平，不行嗎？」
「她騙我什麼了？」
「哦，還沒跟你說，她根本不叫什麼孟青衿，我聽程鶴年叫她孟如韞。」
「孟如韞……」聽見這個名字，陸明時緩緩擰眉。「孟如韞？」

沈元思一樂。「傻眼了吧？」

陸明時沒作聲。這個名字讓他覺得耳熟，他反覆默唸了幾遍，問沈元思。「她住在哪裡？」

「江府。」

「哪個江府？」

「太常寺主簿江守誠的府上，看樣子不像是做工，可能是家裡的表小姐。」沈元思說道。

孟如韞……江府……表小姐……

陸明時忽然想起一個人，心頭驟然一跳。他起身朝正在院子裡晾衣服的季婆婆喊道：「季婆婆，妳過來一下！」

季婆婆放下水盆走過來。「什麼事呀？公子。」

陸明時的面色蒼白如紙，聲音也微微發顫，只聽他低聲問道：「季婆婆，妳還記得……還記得……」

沈元思看見他整個人都在打顫，像是害怕，又像是緊張。

「子夙？」

陸明時緩了一會兒，才啞聲開口問季婆婆。「妳還記得孟祭酒和他夫人嗎？」

季婆婆聞言有些愣怔，點點頭。「記得。孟大人和孟夫人，我都記得。」

「那妳還記得孟夫人的娘家嗎？」

季婆婆道：「記得，夫人娘家姓江，好像只有個哥哥，託了孟大人的福，也做上官啦！」

「他們……」陸明時深深緩了一口氣。「有一個兒子，還有一個女兒，妳記得嗎？」

季婆婆點點頭，臉上露出慈愛的笑。「公子是我抱大的。」

「那妳還記得那女孩的名字嗎？」

「叫矜矜。矜矜、矜矜，快看婆婆這兒有撥浪鼓！」季婆婆回憶那段日子，晃著手腕，做出搖撥浪鼓的動作。

「那妳知道她的訓名嗎？」

季婆婆說：「公子的訓名叫嵐光，孟嵐光。姑娘的訓名……訓名……」

「孟如韞。」

季婆婆恍然道：「是叫這個名字，夫人取的，不過平日裡大家都喊矜矜，我倒是忘了。」

天地山河，如韞在懷。

陸明時聞言沈默了許久。沈元思見他雙肩陡然一落，雙手扶在窗邊，骨節處攥得泛白，彷彿正忍受著一種滔天而來的，不知是痛苦還是快樂的情緒。

「我早該想到的……明明見她的第一眼就覺得眼熟……我早該想到的……」

陸明時頹然地自言自語，沈元思聽得雲裡霧裡，上前拍了拍他的肩膀。「子夙兄，你怎麼了？」

陸明時深吸了一口氣，忽然轉身就要往外走。「我要去見她。」

「見誰？」沈元思眼疾手快地一把攔住他。「太子已經將摺子遞進宮，下午就有旨意傳下來，你這時候又要跑出去發什麼瘋？」

陸明時不為所動。「有什麼事，等我回來再說。」

沈元思翻了個白眼。「你要去找孟如韞是吧？她人就在江家，跑不了也飛不了，你現在去找她，要是給程鶴年撞見怎麼辦？」

不提程鶴年還好，一提程鶴年，陸明時就想起自己辦的那些混帳事。

他懷疑過孟如韞是長公主的人，也懷疑過她是為程鶴年謀劃，就是未曾相信過，她可能是真心對他好。

他甚至還利用了程鶴年對她的好感，套她的話，騙她寫信，讓她在程鶴年質問時受盡了委屈。

過往種種，陸明時越想越難受，像是有人一針又一針地扎在心裡最柔軟的地方。他覺得疼，卻沒有辦法發洩這種憤怒，因為往他心口上扎針的人，正是他自己。

陸明時忽然一拳狠狠砸在桌子上，棗木書桌聞聲而裂，木屑劃破了他的皮膚，頃刻血流了滿手。

「公子！你這是幹什麼？」季婆婆慌裡慌張跑過來，嚇得哎喲哎喲了兩聲。沈元思氣得直翻白眼，要不是怕陸明時一衝動壞了正經事，他真想拔腿就走，離這個瘋子遠點。

「有白酒嗎？」沈元思沒好氣地問。

季婆婆忙將白酒和布巾一起找過來。

沈元思拎著酒罈子往陸明時受傷的手上一通亂澆，然後扯開布巾胡亂一裹，就算包紮了傷口。

「小爺在這兒等消息，你在一邊造血光，你個晦氣東西離小爺遠點。」沈元思小聲嘟囔道。

陸明時沒心情搭理他，垂眼看著自己還在滴血的手，問季婆婆。「妳還記得前幾天幫我包紮傷口的那個姑娘嗎？」

季婆婆點點頭。

「妳有沒有覺得她……長得有點像孟夫人？」未等季婆婆回答，陸明時又長嘆了一口氣。「其實我記不太清孟夫人的模樣了。」

季婆婆說道：「那姑娘與孟夫人眉眼間有五分相似，有些地方長得也像孟大人。」

陸明時苦笑了一下。「婆婆那時候就猜出她是誰了？為何不告訴我？」

季婆婆有些忐忑。「我之前在街上認錯過人，怕再認錯會給公子添麻煩，公子也會白傷心一場。我就想再等等，再等等看。」

陸明時溫和地看了她一眼。「等什麼?」

「我記得矜矜姑娘後頸上有顆硃砂痣,想找機會看看。」季婆婆說道。她年紀大了,經常有些顛三倒四地忘事,可十幾年前的往事卻記得格外清楚,故人的一笑一顰,舊居的一草一木,烙在她的心裡,被年歲重複得越來越堅固清晰。

硃砂痣。

陸明時閉上眼,又想起雨天的那一幕。

只要有人見過她後頸上那顆紅如凝赭細如珠的痣,就不會輕易忘記。像落在玉盤上的一顆紅豆,一粒丹砂,埋在冷白色的皮膚裡,在垂落的髮絲間隱現,彷彿她整個人的溫度、熱氣都凝在這一顆小痣裡,雨水落在她身上,將它潤得更加紅豔。

「她以前的事,妳還記得什麼?」陸明時問。

季婆婆將孟如韞小時候的事說給他聽。其實沒什麼可說的,她那時還小,孟夫人遣散孟家下人,然後一把火燒了孟家那會兒,她也不過五歲,最喜歡去院子裡摘花,指揮著一堆或親或表或世交的哥哥姊姊們陪她玩捉迷藏。

陸明時比孟如韞大四歲,那時是最不喜歡陪她玩的孩子。他父母每次去打仗都把他丟到孟家,可他已經九歲了,得了明德太后「少將之才」的誇讚,覺得自己已經長大成人,天天鬧著要隨父親去戰場。偏偏那小女娃喜歡他,後來捉迷藏也不玩了,天天來看他耍花槍。

「十一年了。」陸明時感慨道。

他每次看到鏡子裡的自己，都覺得自己同十一年前一個模樣，心裡的怨與恨未曾消磨半分。可如今乍見久別之故人，才覺光陰飛逝，竟能讓人相見不相識。

她那時才五歲，小時候的事，恐怕更沒什麼印象了。

陸明時低聲與季婆婆聊著從前的舊事，沈元思坐在一旁靜靜地聽，大概也猜出了幾分淵源。

昔日那樁幾乎影響到改朝換代的舊案牽涉到不少人，有些人明哲保身，偃旗息鼓，有些人則被拎出來，做了儆猴的雞。這些人裡，國子監祭酒孟午，是最令人唏噓的一個。

沈元思也跟著嘆了口氣，對陸明時道：「你記得她，她未必記得你。你青天白日地跑過去也怪嚇人的，至少等入了夜，別被人瞧見，妨礙姑娘家名聲。」

陸明時低低嗯了一聲，也不知聽進去了沒有。

第二十七章

下午，宮裡有了動靜。

陸明時正與沈元思在廊下對弈，打探消息的銀甲兵來報，說太子進宮一個時辰後，聖上又召程家父子與昭隆長公主進宮奏對。又過一個時辰，禁軍包圍了徐斷和劉濯的府邸。內閣傳出聖旨，命刑部、大理寺、都察院三司會審此案，程鶴年調查呈證，程知鳴從旁監理。

沈元思聞言愣了一下。「真讓你猜對了，太子不僅沒有猜忌程鶴年，還要用徐斷、劉濯給他鋪路。程家父子真是有兩下子。」

「看來程鶴年是鐵了心要上太子的船，在陛下面前把長公主的小動作都和盤托出，因此陛下沒讓長公主插手此案。」陸明時長指盤著一枚瑩白的棋子，思索著落在棋盤上。「讓你五子，你還是輸了。」

「長公主殿下被你算計，也是夠冤的。」沈元思瞅了眼棋盤，起身一推。「小爺不玩了。」

陸明時也慢悠悠起身，走出廊下活動了下筋骨，問沈元思。「賭也輸，棋也輸，同你討一盒東海珍珠，不過分吧？」

沈元思心疼地倒吸一口涼氣。「那盒東海珍珠個個天然瑩潤，我娘說要給我做聘禮，陸子夙，你也太心黑手辣了吧？」

「哪家姑娘看上你了？」

「還沒有……」沈元思哼道：「那是小爺我眼光高。」

陸明時笑道：「那我比你用得著，以後得了好東西再還你。」

「喲，聽你這意思，是打算去壞人家孟姑娘的姻緣啦？」沈元思摺扇一甩，開始陰陽怪氣。「我說陸子夙，你好好照照鏡子吧，在孟姑娘心裡，你現在就是一個兩面三刀的混蛋。人家程公子呢，年少有為，一往情深，被算計了也不追究，如今更是乘著東風要大有作為啦，你拿什麼和他比，一盒東海珍珠嗎？」

陸明時擰眉。「程鶴年可不是她的良配。」

沈元思嗤笑一聲。「人家願意你管？」

「那你說，我該怎麼辦？」陸明時難得露出一副虛心求教的態度，極大地滿足了沈元思的自尊心。

沈元思說道：「論相貌，程鶴年不如你；論家世，十個你也不如他。如今你裝蒜是裝不過他的，咱換條路子，裝可憐會吧？」

陸明時眉毛一挑。「裝……可憐？」

「會哭嗎？不是那種嚎啕大哭，眼眶要紅，眼裡有淚，但不能淌得滿臉都是，聲音帶點哽咽，好好跟你的小青梅道個歉。來，你先試試。」

陸明時忍無可忍，拾起棋盤上的棋子砸他。「滾吧！」

打發走了沈元思，陸明時在家中坐立不安地等到天黑，出門後悄無聲息地摸進江家，很快就找到了孟如韞住的風竹院。

風竹院裡很安靜，青鴿在院中盪鞦韆，只堂屋裡亮著燈燭。孟如韞坐在燈下看書，無意識地蹙著眉，不知是在讀書還是在出神，許久都未翻動一頁。

陸明時躲在暗處看了她一會兒，不敢貿然闖進去，抬手將綁了字條的鐵鏢啪的一聲釘進窗欞裡。

孟如韞受驚回神，青鴿湊過去查看。「我的天，有暗器！有人要害妳啊姑娘！」

「什麼？」孟如韞放下書，緩緩從桌邊起身。

「欸，這裡有字……」

孟如韞接過鐵鏢，展開纏在上面的字條，只見飛花勁楷寫著：院外相候，懇望一見。子夙。

青鴿眨眨眼。「子夙是誰？」

孟如韞下意識望向漆黑一片的庭院，好不容易平復下來的心情又泛起波瀾，衝開她心口那層薄薄的克制，酸的澀的苦的，冷水一般湧進四肢百骸。

她將紙條放在燈燭上點燃，伸手將窗戶全都關上，對青鴿說：「不必理會，去睡吧。」

陸明時遠遠瞧見風竹院閉門熄燈，歸於沈寂。

他緩步走進院裡，望著天上的月亮嘆了口氣。

早知如此，他不如方才直接闖進來。

來都來了，陸明時不打算這樣折身離去。他找到孟如韞的臥房，繞到後窗處，屈指輕輕叩了幾下。

房內傳來幾聲驚慌的響動，像是打翻了什麼，而後便沒了聲音。

陸明時側臉靠近窗縫。他的聲音不大，卻足以讓屋裡的人聽清楚。「與其這樣心驚膽戰一整夜，不如出來見一面，把話說清楚，孟姑娘，妳覺得呢？」

孟如韞滅了燈燭，仍在桌邊坐著，深吸了一口氣，努力讓自己的聲音聽起來平靜一些，一字一句說道：「陸大人，你這樣也太無禮了。」

「是，我無禮，」陸明時坦然承認。「但我有話要跟妳說。」

「不必，我與你無話可說。」

「我有，」陸明時緩緩嘆了口氣。「我有很多話想問妳。」

「你問吧。」

「我要當著妳的面問，聽妳一句一句解釋給我聽。」

解釋？孟如韞簡直要被陸明時的無恥氣笑了。她行事光明為人磊落，不偷不搶不騙，何須對他解釋？

孟如韞起身往床邊走，冷聲道：「我要睡了，陸大人願意吹風就吹吧，小心別被家丁當成賊人綁了。」

一陣鋪被子和放床簾的窸窣聲過後，房間內又安靜了下來。陸明時靠在後窗處等了一會兒，心下有了決斷，暗嘆一聲，這下真要把她得罪慘了。

只見他從腰間掏出一把精巧的匕首，毫不猶豫地沿著窗縫從外面將窗戶的內鎖打開，孟如韞正躺在床上望著帳頂心亂如麻，忽然聽見窗戶被人推開的吱呀聲，緊接著，輕微的腳步聲落地，緩緩朝床邊走來。

孟如韞慌張地扯過被子往自己身上捲，陸明時挑開床簾時便見床上鼓鼓囊囊一團，外面只露出一張又氣又怕的臉，一雙黑白分明的眼睛正怒氣沖沖地瞪著他。

「得罪了。」陸明時轉過身去，對孟如韞道：「把衣服穿好，出來聊。」

他的聲音很溫和，作派卻像個匪徒。然而孟如韞自恃對他有十分了解，並不怕他，反倒被他激起了怒氣，拎過竹編方枕狠狠砸在他背上，冷聲喊道：「滾出去！」

陸明時一個不防，被她砸了個趔趄。竹編枕頭在地上滾了幾圈，停在他腳邊，陸明時彎腰將枕頭拾起，轉身挑開床簾，傾身鑽了進去。

並不寬敞的青帳床被兩個人一擠顯得格外逼仄，孟如韞沒料到他竟敢進來，一時瞠目結舌。「你混帳！你……你……」

「我無禮，我混帳，我都認了，還有嗎？」

陸明時聲音依舊溫和，一把將正往床尾縮的孟如韞扯過去。微弱的光線裡，孟如韞這才看清他的臉，他的眼神靜如濃夜，又沈如深淵，死死地盯著她，隱隱透著瘋勁，彷彿要將她裹住，永久地沈浸其中。

孟如韞深深吸了口氣，在他的注視下努力克制著聲音裡的顫抖。「你先出去……我……有話好好說……」

陸明時輕輕一笑。「怎麼了，怕我？」

孟如韞不敢再有恃無恐，聞言服軟地點了點頭。

陸明時緩緩鬆開她，掌心落在她頭頂，安撫似的拍了拍。

陸明時嘆氣道：「我本意是想來道歉的，不想把妳逼成這樣。」

孟如韞往後躲了躲。「若是因為那封書信，大人不必道歉。我雖尚不清楚來龍去脈，但聽說聖上已下旨徹查此案，程公子也未因此無辜受牽連，這是好事，我沒有生氣。」

陸明時靜靜望著她。「妳再說一次，妳沒有生氣嗎？」

孟如韞緩緩攥緊被角，搖了搖頭。

「那妳為何燒了我邀妳相見的紙條，對我避而不見？」

孟如韞覺得他簡直不可理喻。「我與大人尚未熟到可以入夜相見的地步吧？」

陸明時緩緩嘆了口氣。

他覺得心底有一股躁鬱的情緒正在慢慢醞釀。

從他今日得知孟青衿就是孟如韞時起，就很難再控制自己的心緒，時而覺得被架在火山烤著，時而覺得被浸在寒冰中凍著。他對她的愛慕如此水到渠成，前塵糾葛本應使他們之間的親近遠勝旁人，可是現在呢？

她欺瞞在先，他利用在後，他們像兩個陌生人一樣互相算計，將彼此越推越遠。

陸明時一直耿耿於懷的是，她明明已經來到他身邊，她明明知道他是誰，卻未曾對他提起一字。

若他未發覺她的身分，她打算瞞一輩子嗎？

瞞一輩子，然後與程鶴年雙宿雙飛嗎？

可她對自己而言，不是一個萍水相逢有幾分好感的姑娘，讓他可以瀟灑地放手，成人之美。她是孟如韞，是矜矜，是如今這個世上與他羈絆最深的故人，無論她是美是醜、是慧是愚，他都願意好好待她一輩子的人。

可她卻如此自然地對他說，我與大人尚不熟。

陸明時想問問她與誰熟，是程鶴年還是江家表兄，對上她七分顧忌三分怒意的目光，話到嘴邊又硬生生嚥了回去。

陸明時從床上起身，退到簾外背過身去，兀自冷靜了一會兒，說道：「我今夜來，是想與妳把話都說開。既然妳不想說，那就聽我說。其實我去年就知道徐斷貪污和造劣品兵器的事，此次自北郡回來，查辦此案也是我的目的之一。我雖然能猜出整件事的來龍去脈，可是太難取證，我的摺子遞上去要先經內閣，程知鳴必然會將此事壓下來，且會驚動東宮銷毀證據。後來，程鶴年也發覺此事，東宮那邊便知此事走漏了風聲，我要在他們把尾巴藏乾淨之前將此案揭開。恰好妳帶著程鶴年的信來找我，我意識到這是一個很好的機會，所以騙妳回信，又中途做手腳，假借徐斷的人劫走程鶴年，再驚動陳玄石大張旗鼓地把程鶴年救出來，最後假稱長公主府的人介入，逼他們將此事鬧大。今日程鶴年已透過太子之手將查辦徐斷的摺子遞到了聖上面前，這件案子才有機會三司會審，大白於天下。」

孟如韞靜靜地聽著。陸明時的話說得很簡略，但每句都足以令人膽戰心驚。她難以想像這四兩撥千斤的巧妙周旋背後，藏著多麼驚心動魄的風險。

倘程鶴年覺得信有蹊蹺，提前埋伏呢？倘陳玄石的人馬未與徐斷的人起衝突呢？倘程鶴年質問時，自己說出了陸明時的名字呢？

整件事如機括之巧，環環相扣，陸明時隱身其中，卻行於刀尖，每一步都搖搖欲墜。於是她說道：「改信之事，本也是無奈，大人胸懷丘壑，我也希望此案能得到公正審理，所以這件事，我不怪你。」

「妳能體諒，我很高興。可是，」陸明時微微一頓，放輕了聲音。「孟姑娘，妳我今日都坦誠一些，我與妳說實話，妳也與我說實話，好不好？」

孟如韞心裡輕輕一顫，她隱約覺得陸明時話裡有話。

他今夜前來，真的只是為了改信一事嗎？

陸明時只當她默認，繼續說道：「我承認，妳來找我時，我懷疑過妳。我懷疑是程鶴年藉妳來試探我，也懷疑過妳是長公主的人，總之不肯相信妳是單純地覺得此案關係重大，要讓我知情。所以我的第一反應是逼問妳，後來又改了主意，決定利用妳，但……」他緩緩低嘆道：「我從一開始，就從未想過要信任妳。」

孟如韞心裡忽然一陣酸澀。

今日從程鶴年手裡接過那封信時，有一瞬間，孟如韞心裡倏然一空，不知所措。就像陸明時從未想過信任她一樣，她也從未想過陸明時會騙她。

她理所當然地把他視為上一世的陸明時，託知己於形跡之外，寄神交於筆墨之間。所以當他說心悅她時，她的心，幾乎在一瞬間就塌陷了。

她從來沒有想過，陸明時也會騙她。

程鶴年離開後，她心裡有一個問題已經盤旋了一整天，像一根針，來來回回在心口上穿刺。

她在想，陸明時從什麼時候開始騙她的呢？是從自己將石合鐵的案子告訴他時開始，還是更早一些，早到隱晦訴說情意的雨天茶樓？

而今，陸明時告訴了她答案。

他說，他從未信任過她。

聽見青紗帳裡壓著顫意的呼吸，陸明時心裡也猛的一疼，聲音極輕地說道：「是我對不住妳。」

孟如韞沈默了許久，在陸明時看不見的地方，用手指狠狠按住自己酸脹的眼睛。她努力調整著自己的情緒，待開口說話時，將聲音壓得很低，怕他從自己的聲音裡聽出發顫的哽咽。

「罷了，陸大人的顧慮都是有原因的，石合鐵的案子牽涉這麼廣，我又與程鶴年相識，懷疑我……也是理所當然的事。」

陸明時輕笑道：「理所當然？妳倒是挺會為我開脫。」

「您做都做了，眼下又何必做出這副悔不當初的姿態。我這麼說，也不過是為了讓您心裡好過一些，」孟如韞慢慢說道：「您心裡好過了，就別再逼我了。」

「可如今我心裡不好過，一日不從妳嘴裡聽到實話，我就不好過一日；一輩子不從妳嘴裡聽到實話，我就不好過一輩子。」陸明時的語氣清淺柔和。「妳瞞我的樁樁件件，要我替妳說嗎？孟如韞。」

他唸出「孟如韞」這個名字，語調微微揚起，柔和裡帶著幾分繾綣。孟如韞聽在耳朵裡卻像落了一道驚雷。她驀然抬眼，隔著影影綽綽的青紗簾，望向那個朦朧挺拔的背影。

許久未聽見她回應，陸明時微微偏頭。「怎麼，還不清楚我想聽什麼嗎？」

孟如韞心跳得厲害，不敢開口，緩緩攥緊了被角。

他知道了，他什麼都知道了。

孟如韞心亂如麻，一時分辨不清自己是逃避、害怕，還是期待。她緊緊盯著青紗帳外的身影，陸明時也極有耐心地等著她開口，像立在她床前的一盞玉人燈，靜默地等著。

「我……」孟如韞的聲音繃得近乎沙啞，一開口就洩了氣，捂著胸口咳嗽起來。

青紗帳簾被挑開，探進一隻骨節分明的手，遞給她一盞尚有餘溫的白水。孟如韞緩緩飲盡，然後披衣下床，踩著木屐點亮了屋裡的燈燭。

看陸明時的意思，今夜是不容她隨口敷衍過去了。

暖黃色的燈燭照亮半間屋室，孟如韞長髮披落在肩上，右邊側臉被燈光映得柔和清麗。

陸明時盯著她，緩緩出聲道：「季婆婆說妳眉眼很像孟夫人，可惜太多年未見，我已記不太清她的樣子。當初在內城牆下看見妳時，只覺得有幾分親切，從未敢奢想妳們還活著。孟夫人，她還好嗎？」

孟如韞望了陸明時一眼，又將目光落在跳躍的燭火上。「母親已經過世三年了。」

陸明時愣住，許久道：「對不起，我不知……」

孟如韞搖了搖頭。

陸明時走到她身邊。他比孟如韞高一個頭，微弱的燈光下，他的身影將她完全罩住。

「當年聽說孟大人在牢獄中自盡，孟夫人遣散家僕，一把火燒了孟家，眾人都以為她也帶著一雙兒女死在了裡面。你們這些年是怎麼過來的？」

孟如韞抬手用簪尾挑亮燈芯，將當年母親如何帶著他們兄妹三人從密道逃出孟家，出城路上遭遇土匪，最後寄身在鹿山上鹿雲觀的過程告訴陸明時。其實這些事對孟如韞而言都發生在上輩子，已經過去了幾十年之久，有些細節，她要停頓很久去回憶。

燈心微微一晃，陸明時握住了孟如韞的手。

她的手很涼，像一柄冷白的玉如意，在燈燭旁停留這麼久都沒有一點暖意。然而裹在他手心裡的一瞬間，他感受到了她皮膚下血液的湧動，她的手背漸漸有了溫度，彷彿慢慢活了過來。

孟如韞下意識掙了一下，反被握得更緊。

陸明時幾乎從身後環住了她，握著她的手撥弄燈芯，只要他一低頭，就能嗅見她髮間綿密的冷香。

「矜矜，」陸明時放輕了聲音，嘆息道：「妳知道我有多高興嗎？」

孟如韞微微偏頭，撞進他幽深的眼神裡。陸明時有些失態，孟如韞何嘗不是，這個若有似無的環抱裡有她從未體會過的溫暖，像窗外無聲的秋夜，一點點浸潤著她。

被兩人反覆挑撥的燈芯啪嗒一聲滅了，屋裡重新陷入黑暗，冷白色的月光從窗外照進來。

陸明時緩緩放開了她。

「前塵舊事，我一直記在心裡。能與妳相認，我很高興。」陸明時頓了頓。「如果妳也樂得如此，就更好了。」

「陸大人何出此言？」孟如韞問道。

「陸大人……」陸明時琢磨了一下這個稱呼，問她。「矜矜，妳喊我陸大人的時候，心裡在想什麼？如果妳一直都知道我的身分，妳是把我當作萍水相逢的陸明時，還是看作幼時的故人，妳的——子夙哥哥？」

他的音調散漫溫柔，最後那句「子夙哥哥」彷彿隱隱帶著誘使。

陸明時又問道：「得知我騙了妳時，妳心裡，是把我當作陸明時在怪罪，還是當作子夙哥哥在埋怨？」

孟如韞臉上隱隱發熱，低聲道：「我方才說過了，我不怪你。」

「妳不怪我嗎？我反倒要怪妳了。」陸明時忽然一笑。

孟如韞不解地望著他，陸明時從身後貼過來，攥住她的手腕，捻開她的掌心，與她五指交纏，另一隻手箍住了她，將她整個人環在懷裡，她披落在肩頭的長髮結結實實貼在陸明時胸前。

這是一個比方才的試探更具有侵略性的擁抱，孟如韞繃緊了身體推拒，陸明時在她耳邊笑道：「我問什麼，妳答什麼，等我問完了，就放開妳。矜矜，聽明白了嗎？」

孟如韞點頭也不是，搖頭也不是，瞪了他一眼。

「我且問妳，知不知道我心悅妳？」

孟如韞哪裡想到他第一個問題就這麼直接，心跳如擂鼓，卻慢慢搖頭。「你從未說過。」

「那我現在告訴妳，矜矜，我心悅妳。」

孟如韞想問他心悅的是誰，是真實地出現在他面前的孟如韞，還是故人舊夢裡的矜矜。

見她沒有反應，陸明時又問道：「那妳呢？妳心裡是怎麼想的？」

她心裡怎麼想的……孟如韞覺得自己的回答未必如他所願。

「小時候的事，我已經記不清了，所以你是陸大人，還是子夙哥哥，對我而言並無分別。所以雖然我一開始就知道你是誰，卻從未提過舊事，因為從前事對我而言，並沒有那麼重的分量。」

陸明時聞言一頓。「可是對我很重要。」

「對你當然重要，否則依著陸大人的脾氣，騙了就是騙了，沒必要特地來同我解釋。」

孟如韞想起前世的事。在素未謀面的情況下，僅憑她是孟午之女的身分，憑幼時一句娃娃親的身分，他就能為她做那麼多事。曾經，孟如韞覺得很感激他，可是這一世重生後再與陸明時相識，她卻覺得心裡越來越不是滋味。

矜矜只憑一個身分就能得到陸明時的偏愛，可如果一個活生生的「孟青衿」站在他面前，他從頭到尾都在騙她。

孟如韞無心試探，卻偏偏得出了這樣的結論。

陸明時同她道歉。「之前的事，是我對不起妳，所以妳怎麼生氣都是應該，只求別瞞著我。」

孟如韞問他。「若你今日不知我的身分，還會來同我說這些嗎？」

「此話何意？」

「你若是同我說，我聽著；你若是同故人說，這些話我就不想再聽了。我剛剛已經說過，我對幼年的事已經記不清楚，所以陸大人不要來找我訴衷腸。」

這話說出口，孟如韞自己都覺得過於冷漠，可水已經潑出去與地上的土滾成了一團爛泥，她收不回來，索性與他把話說明白。

「什麼叫不要與妳訴衷腸？」陸明時皺眉，將孟如韞的肩膀扳過來，面對他，望進她的眼睛裡。「妳知不知道，能把妳找回來，對我有多重要？」

孟如韞輕輕搖頭。「我不知道，原諒我不能與大人您感同身受。」

陸明時如同被人兜頭潑了一盆冷水。他緩緩放開孟如韞，走到窗邊背對著她。

秋夜的微風有幾分涼意，陸明時兀自冷靜了一會兒，低聲說道：「父親和兄長都死在戰場上，母親悄悄將我送到阜陽。聽說了孟家的事之後，她最牽掛的就是妳和嵐光兄長。母親說，從容赴死是長輩的選擇，獨獨苦了孩子，妳本該在錦繡中長大，受父母連累早夭，可憐可憾，她要我每年清明都為妳和嵐光兄長祭拜。」

孟如韞靜靜聽著，心頭被無限悲哀所籠罩，她腦海中隱約湧現出一些朦朧的光影，然而每個人的臉都看不清。

她最清晰的記憶就是鹿雲觀裡，母親常年哀慟的面容和清苦艱辛的生活。

「妳確實不知，」陸明時的聲音裡帶了自嘲的意味。「然而我卻全然是因為陳年舊事未清才苟活在世間。從前只有恨和怨，如今又找回了妳——矜矜，我本來真的很高興，我以為，我在這世間，終於不再是孤孤單單一個人了。」

聞言，孟如韞的心忽然軟了下去。

她想起前世空蕩蕩的陸都督府，陸明時行在其中，形單影隻如鬼魅。人前他喜怒不顯，威不可測，不怎麼動氣，也很少對人笑，獨處時其實也無多大分別。

只有一次，她撞見陸明時伏案入夢後驚醒，雙目赤紅，瞳中隱有火光，燒盡了，只剩烏沈沈的長夜，漆黑又空洞。

他夢見什麼了？是昭毅將軍陸諫戰死沙場，還是陸家以通敵罪落了個滿門抄斬？

刻骨的恨、難以磨滅的恨，是孟如韞在陸明時身上見過最真實的情緒。

如今他說，他很高興。

孟如韞相信他很高興，她從不懷疑他對「矜矜」真摯的情義，這情義如此深厚，曾救她出永無止境的執念；可就是這情義如此深厚，在「矜矜」這個身分下，「孟青衿」顯得格外單薄。

她是醜是美、是慧是愚都不重要，只要她是矜矜。

孟如韞的心如浸在一片寒冰未碎的湖中，時而浮出水面被暖煦的春風撫過，時而沈進水裡被冷涼的寒冰劃上。

她望著陸明時的背影，發現了一件令人絕望的事。

她愛他，愛他是陸明時，所以也期望他，愛自己是孟如韞。

可在他如此厚重的情義面前，她的愛，淺薄得不值一提。

「對不起，我……」孟如韞走近他，嚥下自己哽咽的聲音，望著他悵然孤寂的背影，輕輕喊了一句。「子夙哥哥……」

陸明時轉過身來，望向她的目光複雜又幽暗。

這句「子夙哥哥」喊得如此勉強，陸明時沒聾，也沒瞎。

她藏著瞞著不與他相認，他生氣，可勉強她親近，他又心有不忍。

在孟如韞心中愁腸百結之時，陸明時心裡也閃過一個荒唐的念頭。

倘若她的「子夙哥哥」是程鶴年，她會不會痛快乃至十分期待與他相認，聽他情意綿綿訴衷腸。

這個念頭一出，彷彿所有的失望都能得到解釋。

「矜矜，妳這樣喊我，當真心甘情願嗎？」陸明時一字一句地問。

孟如韞欲言又止。縱然她回答說「是」，陸明時也不會信。

兩人相對沈默了許久，窗外傳來了子時敲更的聲音。

陸明時覺得自己已經知道了答案，眼裡露出幾分自嘲的笑。「罷了，今天本該是我來道歉，怎麼說著說著，把妳逼成這樣。」

他伸手將孟如韞披在外面的衣服攏了攏，放輕了聲音。「太晚了，去睡吧，我這就走。」

他打算原路從窗戶翻出去，孟如韞卻突然叫住了他。

「你會生我的氣嗎？」她問。

「不會。」

「你會再也不理我嗎？」

陸明時緩緩嘆了口氣。「我會一直對妳好。」

那便夠了。孟如韞想，這已經是她藉著矜矜的身分蠻不講理得來的情義，她該知足了。

第二十八章

蕭漪瀾自宮中出來回到長公主府後，就將自己關在佛堂裡，誰也不見。紫蘇想進去送些茶水也未得允，望著佛堂那緊閉了好幾個時辰的門，她轉身去潯光院尋霍弋。

聖旨出後沒多久，季汝青就給霍弋傳來了宮中的消息。

今日，太子將程鶴年的摺子遞進宮，聖上看完後大發雷霆，說的第一句話就是「昭隆慧眼，千里之外，竟看得比都察院還清楚」，而後才開始怒斥徐斷藐視國法、貪贓資敵。

長公主入宮後，宣成帝細細詢問了她在此案中的角色。蕭漪瀾手中雖有太子與徐斷分贓的帳本，然而挑動程鶴年檢舉此事，卻與她無關。她回答不出宣成帝的質問，不過替自己分辯了一句「置身事外，未有瞞人耳目之舉」，宣成帝便大發雷霆，將摺子摔在她面前，與她道：「妳自己看看，程愛卿說救下他的人自稱是長公主麾下。無緣無故，誰會賣這麼大人情給妳，太子嗎？」宣成帝冷笑。「乾草積成山也不會無火自燃，這火引子是誰拋出的，妳心裡清楚。真要說無辜，朕倒覺得太子最無辜。徐斷是他舉薦的人，如今出了事，他也是第一個上摺子參奏，未避己罪，也未攀扯妳什麼。漪瀾，妳是朕的親妹妹，是太子的親姑姑，既然早知曉如此大事，一不上奏舉發，二不警戒晚輩，反而在其中搞些見不得人的小動作，萬一這案子將妳也牽涉進去，妳讓朕情何以堪？」

蕭漪瀾尚未回話，蕭道全先在一旁替她分解道：「姑姑一向磊落，斷不會與徐斷勾結，縱知情不發，想必也是有所顧慮。」

「顧慮？身為長公主，食君之俸，居萬人之上，有何顧慮朕不能做主？怕只怕是……」宣成帝嘆了一聲，語氣和緩了些。「漪瀾啊，以後妳想要什麼，要先與朕說，朕難道還能委屈了妳？」

蕭道全在一旁替兩人打圓場。「父皇待姑姑自然是極好的，修平常同兒臣說我對她遠不如父皇待姑姑那樣上心。」

聞言，宣成帝的語氣也鬆了鬆。「修平若有漪瀾一半的聰慧，你也能省心不少。她年紀也不小了，該懂事些，你平日不可太縱容她，要讓她常去拜望漪瀾，好好修習女子之德。」

宣成帝與太子一唱一和、一下棒槌一下棗地敲打蕭漪瀾。蕭漪瀾低眉順眼地立在殿中聽訓，此刻再分辯什麼也沒有意義。她靜靜聽著太子與宣成帝商議如何處理徐斷的案子，心中雖尚有疑慮，但已揣摩出了宣成帝的態度。

宣成帝其實樂意見她摻和此案，一來可以藉機敲打她，二來徐斷是太子舉薦的人。朝野皆知長公主與太子關係不睦，本來這件案子理所應當該是她接手，但因她牽涉其中，宣成帝便有了不讓她插手此案的藉口，又當著她的面下旨將此案移交三公偕程氏父子徹查，顯得更加公允。

她是個幌子。蕭漪瀾在心中靜靜地想，但她一時未想明白是誰將自己扯進來。會是蕭道全嗎？他會捨得拿半個錢袋作陪，只為了不痛不癢地咬她一口嗎？

霍弋來佛堂見她時，蕭漪瀾正在抄《楞嚴經》。她仍未將這個問題想明白，直到霍弋喚她才回過神來。

「殿下歇一會兒吧，廚房燉了蓮子湯，蒸了荷花酥，我陪您用一些。」霍弋的輪椅緩緩行至她面前，將食盒放在一旁的小桌上。

蕭漪瀾說了別來打擾，只有霍弋敢不守她的規矩。在蕭漪瀾的默認下，他早已成了長公主府裡半個主子，人人恭稱「少君」，只要蕭漪瀾未動怒，他的話有時比蕭漪瀾的話還有分量。

蕭漪瀾一停筆，霍弋便將她抄了一半的佛經收走，請她到小桌旁落坐，將食盒裡的湯點端出來，用手背試了試溫度，擺在蕭漪瀾面前。

「是府中池塘裡長的蓮花，今早才摘的蓮子，我嚐過了，很新鮮，殿下也該嚐一嚐。」

蕭漪瀾攪動著乳白色的蓮子湯。「這些事讓紫蘇來做，宮裡傳了聖旨，你自忙你的。」

「裡外都是為殿下而忙，」霍弋看著她。「殿下是生我的氣了嗎？」

蕭漪瀾不解。「為何生你的氣？」

「此事是我思慮不周，才讓您被人算計。聽說今天陛下當著太子的面敲打您了。」

蕭漪瀾輕輕搖了搖頭。「我沒生氣，再大的怨憤，磨了十年也該冷靜下來了。我閉門不出只是做做樣子，我若真一點脾性也沒有，聖上又該疑我了。」

「這倒也是。」

「望之，此事你如何看？我總覺得欽州救程鶴年不是太子的手筆，這個案子裡似乎有人不想露面，所以扯我做幌子。」蕭漪瀾蹙眉說道。

霍弋的目光落在蕭漪瀾抄寫的《楞嚴經》上，說道：「此事八成是陸明時的手筆。」

「新任北十四郡安撫使，陸明時？」

霍弋點點頭，將自己曾在寶津樓約見陸明時的經過告訴蕭漪瀾。「我原以為此人氣性太盛，眼裡不容砂石，結果是怯於出頭，所以才在其中隱身周旋。不過他的確有幾分本事，在京中無權無勢，竟能搞出這麼大動靜來。」

「怎麼，你與他談崩了？」蕭漪瀾笑了。「倒是個妙人。」

霍弋頗有些無奈。「殿下……」

「怎麼，你辦事不力，連累我挨數落，還不許我取笑你嗎？」

蕭漪瀾笑得明豔，染著蔻丹的手捏起一塊荷花酥，咬了一口，留下粉白色的一粒碎屑在嘴邊，她的面色，竟比荷花酥還要好看。

霍弋望了她一眼，目光又落回佛經上，輕聲道：「殿下隨意，別自己悶著生氣，怎樣都好。」

蕭漪瀾問道：「陸明時此人，你準備怎麼辦？」

霍弋道：「他費了這麼大力氣揭開此案，後面也不會撒手不管。之後我會盯緊些，不會讓他再拿您做擋箭牌。」

「無妨，」蕭漪瀾笑了笑。「陛下已經認定我插手過此事，只要別往我身上潑髒水，我的名頭也可以借給他用用。他想逼朝廷查辦此案，畢竟利國利民，本宮沒那麼小氣。」

霍弋面色微冷。「殿下始終是殿下，他想借勢，總要拿出足夠的誠意來。」

蕭漪瀾向來只與霍弋說自己的態度，具體的事情如何做，她過問得越來越少，只看最後的結果，但霍弋都安排得很妥貼。有這位幕僚在，她餘出了很多的閒心。

「這荷花酥不錯，剩下的賞你，明日再送一盤來。」蕭漪瀾取了帕子擦擦手。

霍弋問：「明日是七月十五，天子築壇祭天，您不隨同嗎？」

「我本就不想去，正好今天趁著陛下生氣，自請免了此事。明日我依舊在此抄經。」蕭漪瀾淡淡道。

築壇祭天儀典始自先皇仁帝年間，是周仁帝與明德皇后為了慶祝北破戎羌而設立。想起築壇祭天，蕭漪瀾就會想起母親明德太后。

她不願與宣成帝蕭諶同行，給母親的在天有靈添堵。

霍弋也知道一些內情，不再追問，只說道：「那明日我來此處陪著殿下吧。」

「我有經可抄，你來做什麼，不無聊嗎？」

見她未一口允下，霍弋自覺有些碰壁，不再堅持。「若殿下想清靜一些，我就不打擾了。」

「無妨，你若無事，也可以來抄抄經，適才見你一直盯著它看。」蕭漪瀾指指自己抄了一半的《楞嚴經》。「後半段你幫我抄完，這本就送你了。」

霍弋接過《楞嚴經》，心中微動。「謝殿下賞賜。」

築壇祭天大典過後，朝廷正式啟動了對徐斷貪污案的審理。短短三、五天時間，自兩淮轉運司到兵部、戶部，陸陸續續有二、三十名官員被下獄候審，有些是石合鐵案裡板上釘釘的參與者，有些則是藉著嫌疑的罪名被乘機報復。

沈元思拿著被下獄官員的名單來找陸明時，陸明時看完冷笑了幾聲，說：「兵部給事中王榭平日裡沒少給太子添堵，這回被人整了，也不知是太子的授意，還是程鶴年主動表忠。」

「有什麼區別？這群混帳東西，陛下讓他們自查，他們乘機黨同伐異，這樣查下去有什麼意義。縱使最後處死徐斷、劉濯，也會有新的太子黨上臺，等風平浪靜後繼續做貪污分贓的勾當。」沈元思忿忿不平地問陸明時。「你說，怎麼辦？」

「有個一勞永逸的法子。」

「什麼？」

「廢了太子。」

沈元思翻了個白眼。「你去，你現在就去。你要是有能耐把太子廢了，我跪地給你磕三個響頭喊爺爺行不行？我說陸子夙，這都什麼時候了，你能不能說點有用的？」

陸明時雙手一攤。「聖旨上又沒寫我的名字，你說說看，我能有什麼辦法？」

「我要是知道就不問你了。」沈元思更愁了。

他倆一個唉聲嘆氣不高興，一個無精打采沒頭腦，正此時，季婆婆一臉高興地快步走進來，對陸明時道：「少爺、少爺，矜矜姑娘來啦！」

沈元思還未反應過來，陸明時已起身迎出門，一邊走還一邊人模人樣地整理了下衣冠。

看見陸明時，孟如韞挑開斗笠前的薄紗，露出一張粉面瑩潤的面容，微微含笑著衝他行了個禮。「陸兄見安。」

她出門前刻意薄施粉黛，描眉點珠，讓青鴿過了好幾次眼才出門。如今整個人看起來比素面時更加明豔，如雨洗梨花，露垂芍藥，在清晨的陽光裡舒展開，是極致的清麗，也能透出濃妍鮮豔之美。

陸明時看見她時腳下微微一頓，忽然有些緊張。正當他琢磨著該怎麼打招呼時，沈元思宏亮的聲音從背後傳過來。

「喲，孟姑娘來啦！蓬蓽生輝啊！」

孟如韞見沈元思也在，又同他打招呼。「沈公子早。」

「早早早，孟姑娘用早飯了嗎？」

「用過了。」

「那快進來喝茶吧。來來來，陸子夙家裡藏了不少好茶。」

沈元思過來招呼孟如韞進屋，陸明時在後面悄悄拽住了他的後領，三分忍氣吞聲、七分咬牙切齒地道：「沈元思，你犯什麼病？」

「怎麼？」沈元思甩開扇子一臉樂。「我看子夙兄你緊張得如同赴死，來幫你解圍，你還不領情？」

「別在她面前瞎說。」陸明時警告了他一句。

赴死哪有見孟如韞緊張。

——未完，待續，請看文創風1199《娘子套路多》2

2023年9月出版

文創風 1191～1193

娘子扮豬吃老虎

簡直不成體統！
誰家新婦洞房花燭夜會……會那般主動？
事後還捲了被子呼呼大睡，讓自家郎君凍醒！
他驚險抓住她飛踹過來的腳，她還惡人先告狀說他捏她，
這便罷了，竟還神色一言難盡地叫他多補補身子，實在氣人！

人生樂事就是嘗嘗美食，逗逗夫君／芋泥奶茶

沈蘭溪意外穿來這朝代，家中沒有糟心事，順心如意過了多年好日子，
誰知自家三妹因心有所屬，拒絕嫁人，最後還逃婚了！
眼看大婚日子將至卻沒有新娘，嫡母無奈找上她這個庶女替嫁，
沈蘭溪知道，與侯府的這樁親事是他們沈家祖墳冒了青煙才能高攀上的，
這新郎官祝煊，後院乾淨，沒有通房、妾室，只與過世的元配育有一幼子，
而且那祝家不知為何，竟也認了，同意換個新娘嫁過去，
但重點是，嫁出門做人家的新婦，哪有在自家當小姐來得自在？
何況嫡母寬和，家庭融洽，她才不想挪窩去別人家伺候公婆、操持後院呢！
什麼？除了她原先置辦的嫁妝外，三妹按嫡女分例備好的嫁妝也一併給她，
嫡母還另贈一雙東蛟夜明珠，以及她肖想許久的一套紅寶石頭面！
沈蘭溪都想跳起來轉圈了，這三妹逃婚逃得真是恰恰好……

窈窕淑女，君子好逑

她便是他的喜怒哀樂、他的一切，
他的心全然繫在她身上，隨著她而轉。
她若高興，他便高興；
她若不開心，他也不會開心；
倘若她不在這世上了，那他……便也不想活了。

11/7、11/14 上市

文創風 1205-1209《繡裡乾坤》全套五冊

上有兄長、下有妹妹，在家排行老二的雲意晚從小就不得母親喜愛，
本以為十指都有長短了，喜愛當然也有多寡之分，不須在意，
然而向來不爭不搶的她，前世卻被母親逼著嫁給定北侯顧敬臣當續弦，
理由只是為了照顧因難產而逝的喬家表姊獨留在侯府的新生幼兒，
她不懂，身為一個母親，到底要多不愛，才會這麼對待自己的親生女兒？
外傳顧敬臣極愛她表姊母子，為了年幼的兒子才會同意她嫁入侯府，
可別說照顧孩子了，他根本連孩子的面都不讓她見，那當初又為何娶她？
結果，她在懷孕四個月時被一碗雞湯毒死，連凶手是誰都毫無頭緒，
死不瞑目的她如今幸運重生，她發誓今生定要查明凶手，不再糊塗度日！
她但求表姊這世能長命百歲，如此她便不用嫁人當繼室，迎來短命人生，
但也不知哪裡出錯，太子要選正妃，喬家表姊竟一心一意要去參選！
不應該啊，前世表姊嫁的明明是定北侯顧敬臣，沒有太子什麼事啊！
莫非……她的重生改變了相關人物的命定軌跡？
還是說，表姊是在太子妃落選後，才退而求其次地當個侯夫人？
若真如此，那顧敬臣肯定是愛極了表姊，不然哪個男人容得下這種事？

私心推薦

文創風 1068-1069《三流貴女拚轉運》全二冊

身為平安侯府嫡女的蘇宜思，爹疼娘寵，更是祖母的心頭寶，
偏偏他們家因聖寵不再，從一等國公府被降為三流侯府，
更慘的是，她初次進宮就闖下大禍，誤闖皇家禁區，
本以為會丟了小命，甚至連累家族，誰知道皇帝寬宥了她，
欸？看來皇上沒有眾人講的那麼討厭他們蘇家呀？
不明就裡的她一心想著有什麼方法，可以化解上一代的恩怨，
心懷鬱悶地一覺醒來，發現竟然回到二十多年前，更巧遇年輕時的父親？！

莫顏 著

趣中藏情，歡喜解憂

她桃曉燕是誰？她可是集團總裁、是商界的女強人！
當初為了成為接班人，她鬥得你死我活，好不容易爬上總裁的位置，
卻沒想到一場意外，讓她一睜眼就來到古代！
這裡啥都沒有，她一個小女子還得想著先保命，
她想念她的房地產、股票和基金，還想念滑手機的日子啊嗚嗚～～

11/21 上市

文創風 1210-1211 《國師的愛徒》 全套二冊

司徒青染身分高貴，乃大靖的國師，受世人膜拜景仰。
他氣度如仙，威儀冷傲，連皇帝也要敬他三分。
他法力高強，妖魔避他如神，唯獨一個女妖例外。
這女妖很奇怪，沒有半點法力，卻不受他的法術控制，
別的妖吃人吸血，她獨愛吃美食甜點，
別的妖見到他就繞道走，她是遇到麻煩盡往他身後躲，
還死皮賴臉喊他師父，逢人便稱想巴結的找她，要報仇的找她師父。
如此囂張厚顏，此妖不收還真不行。
「妳從哪裡來？」司徒青染問。
桃曉燕笑嘻嘻地回答。「我那兒跟你們這裡完全不一樣，高級多了。」
「何謂高級？」
「有網路，有飛機，還有各種科技產品。」
司徒青染冰冷地警告。「說人話。」
桃曉燕立即諂媚討好。「有千里傳音，有飛天祥雲，還有各種神通法寶。」
「那是仙界，妳身分低賤，不可能去。」
「……」誰低賤了，你個死宅男，這種跨界的代溝最討厭了！

私心推薦

文創風 1115-1116《姑娘深藏不露》全二冊

安芷萱一開始並不叫這個名字，而是叫七妹。
七妹出生在溪田村，爹娘死後被二伯收養，
誰知無良二伯和村長勾結，一心只想把她賣了賺錢。
她才不願讓他們得逞呢，天下之大，何處不能容身？
她乘機逃脫，路上偶然得到法寶幫忙，
原以為靠著法寶，她可以美滋滋過著自己的小日子，衣食無憂，
誰料得到，竟是將她拉進一連串驚心動魄的旅程……

為流浪貓狗加油 和貓寶貝 狗寶貝 廝守終生(一定要終生喔！)的幸福機會

對人來說，貓寶貝狗寶貝只是生活的一部分，但妳(你)對牠們來說，卻是生活的全部，領養前請一定要考慮清楚——

▲ 遇見百分百男孩——布丁

性　　別：男生
品　　種：米克斯
年　　紀：3～4個月
個　　性：活潑親人
健康狀況：已施打一劑預防針，體內外驅蟲
目前住所：嘉義市西區

本期資料來源：沈麗君小姐、劉怡慧小姐

『布丁』的故事：

國民布丁甜點人人愛，毛孩布丁正在尋愛中！布丁原本和媽媽、兄弟姊妹們在嘉義西區一個社區路邊覓食討生活，不料某天一家子被路過的流浪狗攻擊咬死，獨留布丁無助害怕地蜷縮在路旁，鄰居見了實在不忍心，才號召眾人幫忙處理善後。

由於外面環境有太多危險，擔心布丁無法獨自在外生存而先行安置。牠飲食不挑剔，非常親人且不怕生，幾乎一見著人就會主動跑來給摸給抱，由於還是幼貓，活力十足，非常愛玩，最愛找人類哥哥姊姊一同樂哈哈。

三次元生活忙碌的您，不妨養隻貓家人陪伴紓壓，布丁將是您納入天使貓名單首選。準備好迎接充滿歡笑又療癒滿滿的人貓生活嗎？歡迎您聯繫美麗又有愛心的里長劉怡慧姊姊0978968311，與親人可愛的布丁，共築染上焦糖色的幸福。

認養資格：

1. 認養人須年滿23歲，有穩定的經濟能力，給予布丁一天一餐濕食。
2. 請了解並願意配合認養手續，限認養人本人簽認養寵物切結書，
   且提供身分證正、反面影本，請勿代替別人認養。
3. 必須同意施做門窗基本防護，門窗要有防護網（紗門紗窗不是防護）。
4. 請定期施打預防針，滿8個月安排結紮。
5. 須同意送養人日後每月一次追蹤探訪，或是傳生活照，對待布丁不離不棄。

來信請說明：

a. 個人基本資料：姓名、性別、年齡、家庭狀況、職業與經濟來源等。
b. 想認養布丁的理由。
c. 過去養寵物的經驗，及簡介一下您的飼養環境。
d. 若未來有結婚、懷孕、出國或搬家等計劃，將如何安置布丁？

1198

娘子套路多 1

國家圖書館出版品預行編目資料

娘子套路多 / 遲裘著. --
初版. -- 臺北市 : 狗屋出版社有限公司, 2023.10
冊 ; 公分. --（文創風 ; 1198-1200）
ISBN 978-986-509-459-1（第1冊 : 平裝）. --

857.7　　　　112013831

著作者　遲裘
編輯　張蕙芸
校對　黃薇霓
發行所　狗屋出版社有限公司
地址　台北市104中山區龍江路71巷15號1樓
電話　02-2776-5889～0
發行字號　局版台業字845號
法律顧問　蕭雄淋律師
總經銷　知遠文化事業有限公司
電話　02-2664-8800
初版　2023年10月
國際書碼　ISBN-13　978-986-509-459-1

本著作物由北京晉江原創網絡科技有限公司授權出版

定價280元
狗屋劃撥帳號：19001626
網址：love.doghouse.com.tw　E-mail：love@doghouse.com.tw